Leonie Ossowski

Wilhelm Meisters Abschied

Roman

D1923495

BELTZ
& Gelberg

Für meinen Sohn Quintus

Dieses Buch ist auf Papier aus
chlorfrei hergestelltem Zellstoff gedruckt.

Gulliver Taschenbuch 766
© 1982, 1997 Beltz Verlag, Weinheim und Basel
Programm Beltz & Gelberg, Weinheim
Alle Rechte vorbehalten
Reihenlayout und Einband von Wolfgang Rudelius
Gesamtherstellung Druckhaus Beltz, 69494 Hemsbach
Printed in Germany
ISBN 3 407 78766 9
1 2 3 4 5 01 00 99 98 97

». . . er fühlte, daß er ein anderer Mensch zu werden beginne . . .«

ERSTES KAPITEL

Das Schauspiel dauerte sehr lange, zu lange, wie Wilhelm fand. Er lag in Marianes Bett, quer, auf dem Bauch, mit aufgestützten Armen. Er hätte gern Worte für seine Ungeduld gefunden, aber es fiel ihm nichts ein, was der Rede wert gewesen wäre. Also hielt er den Mund und sah Mariane zu, wie sie sich schminkte, schon länger als eine halbe Stunde.

Verschlafen, er hatte neben Mariane die erste Stunde der Berufsschule verschlafen. Statik und Festigkeitslehre. Wilhelm sah auf die Uhr, rührte sich nicht und beschloß, alle Unterrichtsstunden zu schwänzen. Ein Tag mit Mariane, ununterbrochen in ihrer Nähe, das würde heute ablaufen und keine Berechnung für Stahl im Hochbau. Er sagte: »Ich komm mit dir.«

Sie antwortete nicht. Sie rahmte die rotgeschminkten Lippen mit einem dunklen Stift ein. Als Mariane nach dem Aufwachen aus seinen Armen geschlüpft war, war sie nackt gewesen, ungeschminkt und ungekämmt. Er hatte ihr zugesehen, wie sie im Zimmer herumgegangen war. Ihre Haut hatte in dem dämmrigen Licht, das durch die dunklen Vorhänge in ihr kleines Zimmer drang, weiß geschimmert. Wilhelm hatte Marianes stilles Hin- und Hergehen nicht ausgehalten, vor allem nicht ihre weiße Haut. Er hatte zu schreien begonnen und wie wild mit den Fäusten auf die Matratze getrommelt. Das hatte ziemlich viel Krach gemacht und Mariane erschreckt.

»Wenn das die alte Barbara hört«, hatte sie gerufen und sich mit einem Satz über ihn geworfen, so daß Wilhelm Mühe gehabt hatte, Luft zu kriegen. Überall hatte er ihren Körper gespürt, auch auf dem Gesicht, dazu ihr Lachen, nur von Küssen unterbrochen, die sie wie winzige Knallfrösche in die Luft gesetzt hatte. Jedenfalls hatte er sie nicht gefühlt. Ihm war vor Glück zum Heulen gewesen, und er hatte Mariane mit all der Kraft festgehalten, zu der so ein Maurerlehrling fähig ist – und das ist eine ganze Menge.

»Ich laß dich nie mehr los«, hatte er dabei geflüstert, bestürzt, als sie ihm genau in diesem Augenblick entwischt war.

Auf dem Flur hatte er sie mit der Vermieterin flüstern gehört. Das war der Augenblick, wo er festgestellt hatte, verschlafen zu haben. Statik und Festigkeitslehre; Berechnung von Mauerwerk, für Stahl im Hochhaus und für Holztragwerke. Entfernt regte sich sein Gewissen.

Mariane kam wieder herein. Sie trug ein langes, weißes Gewand, ein Feenschleier, anders hätte es Wilhelm nicht bezeichnen können, ganz dünner Stoff, tüllartig, nur viel feiner, zu einem Mittelding zwischen Hemd und Mantel verarbeitet. Bei jedem Schritt tauchten Marianes Beine wie aus Eischnee hervor. Wilhelm fand, daß das ungeheuer stark aussah. Mariane zog die Vorhänge auf, und nun konnte er ihre Figur durch den Stoff hindurch sehen.

»Wo hast du das denn her?«

Sie war nicht auf die Frage vorbereitet, das sah Wilhelm ihr an. Sie zögerte mit der Antwort und nannte schließlich den Namen einer Boutique in der Uhlandstraße. Er hätte schwören können, daß sie log.

Und dann war mit dem Schminken für Wilhelm das Schauspiel weitergegangen: Die eine Mariane verwandelte sich vor seinen

Augen langsam in die andere Mariane. Nie hätte er gedacht, daß so viele Farben auf einem einzigen Gesicht Platz finden könnten. Ihre Augen vergrößerten sich mit jedem Strich, wurden schräg, wodurch die Backenknochen hervortraten und der Mund, von Natur klein und blaß, nun wie eine geschälte rote Beete zum Blickfang wurde.

»Toll«, flüsterte Wilhelm, »machst du das alles für mich?«

Mariane hob die Schultern, streckte die Arme nach hinten und betrachtete ihre Pose im Spiegel. Als nächstes beugte sie sich zurück, ließ eine Hand sinken, während sie mit der anderen die Haare seitlich hinters Ohr strich. Auch diese Bewegung kontrollierte sie im Spiegel und setzte ein Lächeln hinzu, das, wie Wilhelm sofort sah, nichts mit ihm zu tun hatte.

Es klopfte, und im gleichen Augenblick stand die alte Barbara im Zimmer. Kein Blick für Wilhelm, er brauchte sich weder zu verbergen, noch mußte er sein Hiersein rechtfertigen. Er schien für die Alte nicht wichtig zu sein.

Wilhelm bemerkte, daß auch die alte Barbara, wie Mariane ihre Vermieterin nannte, das weiße Gewand bestaunte und etwas von Ungerechtigkeit murmelte. Aber Mariane ließ sie nicht zu Worte kommen, sprang auf und sagte: »Wir haben Hunger!«

»So, so«, die Alte betrachtete Wilhelm, der nicht wußte, was er in dieser Situation für einen Eindruck auf die beiden machte. Er entschloß sich für einen selbstverständlichen Morgengruß, der zu seinem Ärger ohne Erwiderung blieb.

»Übrigens«, sagte die alte Barbara und zupfte an Marianes weißem Gewand, »Norberg hat angerufen. Er läßt dich in einer halben Stunde abholen. Ich soll dafür sorgen, daß du pünktlich bist.« Draußen war sie.

»Hast du denn nicht frei heute?«

Keine Antwort. Mariane kramte in einer Schublade und klimperte mit Ketten, die sie nacheinander hochhob, prüfte und wieder fallen ließ.
»Wer ist Norberg?« Jetzt war es Wilhelm, der nach dem Hemd griff. Er knüllte den Stoff zusammen und zerrte daran, daß die Nähte krachten.
Mariane nahm seine Hand, öffnete sie und küßte die Innenflächen. Auf den Hornhautschwielen blieb der Abdruck ihrer Lippen, knallrot und herzförmig.
»Norberg ist ein Modefotograf. Er will mich als Fotomodell rausbringen. Ganz groß, hat er gesagt. Ich soll mich ruhig auf ihn verlassen.«
Also hatte sich Mariane nicht für ihn so schön gemacht, und sie hatte mit diesen affektierten Posen nicht ihn beeindrucken wollen, sondern Norberg; alles für Norberg.
Wilhelm stand auf, fühlte sich enttäuscht, zog sich langsam an, ging ins Bad, kam wieder zurück und trank in einem Zug den Kakao aus, den die alte Barbara inzwischen gebracht hatte. Dabei dachte er ununterbrochen nach, ob er gehen oder bleiben solle, ob sie ihn vielleicht betrog oder doch liebte, ob sie log oder er übertrieb. Während tausend Gedanken durch seinen Kopf jagten und er ein Honigbrötchen aß, merkte er, daß sie ihn von der Seite her beobachtete. Er spürte, daß sie nervös war. Plötzlich umarmte sie ihn und küßte ihn auf den Mund.
»Ich muß gehen, Wilhelm!«
Unten auf der Straße hupte ein Auto. Das Zeichen galt Mariane. Wilhelm konnte über ihre Schulter aus dem Fenster sehen, der Wagen stand auf der gegenüberliegenden Straßenseite vor dem Italienerkeller, direkt neben seinem Motorrad. Ein Mann winkte aus dem heruntergelassenen Fenster. Seine

Glatze war besser zu erkennen als sein Gesicht, und so, wie er hinter dem Steuer saß, mußte er einen Bauch haben.
»Ist das der Fotograf?« Wilhelm grinste.
»Du spinnst wohl!« Mariane lachte, rannte los, war schon auf dem Flur, jetzt auf der Treppe, und Wilhelm mußte sich beeilen, wenn er ihr auf den Fersen bleiben wollte.
Bevor sie ins Auto stieg, bekam er sie zu fassen. »Ich fahr hinterher!«
Einen Augenblick lang sah sie ihn aus ihren schräg gemalten Augen an. Wilhelm rechnete schon mit einer Abfuhr, als sie ihm statt einer Antwort einen Kuß zuwarf. Schnell und nur für ihn allein.

Los ging's, quer durch Berlin, Richtung Nollendorfplatz. Wilhelm konnte Mariane durch die Heckscheibe sehen. Kein einziges Mal drehte sie sich nach ihm um, sie quatschte mit zwei Mädchen, die mit ihr hinten im Auto saßen. Wilhelm hatte keine Ahnung, wohin die Fahrt ging. Am Winterfeldtplatz war Markt, er mußte auf der Hut sein. Der Glatzkopf umkreiste den halben Nollendorfplatz, dann ging's ab in die Einemstraße, immer geradeaus nach Norden, bis die Siegessäule zu sehen war.
Es roch nach Frühling. In der Berufsschule hatten sie jetzt Pause. Wenn Wilhelm Maurermeister werden wollte, mußte er nach der Gesellenprüfung noch drei Jahre auf dem Bau arbeiten. Und er hatte noch nicht mal die Lehre abgeschlossen.
Wilhelm öffnete den Mund und ließ sich den Fahrtwind hineinblasen. Jetzt war kein Gedanke zu verlieren, jedenfalls keiner an Beruf, Fortkommen und Zukunft, sonst entführte ihm der Typ da vorn seine Mariane.
Vollbremsung. Der Glatzkopf sprang aus dem Auto und

lärmte herum, von wegen Traumtänzer, Vollidiot und Kleinkinder, die auf keine ausgewachsene Maschine gehörten. Als wenn Wilhelms mickrige Honda ein vollwertiges Motorrad wäre. Wilhelm hörte nicht weiter hin. Er beobachtete den Fotografen, der gerade ein Bild von Mariane gemacht hatte, als sie ausstieg. Klar, daß es sich bei dem um einen Angeber handelte.

»Tag, Norberg«, sagte Mariane. Statt einer Antwort legte der Fotograf seine Hand um ihren Hals und führte sie zu einem Wohnwagen, in dem sie verschwand, ohne sich nach Wilhelm umzusehen.

Wilhelm stellte seine Maschine ab und ging auf den Fotografen zu. Dabei fiel ihm sein eigener schwerfälliger Gang auf, er sah auf seine ausgelatschten Turnschuhe, die, verglichen mit den leichten Mokassins des Fotografen, wie Transportloren wirkten. Und sein T-Shirt kam ihm gegen das Seidenhemd des anderen wie Rinde auf der Brust vor.

Er nickte zu dem Wohnwagen hinüber, in dem Mariane mit den Mädchen verschwunden war, und tippte mit dem Zeigefinger auf die Herzgegend. »Heute bin ich dabei.«

Während Norberg weder Zustimmung noch Ablehnung äußerte, vielleicht nicht einmal verstand, was Wilhelm meinte, kam der Glatzkopf auf Armlänge heran.

»Kommt nicht in Frage«, sagte er, »bei der Arbeit sind Typen wie du unerwünscht. Das lenkt ab.«

»So«, gab Wilhelm zurück, »unerwünscht bin ich, lenke ab? Schon mal Haue gekriegt?«

»Laß das«, mischte sich Norberg ein, »sonst gibt's Ärger. Komm mit.« Er winkte Wilhelm rechts herum in die Straße des 17. Juni zwischen Siegessäule und Brandenburger Tor. Auf dem Mittelstreifen stand ein Auto. »Sieh zu, daß es weg-

kommt«, er machte eine umfassende Handbewegung, »sonst kann ich nicht fotografieren.«
Den Wagen fünfzig Meter weiter in Richtung Brandenburger Tor zu schieben, war eine Kleinigkeit, da die Fahrertür offen war. »Wenn du jetzt hier durchsiehst, weißt du, warum ich die Straße frei brauche«, sagte Norberg und bot Wilhelm an, durch den Sucher zu sehen.
Ein Bild, aus der Wirklichkeit herausgeschnitten. Wilhelm betrachtete es andächtig. So hatte er noch nie eine Straße gesehen. Der Mittelstreifen zog sich als breites Band bis hin zur Siegessäule, die wie ein übergroßer Nagel im Horizont steckte. Keilförmig spitzten die Autobahnen sich rechts und links auf dieses Ziel zu, begrenzt von Bäumen und hellem Grün. Wilhelm hatte das Gefühl, das Ende der Welt zu sehen.
Norberg rief ein Kommando. In großen, gleichmäßigen Schritten tanzten die Mädchen ins Bild. Sie lachten sich zu, blieben stehen und drehten sich. Wilhelm konnte kaum eine von der anderen unterscheiden. Alle drei trugen sie enganliegende Kappen und Sonnenbrillen, die keinen Zentimeter Stirn freiließen. Die Kleider in Liegestuhlstreifen waren knöchellang, hatten bauschige Röcke und handbreite Gürtel.
Norberg schnalzte mit den Fingern. Die Bewegungen der Mädchen mußten einstudiert sein. Mariane kam auf Wilhelm zu, aber ihr Blick ging an ihm vorbei. Die beiden anderen hatten sich umgedreht. Wieder schnalzte Norberg, wieder stellten sie sich in einer neuen Pose dar. Norberg schob Wilhelm zur Seite und nahm ihm die Kamera ab. Das Bild war entzaubert, die Mädchen, obwohl sie sich wie an Fäden gezogen zu bewegen schienen, sahen eher lächerlich aus, vor allem wenn sie in Erstarrung verharrten, bis der Fotoapparat geklickt hatte.

»Macht nicht so blöde Gesichter«, schrie Norberg, »lacht!«
Und sie lachten, zeigten Zähne.
»Und jetzt ernst«, dirigierte Norberg, »jede von euch muß schöner sein als die andere!« Was für ein alberner Gedanke, dachte Wilhelm. Mariane war sowieso die Schönste, das konnte jeder sehen.
»Das ist Kunst«, sagte Norberg, während die Mädchen sich erneut umzogen, »den Augenblick festhalten, die Bewegung, die du selbst bestimmst.«
Wilhelm dachte, daß Norberg doch ein verdammter Angeber sei. Er antwortete nicht, als Norberg ihn nach seinem Beruf fragte. Er sah auf seine ausgebeulten Jeans und fand, daß es ein Fehler war, sich so wenig um seine Klamotten zu kümmern. Er hatte immer gedacht, es sei ganz egal, was einer anhatte. Aber mit Mariane... Er starrte sie an und merkte erst nach einiger Zeit, daß sie jetzt in dem weißen Gewand vor Norberg stand, das sie am Morgen zu Hause getragen hatte.
»Haben Sie ihr das geschenkt?« Wilhelm biß sich auf die Lippen und wünschte sich auf der Stelle weit weg. Es wäre besser gewesen, in die Berufsschule zu gehen, als hier den Blödian zu spielen.
»Ich?« Norberg lachte. Er legte Wilhelm die Hand auf die Schulter, ging mit ihm um das Denkmal herum und ließ ihn nicht los dabei. »Also keinen Beruf?«
Das paßte Wilhelm nicht. Da war ein Ton in Norbergs Stimme, der schlecht auszuhalten war. »Bauunternehmer«, sagte er schnell, »irgendwann übernehme ich den Laden von meinem Vater.«
Ein Blick von Mariane, die in Hörweite stand und ein Lächeln zu ihm hinüberschickte, das kein Ende nehmen wollte.
Das brachte Wilhelm in Bewegung. Er lief auf Mariane zu,

strich ihr die Haare aus dem Gesicht, schloß alle Knöpfe am Ausschnitt ihres Nachthemds, nahm sie in den Arm, küßte sie auf den Mund und sagte leise und bestimmt: »Laß den Blödsinn und komm mit mir!«
Als Mariane, die im ersten Augenblick stillgehalten hatte, zu begreifen schien, was sich Wilhelm hier leistete, wollte sie ihn wegschieben. »Du spinnst«, flüsterte sie, halb ärgerlich, halb bittend. »Nein, nein«, rief Norberg, »weitermachen!« Und Wilhelm sah, daß er ununterbrochen fotografierte, »das ist Action, macht weiter!«
Das Klicken und Surren der automatischen Kamera machte Wilhelm ganz verrückt. Gegen diesen Typen kam er nicht an. Ich hau ab, dachte Wilhelm, ich bin hier wirklich überflüssig. Ihm war elend zumute.
Wilhelm fühlte Marianes Hand auf seinem Arm. »Norberg macht Pause. Er braucht mich erst wieder am Spätnachmittag. Jetzt ist ihm das Licht zu grell.«
Ohne Wilhelms Antwort abzuwarten, lief sie zurück zum Wohnwagen, um sich umzuziehen.

Später lagen sie im Gras. Motorrad hatte Mariane nicht fahren wollen, und Denkmäler im Tiergarten interessierten sie nicht. Sie lag auf dem Rücken, hatte die Augen geschlossen, im Mund ein Gänseblümchen, und wollte alles von Wilhelm wissen, »wirklich alles«, sagte sie, und Wilhelm wußte gar nicht, wo er anfangen sollte.
»Ich weiß doch nicht, was dich interessiert. Vielleicht meine Lieblingsgerichte oder wann ich schwimmen gelernt habe?«
»Bitte nicht!« Mariane lachte, ohne die Augen zu öffnen.
»Also dann vom Haus meines Großvaters?«
»Du spinnst!«

Wilhelm rollte sich auf den Bauch. »Wie ich mal geklaut habe?«
Mariane rümpfte die Nase. »Hab ich als Kind auch gemacht.«
»Letztes Angebot«, sagte Wilhelm, »von meinem Freund Werner, der meine Schwester heiraten will?«
»Warum nicht, du kannst ja mal anfangen.«
»Also – wir sind zusammen groß geworden, der Werner und ich. Er ist drei Jahre älter, und so weit ich zurückdenken kann, hat er mich nie verdroschen. Der Werner ist so einer, mit dem kriegt keiner Streit.«
»Ist er deshalb dein Freund?«
»Weißt du, an den gewöhnt man sich eher. Er schuftet jetzt schon wie mein Vater, plant und rechnet wie ein alter Mann.«
»Und das gefällt deiner Schwester?«
»Scheint so, sonst würde sie ja nicht mit ihm gehen.«
»Und wie ist dein Vater?«
»Streng, hat immer nur an Ordnung und Arbeit gedacht und sich selten mit mir beschäftigt oder sich für meine Spiele interessiert.«
»Was für Spiele?«
»Zum Beispiel mein Marionettentheater. Einmal, zu Weihnachten, haben meine Schwester und ich die Puppen geschenkt bekommen. Am liebsten haben wir uns selbst und die Eltern gespielt. Im Frühjahr wurden sie uns wieder weggenommen, weil mein Vater fand, es wäre nicht gut, wenn wir uns mit den Puppen über die Eltern und Lehrer lustig machten. Von einem Tag auf den anderen waren die Puppen verschwunden. Ich wußte genau: weggeworfen hatte er sie nicht, denn bei uns zu Hause wird alles aufgehoben. Also suchte ich überall. Eines Tages fand ich die Kiste mit den Marionetten in der Speisekammer. Erst spielte ich heimlich mit ihnen, dann

schrieb ich ein kleines Stück, das ich auswendig lernte und das meiner Mutter dann so gut gefiel, daß ich es gemeinsam mit meiner Schwester und Werner meinem Vater vorführen durfte.«

Wilhelm kam es auf einmal vor, als ob Mariane schlief. Vielleicht hatte sie etwas anderes von ihm erwartet. Heldentaten oder Zärtlichkeit.

Vielleicht wollte sie Eis essen oder eine Cola trinken, am Hansa-Platz gab es einen Kiosk. Er stieß sie vorsichtig an, sie blinzelte zu ihm hoch.

»Ich geh uns schnell ein Eis holen, eine Cola oder was du willst, hm?«

Aber Mariane hielt ihn fest. »Was für ein Stück hast du geschrieben?« Auf die Frage war Wilhelm nicht gefaßt, er wurde rot. Er hätte sich ohrfeigen können für diesen Kinderkram, den er da erzählt hatte und aus dem er nicht gut rauskam.

»Na?« Mariane schob eine Hand unter sein T-Shirt, »ich will es wissen, wie hieß das Stück?«

»Die Geschichte von David und Goliath.« Und weil Mariane nicht gleich reagierte, weder lachte noch fragte, fügte Wilhelm trotzig hinzu: »Ich war immer der David!«

»Und wer war Goliath?«

»Werner, mein Freund.«

Der Stil des Gänseblümchens war zerkaut und hing schlaff in Marianes Mundwinkel. »David ist mir zu klein«, sagte sie, »und Goliath zu groß.«

In den folgenden Tagen tauchte Wilhelm öfter bei Norbergs Außenaufnahmen auf. Nicht, daß er eifersüchtig gewesen wäre, dazu hatte er bei Mariane keinen Grund, er liebte sie ja,

und sie liebte ihn auch. Aber er wurde nervös, wenn sie sich zu ihren Fototerminen fertigmachte.
Während sie sich vor der Kamera bewegte, saß er auf seiner Honda und sah ihr zu. Wenn ihm das ganze Theater zu langweilig wurde, holte er ein kleines Heft aus seiner Hosentasche. Er schrieb kurze Sätze, Zeilen, die zu Gedichten wurden, die er niemandem zeigte, auch Mariane nicht. Leise sprach er sie vor sich hin, so daß er sie bald auswendig wußte, und hörte erst damit auf, wenn Mariane ihn ansah.
Zu Hause war es ihm in letzter Zeit zu eng geworden, und die Arbeit machte ihm auch keinen Spaß mehr. Morgens mußte er früh raus auf den Bau, und dann dachte er an Mariane, die noch im Bett lag, und wäre am liebsten sofort auf seiner kleinen Honda zu ihr gerast. An den Tagen, an denen er keine Gelegenheit zum unbemerkten Abhauen fand, glaubte er am Stumpfsinn seiner Arbeit einzugehen.
Je nach Fototermin hatte Wilhelm mal mittags, mal abends seine Arbeitszeit geschwänzt. Er überlegte sogar, ob er sich einen Fotoapparat kaufen sollte, ließ es dann aber und beschrieb statt dessen die Bilder, die er später einmal von Mariane machen wollte, in seinem Heft.

So waren ein paar Wochen vergangen, und Wilhelm, der glaubte, daß seine kleinen Ausflüge unbemerkt geblieben waren, erschrak, als die Mutter ihn eines Abends zur Rede stellte.
Wilhelm Meister senior saß noch im Büro seines Bauunternehmens, das er mit dem Geld seines Schwiegervaters in Lankwitz gegründet hatte. Bis zu Wilhelms zehntem Lebensjahr hatte die Familie Meister im Haus des Großvaters gewohnt. Eine alte Bruchbude, wie Wilhelm Meister senior fand, zu nichts

weiter gut als zum Verkauf, mit allem, was drin war. Wilhelm konnte sich noch gut an die Versteigerung der Möbel erinnern, an die alte Uhr, die Wäsche und die Sammeltassen, von denen der Großvater einen ganzen Schrank voll besessen hatte und die mehr Geld eingebracht hatten, als der Vater sich je hatte träumen lassen. Die Mutter, so erinnerte sich Wilhelm, hatte den ganzen Tag geweint, und der Vater hatte versucht, sie mit dem, was er für sie neu hatte kaufen wollen, zu trösten. Neu war dann auch das Haus in Lichterfelde gewesen, in das sie eingezogen waren, und nichts hatten sie von dem mitgenommen, was alt gewesen war. »Man muß auch mal einen Schlußstrich ziehen können und sich von dem Alten befreien«, hatte der Vater energisch behauptet und keine Widerrede gelten lassen.

Speckpfannkuchen mit Kopfsalat, süßsauer angemacht. Dafür kam Wilhelm immer pünktlich nach Hause. Sechs Stück, in der mittelgroßen Pfanne gebacken, konnte er verdrücken, das wußte die Mutter, darauf konnte er sich verlassen. Ihm gegenüber saß Werner, der noch nie mehr als drei geschafft hatte. Die Schwester sah auf die Linie, aber sie wurde trotzdem vom vielen Sitzen in Vaters Büro immer dicker. Mehr als einen aß sie nie. Für den Vater wurde extra gebacken, Aufgewärmtes mochte er nicht.

Wilhelm langte zu und war schon beim fünften. Seitdem Werner ganz offiziell mit der Schwester ging, war er noch öfter im Hause Meister als früher. Seine Kaufmannslehre hatte er hinter sich und war jetzt in derselben Firma, in der er gelernt hatte, Angestellter. Die Eltern sahen Werner gern an der Seite ihrer Tochter, denn er war, wie der Vater betonte, ein Junge ganz nach seinem Herzen. Wilhelm störte das nicht. Werner war sein Freund, hatte sich in ihrer Kinderzeit gegen seinen

Willen unzählige Male als Goliath töten lassen, hatte den jüngeren Wilhelm stets als gleichaltrig behandelt, wußte zwar alles besser, machte aber selten Gebrauch davon.
»Hör zu«, sagte die Mutter hastig und so, als wolle sie die Zeit vor der Heimkehr des Vaters nutzen, »ich muß mit dir reden.«
Ein Blick zu Werner, aber der wußte wohl von nichts. Die Schwester sah in die andere Richtung.
»Dein Vater ist unzufrieden mit dir. Er will dir das Motorrad wegnehmen. Er sagt, du treibst dich rum, nimmst deine Arbeit nicht genau und die Schule nicht mehr ernst. Er versteht nicht, wieso du deine Zeit so vergeudest und Gott weiß wo herumlungerst, anstatt dich auf deinen Lehrabschluß vorzubereiten.«
Wilhelm fühlte sich ertappt. Er mochte es nicht, wenn sich die Mutter zum Sprachrohr des Vaters machte, der sowieso nur das Geschäft gelten ließ und für nichts anderes Verständnis zeigte. Klar, er hatte in letzter Zeit oft geschwänzt, aber wenn der Vater schon nicht danach fragte, warum ihm die Lehre immer unerträglicher wurde, sollte wenigstens die Mutter hören, was er dazu zu sagen hatte.
Obwohl sein Teller noch halbvoll war, stand Wilhelm auf und ging um den Tisch herum. Er schob die gespreizten Finger über das Tischtuch, das sich bis zur Pfannkuchenplatte auffältelte.
»Weißt du, es kotzt mich alles an, deine Vorwürfe, die ewige Schufterei und die Pfannkuchen auch.«
Er sah in die Runde, sah Werners verstörten Blick, hörte das Kichern der Schwester und spürte die Unsicherheit der Mutter, die ihn unterbrechen wollte. Aber das ließ Wilhelm nicht zu. Blitzschnell zog er sein Portemonnaie aus der Hosentasche und knallte es auf den Tisch, der Mutter direkt vor den Teller.
»Ist denn alles unnütz, was uns nicht sofort Geld bringt? Da drin sind achtzig Mark, hab ich mir erschuftet, ist mir nicht

geschenkt worden, und die geb ich auch selber aus. Ist alles andere nix wert? Wenn ich kein Geld habe, geb ich auch keins aus, basta. Was geht das euch an?« Er merkte, wie gut es ihm tat, sich Luft zu machen in dem ganzen Mief, der ihn fast erstickte. »Sag doch selbst, mußte der Vater hier in Lichterfelde diesen Möchtegernbungalow bauen? Mit diesem Planschbecken, das er Swimmingpool nennt? War Großvaters Haus in Lankwitz am S-Bahnhof nicht gut genug für uns? Und wieso dieser ganze verdammte Schnickschnack hier mit Trinkstübchen im Keller, zwei Fernsehern und Klassikern im Glasschrank, die, so lange ich denken kann, noch keiner von der Familie aufgeschlagen hat? Mir steht das alles bis hier.« Wilhelm strich sich mit der Hand unter der Nase entlang. Dann schüttelte er sich angeekelt und sprach endlich leiser. »Aber dem Vater ist es ja immer noch nicht genug. Er will noch mehr protzen, noch mehr darstellen, dafür schuftet er sich kaputt, und ich soll's auch tun. Nur mach ich da nicht mit.«

Stille. Plötzlich war Stille eingetreten, Wilhelm hatte zu reden aufgehört. Die Mutter fingerte an Messer und Gabel herum, mit genau der gleichen Hastigkeit, die Wilhelm von ihr kannte, wenn der Vater mit ihr unzufrieden war. Wilhelm hielt die Luft an, er hörte sein Blut in den Ohren klopfen. Und schon legte sie los, mit weinerlicher Stimme, ein wenig zu hoch und gepreßt.

»Wie du redest, wie undankbar du bist, dem Vater nichts gönnst, ihm seinen Fleiß vorwirfst. Wenn er das hörte, er würde mir die Schuld geben.«

»Dir?« fuhr Wilhelm dazwischen.

»Natürlich mir, denn ich hab dich erzogen. Dir alles mögliche erlaubt, was er nie zugelassen hätte.«

»Zum Beispiel?«

»Zum Beispiel den Hamster, das Puppentheater, das Motorrad und so viele andere Dinge...«
Wilhelm setzte sich und aß den Rest seines Pfannkuchens auf. Kein Krümelchen blieb übrig. Merkwürdig, daß die Mutter ausgerechnet jetzt das Puppenspiel erwähnte.
»David und Goliath«, sagte er langsam, »das war wenigstens was in dem neuen leeren Haus.«
Von der Straße her war ein Auto zu hören, das Klappen der Garagentür, der Vater kam nach Hause. Die Schwester stand auf und bot sich an, die restlichen Pfannkuchen für den Vater zu backen. Sie macht immer und alles für alle, dachte Wilhelm.
»Mit ihr wirst du es einmal leicht haben, Werner!«
Der antwortete nicht, stand ebenfalls auf, um für Wilhelm Meister senior Bier aus dem Keller zu holen.
Alleingelassen legte die Mutter unerwartet liebevoll die Arme um Wilhelm. Sie streichelte sein Gesicht, und er fühlte ihre festen Finger über seine Bartstoppeln tasten. »Ich bin immer stolz auf dich gewesen, Wilhelm. Ich möchte es bleiben, bitte.«

Mariane mußte nach Westdeutschland. Norberg hatte ihr einen Job vermittelt, in Düsseldorf, Stadt der Werbeagenturen und der Mode. Mariane wollte ins Geschäft kommen und ließ sich von Wilhelm die Reise nicht ausreden.
In der Zeit vor ihrer Abreise war Wilhelm jede freie Minute bei ihr. Nachts, wenn alle im Hause Meister schliefen, schlich er sich heimlich zu ihr nach Schöneberg. Er ging gern durch die dunklen, menschenleeren Straßen und stellte sich dabei vor, wie Mariane ihn begrüßen würde. Meist holte er noch im Italienerkeller eine Pizza und zwei Flaschen Wein. Schön waren diese Nächte, sie redeten und lachten miteinander, und wenn sie müde waren, umarmten sie sich. Bevor sie einschlie-

fen, versprach ihm Mariane die Absage ihrer Düsseldorfreise. Wenn er aber früh aufstand, um pünktlich bei der Arbeit zu sein, und er sie noch einmal an ihr Versprechen erinnerte, galt es nicht mehr. »Sei nicht so eifersüchtig«, maulte sie verschlafen. »Was ist schon eine Woche in einem ganzen Leben voller Liebe.«

Bald sprach er nicht mehr darüber, aber jeden Tag hatte er beim Aufwachen Angst, daß es ihr Abreisetag sein könnte.

Eines Samstags kaufte er ihr fünfunddreißig Moosröschen, weil sie siebzehn Jahre und er achtzehn alt war und für jedes Jahr eine Blume stehen sollte. Als er damit ihr Zimmer betrat, sah er, daß Mariane ihren Koffer packte. Er biß die Zähne zusammen und verließ den Raum, ohne sich von ihr zu verabschieden. Den Blumenstrauß hatte er auf einen Stuhl im Flur gelegt. Dort würde er vielleicht von der alten Barbara gefunden werden, wenn Mariane schon längst weg war.

Zwar lief Mariane ihm nach und rief ihn durchs Treppenhaus, aber er hörte nicht auf sie und drehte sich auch nicht nach ihrem Fenster um.

Am darauffolgenden Montag bestellte ihn sein Vater nach der Arbeit in seine Firma nach Lankwitz. Das kam selten vor, denn Wilhelm Meister senior gönnte seinem Sohn Freizeit und Feierabend, wie sie ihm zustanden. Eine Maurerlehre war harte Arbeit, das wußte der eine so gut wie der andere.

»Ich hab Schwierigkeiten«, sagte der Vater, als Wilhelm gegen Abend ins Büro kam, »und Mutter meint, ich könnte mich auf dich verlassen.«

Wilhelm schwieg. Er war gespannt, was jetzt käme. Noch nie war der Vater auf die Idee gekommen, mit ihm Geschäftliches zu bereden. Wilhelm merkte plötzlich, daß er auf die Aufforderung wartete, Platz zu nehmen. Was spielte er hier eigentlich für eine Rolle? Mit einem Ruck ließ er sich auf einen Stuhl fallen und warf seine Jacke neben sich auf den Boden. Die Füße streckte er weit aus, am liebsten hätte er sie auf die Ecke des Schreibtischs gelegt. Der Vater schien von all dem keine Notiz zu nehmen.

»Du weißt von der Baustelle in der Malteserstraße?«

Wilhelm wußte davon. Eine öffentliche Ausschreibung, die der Vater gewonnen hatte und an der er am Ende zusetzen würde. Wer in der Familie kannte das Projekt nicht? Dabei ging es nur um einen geringfügigen Anbau. Zur gleichen Zeit hatte der Vater einen weiteren Auftrag übernommen, wie er sagte.

»Erst hieß es Schlemmputz, verstehst du? Klare Sache und in Nullkommanix erledigt. Aber jetzt hat sich der Bauherr für Kellenputz entschieden, und ich hab nicht genug Leute dafür. Nehm ich sie in der Malteserstraße weg, kommt mir da der Termin ins Rutschen, garantiere ich nicht für den Kellenputz bis zum 5. des Monats, geht mir der neue Auftrag flöten.«

»Und jetzt soll ich?« fragte Wilhelm und legte nun doch die Füße auf die Schreibtischkante.

Der Vater nickte. »Wenn du willst«, sagte er, »meiner Meinung nach könntest du das mit zwei Mann, Überstunden und einem Wochenende schaffen.«

Wilhelm kannte die Kneipe nicht. Er war hineingegangen, weil er Durst hatte. Die Arbeit war fertig und er auch, bleischwere Beine und todmüde. Überstunden und Wochenende würden ihm gutes Geld einbringen. Der Vater zahlte korrekt und ließ sich nie lumpen. Wilhelm dachte an Mariane und daß er das Geld für sie sparen wollte. Seit sie weg war, hatte er nicht eine

Zeile mehr in sein Heft geschrieben, nicht einen Gedanken hatte er gehabt, nur Ebbe im Kopf. Es hatte unablässig geregnet, und bis man zur Baustelle kam, war man schon total verdreckt. Nur Steine und Mörtel vor den Augen, pausenlos der Lärm der Zementmaschine, so hatte er die Zeit ihrer Abwesenheit verbracht. Scheißjob. Morgen würde sie wieder da sein, das hatte sie ihm auf einer Ansichtskarte geschrieben. Morgen, ach morgen. Wilhelm spürte seinen schmerzenden Arm. Hunderttausendmal, stets in der gleichen Haltung, hatte er den Mörtel mit der Kelle an die Wand geworfen, verstrichen und mit der Breitkante waagerecht gezogen. Je nach der Glätte der Fläche mußte er die Spitzkelle mit der Breitkelle wechseln, das war die einzige Unterbrechung dieser eintönigen Arbeit gewesen. Trotzdem hatte er an nichts anderes denken können. Das quälte ihn, das jagte ihm Zweifel ein, das konnte er unmöglich sein Leben lang machen. Plötzlich glaubte er, daß er sich nur mit Mariane aus diesem stockenden, schleppenden, bürgerlichen Leben herausreißen könnte. Irgendwas mit Kunst machen, das wär's. Den ganzen Krempel hinschmeißen... Sollte doch Werner sich damit rumschlagen!
Wilhelm bestellte ein zweites Glas Bier, trank es aus und sehnte sich nach dem freien Gefühl im Kopf, das er nur mit Mariane hatte. Aber jetzt war sie nicht da. Also wollte er hier sitzen bleiben und in Ruhe ein Bier nach dem anderen trinken, um müde zu werden.
Im nach vorn gekippten Spiegel an der gegenüberliegenden Wand konnte Wilhelm ein Pärchen beobachten. Im Gesicht des Jungen fiel hauptsächlich der Mund auf, ein breiter, unsympathischer Mund. Das Mädchen streichelte den Arm des Jungen. Wilhelm sah sie nur von hinten, aber er hätte wetten können, daß sie weinte. In kurzen Abständen legte sie

den Kopf in die Hände. Der Junge wühlte mit seinen Fingern in ihrem Wuschelkopf. Was er sagte, schien wichtig zu sein. Wilhelm gefiel das Mädchen. Sie sah so zart aus. Einen Augenblick lang malte er sich aus, was er alles tun würde, wenn Mariane jemals so traurig wäre. Ein ganzer Film lief vor ihm ab: Norberg will sie verführen, sie wehrt sich, Wilhelm kommt dazu, hilft ihr – David und Goliath.

Die Tür wurde aufgerissen, und herein kam ein kleiner Mann mit Hut und Mantel. Wilhelm erkannte ihn, es war der Drogist aus Lankwitz. Er sah sich um und steuerte ohne Zögern auf den Tisch des jungen Paares zu. Die beiden rührten sich nicht, starrten nur den Mann an, der wortlos nach dem Arm des Mädchens griff.

»Ab nach Kassel«, sagte der Mann und riß das Mädchen hoch. Der Junge umfaßte sein Bierglas und blieb sitzen. Jetzt erkannte Wilhelm, daß das Mädchen Sibylle war, die Tochter des Drogisten. Als Wilhelm mit den Eltern noch im Haus des Großvaters gewohnt hatte, waren sie Nachbarskinder gewesen. Der Drogist, ein Bekannter von Wilhelms Vater, war ein eigensinniger Mann und hinterm Geld her wie der Teufel nach der Seele, das jedenfalls sagte der alte Meister. Wilhelm beobachtete, was weiter geschah. Sibylle warf dem Jungen einen verzweifelten Blick zu. Der Junge senkte den Kopf.

Der Drogist hatte mittlerweile die Aufmerksamkeit der Gäste auf sich gezogen, was ihm nichts auszumachen schien. Er schubste die Tochter mit winzigen Knüffen vor sich her durch das Lokal an den Tischen vorbei und näherte sich dabei Wilhelm, der unwillkürlich aufstand. Als Sibylle ihn erkannte, griff sie nach seiner Hand.

»Ah, der junge Herr Meister«, sagte der Drogist, »bist du hier auch Stammgast?«

Ein Blick auf Sibylle, ein Gedanke an Mariane, und Wilhelm nickte, bereit, alles zu sagen, was dem Mädchen helfen könnte. Aber was? Um Zeit zu gewinnen, hielt er den Drogisten am Ärmel fest. »Na, wie geht's denn so?«

Wilhelm grinste und dachte, so saublöd hab ich schon lange nicht mehr gefragt. Dabei schielte er zu dem Jungen hinüber, der nach wie vor mit seinem Hintern fest auf dem Stuhl saß. Feigling, dachte Wilhelm, der ist es nicht wert, der ist gar nix wert.

Der Drogist versuchte sich loszumachen. »Laß die dumme Fragerei!« sagte er ärgerlich und schubste Wilhelm ein Stück zurück. Die Gäste, der Wirt und die Bedienung sahen zu.

»Er ist mein Freund«, sagte Wilhelm, »der einzige, auf den ich mich verlassen kann«, und er fügte leiser hinzu, »alle in unserer Familie schätzen ihn.«

»Mag sein«, sagte der Drogist ungerührt und ließ Sibylle nicht von der Hand, »ich schätze ihn jedenfalls nicht!«

Und schon war er mit seiner Tochter hinausgestürmt. Die Tür fiel mit lautem Knall zu.

Wilhelm stand mit roten Ohren mitten im Lokal.

Die Gäste hatten sich wieder ihren Getränken zugewandt und setzten ihre Gespräche fort. David hatte diesmal nicht gesiegt.

Wilhelm nahm sein Glas und setzte sich zu dem Jungen. Eine Weile schwiegen beide. Schließlich sagte der Junge: »Das war gut von dir gemeint, nützt aber nichts, ich kenn den Alten.«

»Wer bist du überhaupt? Ein Freund von Sibylle?«

Der Junge nickte. »Ich heiße Melina.«

Merkwürdig, dachte Wilhelm, alles, was der tut oder sagt, ärgert mich, und sein Name ist auch blöd. Als Wilhelm nicht antwortete, auch nicht sagte, wie er hieß, sondern nur wartete, begann Melina zu berichten.

Seit einem Jahr sei er mit Sibylle gegen den Willen ihres Vaters befreundet. Kein Trick, den der Alte nicht schon angewendet hätte, um sie auseinanderzubringen. Erst sei es der Beruf gewesen, dann das Geld, das er nicht habe, und schließlich habe der Alte Melina einen Aussteiger genannt, einen Chaoten, einen arbeitsscheuen Spinner, der auf seine Kosten leben wolle. Ständig sei der Drogist ihnen auf den Fersen, in keiner Kneipe sei man vor ihm sicher, dauernd drohe er Sibylle mit Vormundschaftsgericht, Heimen und Enterbung.
Wilhelm fand das mit dem Erben ziemlich albern. »Und das stört euch alles?« fragte er ironisch und fühlte sich Melina überlegen.
»Ja«, sagte Melina ernst, »das stört uns. Sie sollen begreifen, daß wir uns wichtiger sind, als sie es uns sind, daß wir uns nicht von ihnen bedrohen lassen.«
Das war das erste, was Wilhelm an Melina gefiel.
»Sibylle«, fuhr Melina fort, »besteht auf dem Einverständnis ihres Vaters. Mein Glück ist nicht sein Glück, sagt sie, und das muß er einmal kapieren.«
Wilhelm überlegte, ob sein Vater diesen Unterschied akzeptieren würde. Er dachte an Mariane und versuchte, sich die Reaktion der Mutter vorzustellen, wenn er ihr ein Fotomodell als seine künftige Frau vorstellte. Dabei kam er zu der Überzeugung, daß es bei ihm zu Hause nicht viel anders zuging als bei dem Drogisten, nur daß ihm der Vater nicht in Kneipen nachspionieren würde.
Einen Augenblick lang hatte Wilhelm Melina gar nicht zugehört. Der sprach jetzt von sich. »Schauspieler bin ich, in einem kleinen Theater in Kreuzberg. Verdienst gleich null. Und wenn du mal in einem Film 'ne Rolle kriegst, dann ist der Filmemacher ein Idealist, oder sagt das jedenfalls, und dann

muß man's noch als Ehre ansehen, wenn man überhaupt auf den Streifen kommt. Ich mach das jedenfalls nicht mehr mit. Ich will für Sibylle und mich Geld verdienen, und ich hab da auch schon meine Pläne.«
Jetzt war Wilhelm bei der Sache. Schauspieler war also dieser Melina. Wilhelm beneidete ihn plötzlich. Wenn er, Wilhelm, Schauspieler wäre, stünde er neben Mariane ganz anders da.
»Mensch, Schauspieler, das ist doch ein toller Job, wieso willst du den aufgeben? Geld verdienen, was braucht ihr denn viel Geld? Beim Film hast du mal 'ne kleine Rolle, mal 'ne große, klar, aber jedenfalls machst du nicht von früh bis spät den gleichen Stumpfsinn...«
Melina unterbrach ihn mit einer wegwerfenden Handbewegung. »Und du, was machst du?«
»Maurer«, antwortete Wilhelm kurz, »ich lerne Maurer.« Er nahm sein Glas und leerte es in einem Zug. Dieser Melina hatte wahrscheinlich nicht die geringste Ahnung davon, was Alltagstrott hieß.
»Was? Maurer? Also Maurer möchte ich nun wirklich nicht werden, nimm's mir nicht übel, aber das ist das letzte.«
Wilhelm ließ sich seinen Ärger nicht anmerken. Er hörte dem Gelächter Melinas ruhig zu, bis dem die Lust dazu verging.
»Nein, nein«, sagte Melina großspurig, »ich hab ein gutes Angebot in einer Disko am Kudamm. Hundertfünfzig Mark pro Abend, für Scheiben auflegen und ein bißchen Quasseln.«
»Na gut.« Wilhelm stand auf. »Um so besser für dich!« Er hatte diesen Melina satt. Keine Ahnung, wieso er mit ihm hier seine Zeit verplemperte. Er legte das Geld für sein Bier neben das leere Glas.
»Du mußt uns helfen. Sag Sibylles Vater etwas über mich, was ihm gefällt. Du kennst die Familie, du weißt, was bei denen

Eindruck macht.« Er hielt Wilhelm die Hand hin. »Hör zu«, sagte er, »du bist jetzt der dritte, der das erfährt. Sibylle ist schwanger!«

Wilhelm betrat am nächsten Tag kurz vor Ladenschluß die Drogerie von Sibylles Eltern. Wie toll war das früher gewesen, wenn er mit Sibylle und anderen Kindern von der Straße hier hereingekommen war und sie Kaugummis bekommen hatten. Jetzt schien ihm alles dunkel und eng, obwohl eine Neonlampe mit einem Reklameschild weißes Licht über den Ladentisch breitete. Er hatte sich gar nicht überlegt, was er sagen sollte, hatte gedacht, das fiele ihm dann schon ein, und es war auch ein bißchen Neugier gewesen, wie es heute in dem Laden aussah.

Der Drogist und seine Frau standen hinter dem Ladentisch und staunten ihn an.

»Tag«, sagte Wilhelm, und alles war ihm furchtbar peinlich. Es roch nach Gummi und Waschpulver. Die Uhr schlug halb sieben. »Ich habe gedacht, ich komm mal vorbei – also wegen dem Melina, da brauchen Sie sich keine Sorgen zu machen. Mein Vater sagt, der ist in Ordnung, auch wenn er ein Schauspieler ist, aber, na ja, er soll ganz schön begabt sein.«

Eisiges Schweigen. Trotzdem redete Wilhelm weiter, und der Drogist und seine Frau hörten zu, was Wilhelm über Melinas Fleiß zu sagen wußte, über seine Zuverlässigkeit und sein Pflichtgefühl. Jedes Wort, mit dem Wilhelm die peinliche Stille zu verdrängen suchte, jedes Wort, mit dem er Melina lobte, klang in seinen Ohren nach. Die Lippen wurden ihm trocken, Wilhelm machte den Mund zu, es fiel ihm nichts mehr ein. Er dachte, wenn ich hier draußen bin, gehe ich in die Eckstube und trinke ein Bier.

Jetzt lösten sich die beiden hinter dem Ladentisch aus ihrer Erstarrung. In unnatürlicher Übereinstimmung wichen sie einen Schritt zurück, bewegten sich wie aufgezogen und öffneten gleichzeitig den Mund, aber nur der Drogist sprach. »Erspar dir den Quatsch über diesen Herrn Melina.«
Die Frau des Drogisten nickte.
Sibylles Vater war plötzlich sehr wütend. »Wir haben unseren Entschluß gefaßt«, sagte er und ging hinter den Regalen zur Ladentür, die er energisch öffnete, »Sibylle kann gehen, heute noch, wenn sie will, sie braucht auch nicht mehr wiederzukommen.« Er rüttelte heftig an der Klinke. »Die Tür bleibt für sie ab nun verschlossen.«
»Wiedersehen«, sagte Wilhelm, ging an den Regalen vorbei und hinaus. Auf der anderen Straßenseite wurde gerade die Leuchtreklame der Eckstube angeschaltet.
Zu schnell war Wilhelm später auf seiner Honda nach Hause gefahren. Ein paarmal hatte er ganz schön bremsen müssen, sonst hätte es geknallt. Er rief Melina nicht an, obwohl er das eigentlich vorgehabt hatte.
Er war froh, daß zu Hause schon alle schliefen, er hätte keine Lust gehabt, jetzt mit jemandem zu reden. Leise ging er in sein Zimmer, schloß die Tür hinter sich ab und ließ sich auf sein Bett fallen. Morgen würde Mariane zurückkommen, morgen, dachte er. Auf einmal war er wieder frei und klar im Kopf. Er nahm sein kleines Heft und begann zu schreiben.

Mariane war wieder da. Nichts konnte Wilhelm glücklicher machen als ihre Gegenwart. Alles, was sie erzählte, was sie plante, was ihr Leben ändern sollte, änderte auch sein Leben, rückte ihn von seiner Maurerlehre weg. Nicht, daß Wilhelm in diesen Tagen gefaulenzt hätte, nein, er arbeitete sogar unheimlich viel. Aber innerlich war er nicht bei der Sache, und das hing mit Mariane zusammen. Er fühlte, daß er ein anderer Mensch wurde, und staunte. Alles, was von Mariane ausging, akzeptierte Wilhelm schon im voraus, wenn sie ihm nur ihre Liebe zeigte und versprach, ihn nie zu verlassen. »Nie, nie!« Dabei konnte Mariane so fröhlich lachen, ihn so zärtlich umarmen und so stürmisch küssen, daß er sich manchmal schämte, immer noch mehr Liebesbeweise zu fordern. Oft machten sie lange Spaziergänge im Grunewald und sprachen dabei über die Zukunft. Kinder wollte Mariane erst später, aber dann mindestens drei oder vier.

»Norberg gibt eine Party«, sagte sie eines Tages, »du bist auch eingeladen.«

So wie sie das sagte, fiel ihm sofort das ›auch‹ auf. Das klang, als ob er zweitrangig wäre. Er wollte absagen, aber da hing sie schon an seinem Hals und schien sich so über diese Einladung zu freuen, daß er es nicht über sich brachte, sie zu enttäuschen. Von seinem während der Überstunden verdienten Geld wollte er ihr sogar etwas zum Anziehen kaufen. Wenn schon, denn schon.

Mit ein paar Hundertmarkscheinen in der Tasche zog er stolz an ihrer Seite von Boutique zu Boutique, saß an zierlichen Tischchen, auf zierlichen Stühlchen und sah Mariane zu, die immer wieder in anderen Blusen, Röcken, Hosen und Kleidern aus den Kabinen kam und vor den Spiegeln hin und her ging, um abermals etwas anderes anzuziehen.

Auf diese Weise hatten sie die ganze Knesebeckstraße abgeklappert, die Bleibtreu-, die Uhland- und die Schlüterstraße. KADEWE käme nicht in Frage, hatte Mariane gesagt, das sei ihr nicht individuell genug, und überhaupt lehne sie Kaufhäuser

ab. Wilhelm mußte zugeben, daß die intime Atmosphäre in den kleinen Geschäften etwas anderes war. Sie wurden nett begrüßt, einmal bekam er sogar eine Tasse Kaffee, und, was Wilhelm am meisten gefiel, die Verkäuferinnen wollten auch seine Meinung hören, lobten seinen Geschmack und seinen Sinn für Farben und Qualität.
Der Vater fiel ihm ein, und Wilhelm mußte lächeln bei der Vorstellung, daß der Vater die Mutter beim Kleiderkauf beraten oder sie durch Boutiquen begleiten würde.
Mariane entschloß sich für eine bis unters Knie reichende weite Pluderhose aus weicher Seide mit einer dazugehörigen reichbestickten Spitzenbluse und einem breiten Ledergürtel. Alles in weiß und silber aus einem französischen Modehaus. Bedächtig zählte Wilhelm die Geldscheine auf den Kassentisch. Er war stolz und begann, sich auf das Fest zu freuen.
Jetzt bestand Mariane darauf, daß auch er sich etwas kaufte, und schließlich ließ er sich zu einer schwarzen Hose und einem schwarzen Hemd mit Silbernieten überreden. »Schwarz und weiß«, sagte Wilhelm, »paßt gut zusammen.«
Nachdem sie zu Mariane in die Goltzstraße gefahren waren, um sich dort für das Fest umzuziehen, und die alte Barbara beim Italiener eine Flasche Rotwein gekauft hatte, damit Stimmung aufkäme, hatte Mariane für Wilhelm eine Überraschung. In Düsseldorf hatte sie in den langen Wartepausen zwischen den Aufnahmen für Wilhelm eine Weste gestrickt! Sofort zog er die Weste an und fuhr mit beiden Händen immer wieder darüber. Wie schön sie war! Zwar paßte das blau-weiße Muster nicht so gut zu seiner Kleidung, aber er wollte die Weste anbehalten. Vor lauter Freude trank er zwei Gläser hintereinander weg. Er hatte sich in einen der abgeschabten Sessel gesetzt und sah Mariane beim Umziehen und Schmin-

ken zu. Die Alte hob ein paar Sachen auf. Schmutzige Pullover, Strümpfe und Wäsche lagen mit Frischgewaschenem durcheinander. Anfangs hatte Wilhelm diese Unordnung in Marianes Zimmer gestört. Nichts lag hier an seinem Platz. Schminktöpfchen standen neben Joghurtbechern, Strümpfe hingen zusammen mit Ketten über der Schreibtischlampe, und im Kleiderschrank war ein Stapel Pullover über Schuhe und Bücher gestürzt. Jetzt fand er dieses Durcheinander reizvoll, weil es eine Ordnung von Mariane war und nicht so eine Spießerordnung wie bei ihm zu Hause. Was sollte auch dieses ewige Aufräumen, dieses Putzen und Wischen, von dem seine Mutter ganz krumm wurde.

Mariane verbarg ihre Unordnung nicht, er war ihr Vertrauter. Wilhelm war glücklich.

Die Party fand in einem der großen, alten Berliner Häuser statt, Glastüren mit schmiedeeisernen Verzierungen, durch die man in das erleuchtete Treppenhaus sehen konnte, Spiegel an den Wänden, Kristalleuchter rechts und links der Marmortreppe, auf der ein roter Teppich lag.

»Hier wohnt Norberg?« fragte Wilhelm leise und sah Mariane zu, wie sie in ihren Pluderhosen die Treppe vor ihm hinaufhüpfte, die Lichtschalter bediente und gleich den Fahrstuhl fand, als sei sie hier zu Hause.

Die Klingel neben der dunklen Holztür war aus Messing, ebenso das Namensschild. Die Vornehmheit, die dieses Haus schon im Flur ausstrahlte, schüchterte Wilhelm ein. Norberg empfing sie an der Wohnungstür. Er trug ein helles Baumwolljackett, darunter ein schwarzes T-Shirt und schwarze Hosen. Um den Hals hatte er einen violetten Seidenschal geschlungen. Er küßte Mariane und gab Wilhelm die Hand.

»Hallo«, sagte er »nett, daß ihr gekommen seid!« Dabei

lächelte er einem Paar zu, das hinter ihnen durch die Tür trat. Mariane und Wilhelm wurden ein Stück weiter in die Wohnung hineingeschoben. Links kam ein Herr in weißer Jacke auf Mariane zu. Höflich ergriff Wilhelm seine Hand, die, wie er zu spät bemerkte, Mariane gegolten hatte. Trotzdem schüttelte er sie kräftig und stellte sich vor. Das Gesicht des Herrn blieb unbewegt, er zog seine Hand zurück und nahm Mariane den Umhang ab, ebenso der Dame, die nach ihnen gekommen war, den Mantel.
»Da geht's lang«, sagte jemand und zupfte Wilhelm am Ärmel. Hinter einer Flügeltür öffnete sich ein saalartiger Raum. Im ersten Augenblick sah Wilhelm überhaupt keine Möbel, nur Menschen. Sie standen in Gruppen herum, Gläser in der Hand, rauchten, redeten und lachten und schienen sich alle zu kennen. Mariane wurde schon wieder geküßt, diesmal von zwei Mädchen, die schon von weitem »Hallöchen« riefen. Ein Herr mit einem grauschwarzen Bart behauptete, stundenlang auf Mariane gewartet zu haben. Wilhelm wurde von niemandem angesprochen. Alles kam ihm ebenso fremd wie komisch vor. Er stand wie angewurzelt hinter Mariane, ihren Rücken vor Augen, ihr munteres Geplapper im Ohr. Der mit der weißen Jacke bot auf einem Tablett Gläser mit Sekt und Wein an, später auf einer großen Silberschale Partybrötchen und Schinkenhörnchen. Wilhelm hatte das Gefühl, eine Tarnkappe aufzuhaben. Für die anderen war er Luft, war einfach nicht da, keiner sprach mit ihm, aber er sah und hörte alles. Plötzlich war Mariane nicht mehr zu sehen, einfach verschwunden. Wilhelm wich zur Wand zurück und sah sich um. Natürlich gab es Möbel, einzelne helle große Sessel, ein Sofa aus Leder, auf dem zwei Männer hintereinander hätten liegen können, eine mannshohe Stehlampe, die ihr Licht gegen die

Decke strahlte, Tische aus Chrom und Glas in allen Größen, und an den Wänden hingen überlebensgroße Fotos, Fotos in Metallrahmen, hauptsächlich Landschaften, dazwischen ein nacktes Mädchen. Wilhelm trank Sekt. Jemand hielt ihn für Norbergs neuen Assistenten und fragte mit leiser Stimme, ob es der Wahrheit entspreche, daß Norberg jetzt fest für die Zeitschrift *Brigitte* arbeite. Er sei Bauunternehmer, antwortete Wilhelm ebenso leise, worauf sich der andere entschuldigte und Wilhelm stehenließ.

»Hey«, sagte ein Mädchen zu ihm, »halt mal mein Glas«, und weg war sie. Wilhelm wartete eine Weile auf sie, bis er sah, daß sie mit einem anderen Glas in der Hand bei anderen Leuten stand. Er ging zum Buffet, lud sich den Teller voll und setzte sich in ein Nebenzimmer. Hier war alles antik eingerichtet, aber anders als bei seinem Großvater. An einem Tisch saßen Leute, die sich über Lokale unterhielten. Es kam ein Streit auf, ob das *Ax Bax* in der Leibnizstraße nun dem Ossi Wiener gehöre oder nicht. »Wissen Sie es vielleicht?« fragte ein Herr um die fünfzig und zeigte mit seiner Gabel über den Tisch auf Wilhelm, aber der kannte weder das *Ax Bax*, noch wußte er, wer Ossi Wiener war. Er schüttelte nur den Kopf, und von da an wurde er nicht mehr beachtet. Er holte sich etwas zu trinken, stand dann im Nebenzimmer eine Weile herum, aber nichts passierte. In Wilhelm stieg langsam eine Wut hoch. Scheißgesellschaft, dachte er, Schnattergänse und Angeber. Er stieß ein paar Leute an, ohne sich zu entschuldigen, stellte sein Glas auf ein Kunstwerk aus Plastik und ließ die Asche seiner Zigarette absichtlich aufs Parkett fallen. Er suchte Mariane, und je länger er sie suchte, desto wütender wurde er. Er kam sich langsam blöd vor, von einem Tisch zum anderen zu rennen, gemustert zu werden, besonders von den Männern, die alle besser angezogen waren als er. Plötzlich glaubte Wilhelm, daß Norberg ihn nur aus diesem Grund eingeladen hatte: Wilhelm sollte begreifen, daß er für Mariane in dieser Gesellschaft nicht der Richtige war. Da sah er sie an einem kleinen Tisch sitzen. Sie lehnte an der Schulter eines Mannes, der eine rote Rose im Knopfloch trug. Auch Mariane hatte eine Rose im Haar. Norberg, der gerade hinzutrat, legte beide Hände auf ihre Schultern und flüsterte ihr etwas ins Ohr, woraufhin sie ihn strahlend ansah.

»Komm«, schrie Wilhelm, plötzlich ganz außer sich, über die Köpfe der verblüfften Gäste hinweg Mariane ins Gesicht, »komm, wir gehen!«

Nur, daß Mariane nicht aufstand, sich nicht höflich an den Sitzenden vorbeidrückte, um an seine Seite zu kommen. Das war schlimm. Sie blieb, wo sie war, starrte ihn an und fragte für alle hörbar: »Wir?«

Mehr brauchte sie nicht zu sagen. Wilhelm beugte sich vor, mit einem Griff zog er sie hoch. Mariane sträubte sich, und Wilhelm packte fester zu. Ein paar Mädchen kreischten, Norberg stand mit offenem Mund und hängenden Armen da, der mit der Rose im Knopfloch sprang auf, und im selben Moment klopfte ihm der Glatzkopf auf die Schulter. Weiß der Himmel, wo der Kerl hergekommen war. Bisher hatte Wilhelm ihn jedenfalls nicht gesehen. Er grinste verschmitzt und sagte übertrieben höflich: »Telefon für dich!«

Wilhelm ließ Mariane los.

Als er im Flur den Telefonhörer nicht neben, sondern auf der Gabel sah, die Wohnungstür aber weit und nur für ihn geöffnet, holte Wilhelm aus und streckte den Glatzkopf nieder.

Er verließ die Party und fuhr direkt nach Hause. Er legte sich ins Bett und verschlief am nächsten Tag die Zeit des Aufstehens.

Als er endlich erwachte, hatte er Kopfschmerzen. Er ging nicht zum Frühstück hinunter und ging auch nicht zur Arbeit. Er blieb in seinem Zimmer und starrte an die Wand. Schließlich hockte er sich vor seinen Schreibtisch und räumte auf. Alles wollte er neu ordnen, andere Dinge in Griffnähe rücken und nichts Unnützes mehr herumliegen lassen. Lange blätterte er in seinen Heften, las hier und da eine Seite und fühlte sich sehr einsam. Später kam Werner herein, vielleicht hatten ihn die Eltern geschickt.

»Bist du schon wieder über diesen Heften?«

»Was weißt du denn davon?«

»Du hast mir selbst mal daraus vorgelesen, irgend so ein Liebesgedicht.«

»Ach du! Du verstehst doch nur was von Buchhaltung, und dann ist schon Sense.« Wilhelm zog ein Heft nach dem anderen aus der Schublade hervor. »Das habe ich schon alles geschrieben, und vielleicht ist es gar nicht so schlecht, aber es ist auch nicht irre gut, und das ist noch schlimmer!« Er riß ein paar Seiten heraus und zerknüllte sie.

»Wirf es ins Feuer«, sagte Werner gelassen, »diese ganze Schreiberei bringt dich keinen Schritt weiter und ärgert nur deinen Vater. Wenn du mal den Laden hier erbst, dann kannst du diesen Quatsch sowieso nicht gebrauchen. Lies lieber Fachzeitschriften, wenn du schon gelehrt sein willst.«

»Hau ab«, antwortete Wilhelm.

Werner blieb an seinem Platz stehen und schaute jetzt auf ein Foto von Mariane, während Wilhelm seine Hefte wieder zusammenschob. Er hatte keine Lust, mit Werner zu diskutie-

ren. Die Familie, das Geschäft des Vaters, seine Lehre, das alles war ihm ein Last, die er gerne mit Werner zur Tür hinausgeschoben hätte. Aber Werner war hartnäckig, gönnte zwar dem Freund die Pause, gab aber nicht auf. Wilhelm merkte, daß da noch etwas anderes war, an dem Werner herumdruckste, und plötzlich hatte Wilhelm Mitleid mit dem Freund, der immer allen alles recht machen wollte.
»Ich weiß, wer Mariane ist«, sagte Werner so unvermittelt, daß er selbst einen roten Kopf bekam.
»Mariane?« Wilhelm blickte aus dem Fenster. »Was weißt du von ihr?«
Werner schien dankbar, daß Wilhelm auf das Thema überhaupt einging. Er wurde zutraulich und setzte sich zu Wilhelm. Mit seinen hochgezogenen Stirnfalten hatte er für Wilhelm das Gesicht eines alten Mannes.
»Fotomodelle, Wilhelm, die sind kein Umgang für uns. In der Italienerkneipe ist ihr Ruf genauso schlecht wie der von ihrer Zimmerwirtin. Solche Mädchen sind nur aufs Geld aus. Das merkt man doch!« Dabei nickte Werner den eigenen Worten Zustimmung zu, lachte auf und schlug dem Freund auf die Schulter. »Mensch, Wilhelm – du verdienst ganz andere Mädchen!«
»Ich vertrau ihr, und mehr geht dich nicht an.« Wilhelm stand auf und öffnete die Tür. »Raus jetzt, verstanden?«
Werner ging verlegen an ihm vorbei. »Sei nicht böse«, bat er, bevor die Tür hinter ihm zuschlug.
Alleingelassen war Wilhelm den Tränen nahe. Er sah nur seine Hefte vor sich, die er jetzt umklammerte, als müßte er Mariane festhalten. Werners Worte hatten ihn wie Giftpfeile getroffen. Er sah die ganze lächerliche Gesellschaft, die er bei Norberg erlebt hatte, und Mariane mittendrin. Wie sie gelacht, wie sie

geflirtet und nach allen Seiten geredet hatte, da war kein Platz mehr für ihn gewesen. Vielleicht hatte Werner recht?
Im Haus waren die Geräusche des Alltags zu hören. Die Mutter fuhrwerkte mit dem Staubsauger herum. Die Schwester, die zum Mittagessen nach Hause gekommen war, verabschiedete sich von ihr und ließ sich von Werner zurück ins väterliche Geschäft fahren.
»Und sieh mal nach Wilhelm«, rief sie der Mutter zu, »irgendwann wird er bestimmt Hunger bekommen!«
Nie würde er Hunger bekommen, Wilhelm gab sich dem stumpfen Gefühl seines leeren Magens hin. Draußen schien die Sonne. Wilhelm zog Papier und Kuli aus der Schublade und begann einen Brief an Mariane zu schreiben, der viele Seiten lang wurde.
Als er den Brief beendet hatte, duschte er, räumte sein Zimmer auf, schloß die Hefte ein, überlegte sich für seinen Chef eine glaubwürdige Entschuldigung und ging zur Arbeit, obwohl es schon drei Uhr nachmittags war.

Zwei Tage schuftete er von morgens bis abends. Wenn er nach Hause kam, half er der Mutter beim Abtrocknen und spielte mit dem Vater Mühle. Zwei Tage lang war er nicht zu Mariane gegangen, auch den Brief hatte er nicht abgeschickt. Noch immer dachte er über jede Zeile nach, die er ihr geschrieben hatte: Seine Liebe zu ihr, sein Entschluß, ihretwegen das Elternhaus zu verlassen. Er hatte geschrieben, daß er Schriftsteller werden wollte, aber nebenbei auf dem Bau arbeiten würde, um Geld für sie beide zu verdienen.
Endlich wußte er, daß sein Entschluß richtig war. Er wollte ihr seinen Brief geben, sie beobachten, wenn sie ihn las.
Der Lärm im Italienerkeller in der Goltzstraße war groß.

Wilhelm holte eine Flasche Wein und eine Pizza. Alles nahm er so aufmerksam wahr, als sei er monatelang nicht hier gewesen. Er freute sich über jeden Gruß.
»Du lieber Gott«, sagte die alte Barbara, die ihm die Tür geöffnet hatte, »was willst du denn hier?«
Sie lief hinter ihm her durch den Korridor, zupfte ihn pausenlos am Ärmel und krähte plötzlich direkt vor Marianes Tür: »Vielleicht ist ihr dein Besuch gar nicht recht. Hast du sie denn gefragt?«
Wilhelm mußte lachen. Er schob die Alte beiseite und drückte die Klinke herunter.
Die Tür war versperrt.
Mit einem Blick sah Wilhelm, daß der Schlüssel von innen steckte. Er klopfte, er rief: »Mariane?«
Er legte sein Ohr an die Tür. Kleine undefinierbare Geräusche, ein Flüstern, ein Über-den-Boden-huschen von Schuhen, ein Glas klirrte.
Irrte er sich?
Die alte Barbara schlurfte davon, sie schien an der Angelegenheit nicht mehr interessiert zu sein.
Die Tür blieb verschlossen.
»Mariane!« rief Wilhelm, »Mariane!« Wieder und wieder und immer lauter.
Es kam keine Antwort.
Die Pizza rutschte ihm aus der Hand und fiel in den dunklen Flur. Wilhelm schlich die Treppe hinunter. Er konnte das alles nicht begreifen. Wieso ließ Mariane ihn nicht hinein?
Es dauerte eine ganze Weile, bis er erkannte, daß es Norbergs Wagen war, der dicht neben seiner Honda stand.

»Ich muß fort, rief er aus, ich will fort!«

ZWEITES KAPITEL

Die Kiesschicht mußte auf den fein planierten Garagenboden aufgebracht und durch Rütteln verdichtet werden. Obendrauf kam die Packlage, der Betonboden und darauf der Zementestrich, drei Zentimeter hoch. Beton und Estrich frisch in frisch eingebracht, so wollte es der Chef haben: Das sei die beste Verbindung des Materials. Wilhelm gönnte sich keine Pause und gab das Tempo an, ohne auf das Murren der Kollegen zu hören. Er sprach nur das Nötigste. In den Arbeitspausen saß er abseits, meist im Schatten einer Wand. Dann konnte er es nicht verhindern, an Mariane zu denken, an ihre Zärtlichkeiten, ihr Lachen, an ihren Körper. Nichts mehr davon gehörte ihm. Ein erbärmliches Gefühl der Leere dehnte sich in ihm aus.

Nur Arbeit half da. War Feierabend, fuhr er zum Vater. Waren keine Überstunden fällig, machte er sich auf dem Hof zu schaffen, wartete die Maschinen oder wusch die LKWs. Gab ihm der Vater Geld, steckte er es ein, gab ihm der Vater keines, war's auch recht, Wilhelm redete nicht darüber.

Nur Werner wußte, worum es ging. Er heizte ihm ordentlich ein, glaubte wohl, dem Freund über die Runden zu helfen, indem er Mariane schlecht machte und üble Geschichten über sie erzählte. Das tat Wilhelm weh.

Eines Tages fiel er um. Er war nicht etwa ohnmächtig geworden, nur umgefallen, lag da mit offenen Augen, atmete regelmäßig, aber rührte sich nicht.

»Mach keinen Blödsinn«, sagte einer der Kumpel und stieß ihn in die Seite. Ein anderer begoß ihn mit Wasser. Ein dritter setzte ihn hin. Der vierte fing ihn wieder auf. Der Polier, dem das Verhalten des sonst so tüchtigen Lehrlings unheimlich zu sein schien, ließ Wilhelm kurzerhand nach Hause fahren, wo ihn die Mutter ins Bett brachte.

Eine Woche lang schlief Wilhelm viel und träumte wenig, aber wenn er träumte, dann in grellen Farben, und jedesmal erwachte er voller Verzweiflung. Er ließ sich pflegen, aß wenig und trank viel. Er litt, wenn er allein war, und er litt, wenn die Mutter, der Vater, die Schwester oder Werner an seinem Bett saßen. Er litt lange, so lange, bis er eines Tages merkte, daß das Leiden sich erschöpfte. Wie aus Trotz schaute er Marianes Foto an, und ihr Lächeln quälte ihn noch.

Erst am Ende dieser schlimmen Woche konnte er wieder klarer denken. Eines Morgens sagte er sich, daß Marianes Verlust der einzige, der erste und der letzte sein sollte, den er in seinem Leben empfinden wollte.

Noch im Bett fing er an, in seinen Heften zu lesen. Seine Gedichte kamen ihm auf einmal vor wie Gestammel, in dem sich nur banale Gedanken und Gefühle hinschleppten. Das war unerträglich. Er stand auf, zog sich an und sammelte alles in seinem Zimmer zusammen, was Mariane gehört oder was er von ihr geschenkt bekommen hatte, gepreßte Blumen, ein Ohrring, Zettelchen, Kinokarten und Briefe. Er steckte alles in eine Plastiktüte und legte obenauf alle seine Hefte, ohne eines zurückzulassen.

Im Garten zündete er ein Feuer an und warf alle Gegenstände hinein, zum Schluß die Hefte. Und zu allerletzt das Foto von Mariane. Die Familie sah ihm vom Wohnzimmerfenster aus zu. Schließlich kam Werner in den Garten, wohl in der

Hoffnung, er könne etwas ausrichten. Aber auch Werner starrte nur in die Flammen, in denen sich die Blätter aufrichteten, krümmten und verkohlten.
Endlich sagte Werner: »Ist vielleicht schade, warum hast du denn alles verbrannt? Vielleicht bereust du das mal, hättest es ja aufheben können, irgendwo in einer Schachtel…«
Wilhelm stocherte in der Glut herum. »Entweder ist etwas gut, oder es ist schlecht, dann nix wie weg damit.«
»Na ja, ich dachte, so als Erinnerung…«
»Erinnerungen verbrennen nicht, die behält man sowieso.«

Am nächsten Tag bestellte der Vater Wilhelm zu sich, aber nicht in sein Büro nach Lankwitz, nein, zu einem Gespräch ins Wohnzimmer. Mutter und Tochter hatte der alte Meister hinausgeschickt. Jetzt saß er vornübergeneigt in seinem Sessel, nachdenklich und ruhig. Wilhelm wartete gespannt. Plötzlich kam ihm der Vater fremd vor.
»Du warst in den letzten Wochen sehr fleißig«, begann der Vater, »ich hatte Freude an dir.« Er schenkte sich Rotwein ein und bot auch Wilhelm ein Glas an. Der schüttelte den Kopf.
»Deine Gesundheit hat uns Sorgen gemacht, und du siehst so bedrückt aus. Hast du Kummer?«
Wilhelm schwieg.
»Manchmal ist es gut«, sagte der Vater leise, »wenn man von Mann zu Mann miteinander redet.«
Wilhelm dachte, von Mann zu Mann, das ist das erstemal, daß er so mit mir spricht. Aber was soll ich ihm sagen? Daß ich was anderes will, aber nicht weiß, was…
»Möchtest du Urlaub machen?« unterbrach der Vater Wilhelms Gedanken. »Mit deinem Lehrherrn könnte ich das regeln. Immerhin warst du krank.«

Urlaub? dachte Wilhelm und merkte, wie betroffen ihn dieser Vorschlag machte. Urlaub – frei wollte er sein, frei von der ganzen Schufterei bis an sein Lebensende. Wilhelm starrte den Vater an und konnte immer noch nichts sagen.
»Na, ist auch gut«, sagte der schließlich, »wir können ja ein andermal miteinander reden.« Der Vater stand auf, zog seine Brieftasche hervor und entnahm ihr einige Scheine. »Hier sind tausend Mark, mein Junge. Fahr nach Westdeutschland, nach Hamburg oder München, laß dir ein bißchen Wind um die Nase wehen, das wird dir guttun.«
Wilhelm fühlte die Geldscheine zwischen den Fingern.
Einen Moment lang war es still.
Plötzlich trat der Vater auf Wilhelm zu und umarmte ihn. »Du sollst wissen, daß ich dich verstehen will.«
Wilhelm spürte die Bartstoppeln des Vaters in seinem Gesicht, und ohne daß er es sich erklären konnte, wurde er traurig. Der Vater ließ ihn los und gab ihm einen Klaps auf die Schulter. Wilhelm ging, ohne zu danken.

An Gepäck hatte Wilhelm kaum etwas mitgenommen, obwohl ihm die Mutter alles gewaschen, gebügelt und zurechtgelegt hatte. Dreimal war er auf einem Reisebüro gewesen und hatte sich nach Flügen und Zügen erkundigt, dreimal hatte er sein Reiseziel geändert. Schließlich war er auf seiner kleinen Honda davongefahren.
In Steglitz nahm er den Stadtring. Es machte ihm Spaß, langsam zu fahren. Ein toller Frühlingstag war das, mit Sonne und weißen Wolken am Himmel. Plötzlich wußte er ganz genau, daß er nicht nach Westdeutschland fahren würde. Hier in der Stadt wollte er bleiben.
Er gab Gas, verließ die Autobahn und fuhr Richtung Innen-

stadt. Ein Ziel hatte er nicht, nur Lust zu fahren, so wie es ihm gerade einfiel, Kaiserdamm hoch, Bundesallee runter, Hohenzollerndamm rein und Clayallee wieder raus. Das waren Straßen, so gebaut, daß die preußischen Könige ihre Soldaten schneller aus der Stadt in den Krieg schicken konnten, Prachtstraßen, Heerstraßen. Und dazwischen Kinos, Betonkästen, Abbruchhäuser, Hotels, Parks, Villen und neue Miethäuser. Wilhelm konnte nicht genug davon kriegen. Ein Gedicht fiel ihm ein, eins, das er vor langer Zeit mal geschrieben hatte, und er war glücklich, daß er es noch auswendig wußte.
Die Gitschiner Straße entlang fuhr er mit der U-Bahn um die Wette, und in Kreuzberg ging ihm das Benzin aus.
Ein Wink des Schicksals, sagte er sich. Er stellte die Maschine ab und ging zu Fuß weiter. Schmutzige, rissige Straßen, graue Häuser, alles fremd, auch die Menschen. Wilhelm schaute sich neugierig um. Hier war er noch nie gewesen. Was sollte auch ein Lichterfelder in Kreuzberg? Er sah nach den Straßenschildern und versuchte, sich die Namen einzuprägen, damit er später sein Motorrad wiederfand. Vor ihm liefen ein paar Türkenkinder. Ihr Lachen gefiel ihm.
Plötzlich hörte er von weitem Geschrei, auch Musik, Ziehharmonikamusik, die von einzelnen disharmonischen Trompetenstößen unterbrochen wurde. Beim Klang der Musik hatten die türkischen Kinder zu laufen begonnen, sie durchquerten einen Hof, kletterten über allerlei Gerümpel und verschwanden hinter einer Reihe Mülltonnen. Wilhelm wäre ihnen gern gefolgt, entschloß sich aber, auf der Straße zu bleiben. Bei der nächsten Straßenecke bog er rechts ab, und da sah er es auch schon: ein Straßentheater, das Programm war im vollen Gange. Auf dem Bürgersteig saß ein Mädchen, als alte Frau verkleidet, und strickte. Ein Mann im schwarzen Anzug ging

mit einem Tablett herum, auf dem Pfirsichkompottstückchen lagen. Sein todernstes Gesicht wirkte komisch, die Zuschauer lachten, und plötzlich, ohne daß jemand damit gerechnet hatte, schob er dem einen oder anderen ein Pfirsichstück in den Mund. Die Zuschauer lachten noch mehr. Jetzt stellte der Mann das Tablett zur Seite, nahm eine Fackel, zündete sie an und forderte mit übertriebenen Gesten die Frau auf, ihm zu folgen. Die strickte weiter und tat so, als bemerke sie die komischen Verrenkungen des Mannes nicht. Schließlich drehte er sich um, nahm einen Schluck aus einem Fläschchen, spie das Zeug in die Fackel und erzeugte auf diese Weise eine Stichflamme, die direkt auf die Frau zuschoß. Das Publikum schrie auf. Die alte Frau zuckte mit keiner Wimper. Der Mann versuchte, eine noch größere Flamme hochzublasen. Gerade als sich Wilhelm zum Gehen wenden wollte, sprang die Alte auf, griff nach einem Eimer und schüttete einen großen Schwupp Wasser über den feuerspeienden Mann. Auch Wilhelm wurde davon naß.

»Scheißspiel«, rief er ärgerlich, während die anderen in die Hände klatschten. Das verkleidete Mädchen nickte ihm zu. Der Mann ging schon wieder mit seinem Pfirsichkompott herum. Wilhelm zupfte an seinem nassen Hemd, das ihm auf der Haut klebte. Er überlegte, wie er es trocknen könnte. Als er sich umdrehte, sah er in zwei grüne Augen.

»Komm mit, ich weiß, wo du dein Hemd in der Sonne trocknen lassen kannst.« Das Mädchen schob ihren Arm unter seinen Ellbogen. Sie ging mit kurzen Trippelschritten neben ihm her. Ihre hochhackigen Pumps klapperten auf dem Bürgersteig. Über ihrer langen weißen Bluse hing ein schwarzes, viel zu kurzes Seidenmäntelchen, während der Rock fast bis zu den Knöcheln reichte. Diese ungewöhnliche Kleidung gefiel Wilhelm.

»Ich heiße Philine, und da drüben«, sie zeigte über die Straße auf die Einfahrt eines großen Hauses, »ist unser Hofcafé. Da wohnen wir.«
Jetzt erst sah Wilhelm das Straßenschild direkt neben der Hofeinfahrt. Er blieb stehen. Die Buchstaben verschoben sich, kippten vor und zurück, gehörten zu einem Namen, den Wilhelm hatte vergessen wollen. Mariannenstraße.
»Ich hol lieber erst mein Motorrad«, sagte er, ohne sich von der Stelle zu rühren.
Aber Philine hielt nichts davon. Naß, wie er sei, solle er erst einmal mit ins Café kommen. Damit zog sie ihn über die Straße durch den Torbogen des alten Fabrikgebäudes in den Hof und rief: »Laertes, kannst du dem hier eins von deinen Hemden geben?«
Zu Wilhelms Verwunderung fragte dieser Laertes keineswegs warum, wußte dem Anschein nach gleich Bescheid, denn er wollte nur wissen, ob die Besetzeroma wieder zugeschlagen habe.
Zwischen Bänken und Tischen, zwischen Gästen und Kindern knöpfte Philine Wilhelm das Hemd auf und zog es ihm ungeniert über den Kopf. Sie fragte nach seinem Namen, hängte das Hemd über eine Leine und lief ins Haus. Verlegen stand Wilhelm mit nacktem Oberkörper im Hof, in dem es nach Kaffee und Kuchen roch. Jetzt merkte er, daß auch seine Hose naß war. Er setzte sich auf einen Stuhl. Laertes schenkte Bier aus. Bedienung gab es hier offenbar nicht, jeder holte sich das, was er wollte, bei Laertes ab. Ein hübscher Junge mit dunklen Haaren und braunen Augen, der Wilhelm nicht aus den Augen ließ, saß auf einer Bank mit einer Geige auf den Knien und zupfte leise Töne. Laertes zeigte auf Philine, die jetzt mit einem Hemd in der Hand aus dem Gebäude kam.

»Hier«, Philine breitete das Hemd auseinander und ließ Wilhelm hineinschlüpfen, »es paßt!« Sie knöpfte es zu und stopfte mit größter Selbstverständlichkeit die Zipfel unter den Hosenbund, so als könne er sich weder allein aus- noch anziehen.
»Danke«, sagte Wilhelm und roch an Philines Haaren.
Sie hockte sich mit hochgezogenen Beinen vor ihm auf eine Bank. »Kommst du nachher rüber, zum Oranienplatz? Da sind Seiltänzer und eine Sintifrau, die wahrsagt. Später können wir am Kanal spazierengehen.«
Wilhelm war überrascht. Gerade hatte er sie kennengelernt, und schon plante sie einen Ausflug mit ihm. »Hast du denn Zeit, einfach so?«
»Zeit und Lust, und wer weiß, wie lange wir zusammen sind.«
Wilhelm wollte sie fragen, wie sie das gemeint habe, da begann Philine schon zu erzählen: »Ich, Laertes und Friedrich«, sie zeigte auf den Jungen mit der Geige, »wir gehören zusammen, wir sind sozusagen die Trümmer einer gescheiterten Theatergruppe. Jetzt schlagen wir uns so durch. Laertes macht das Café, und deshalb können wir hier wohnen. Ich helf ihm manchmal. Friedrich auch, wenn er will. Meistens will er nicht.«
An Friedrichs Tisch hatten sich Kinder versammelt. Einige behaupteten, er sei tot, andere, die gerade erst in den Hof gekommen waren, hielten ihn für eine Puppe.
»Ach du lieber Gott«, seufzte Philine, »jetzt fängt das schon wieder an.«
Wilhelm begriff nicht.
»Ich will nicht!« schrie Philine zu Friedrich hinüber.
Friedrich bewegte sich nicht. Er saß wie ausgestopft, bewegungslos in einer ganz unnatürlichen Haltung. Sein Gesicht

schien aus Porzellan zu sein, mit Augen aus Glas, die sich nicht bewegten. Die Gäste fanden das komisch, zumal jetzt ein Hund Friedrich anbellte. Aber auch das veranlaßte Friedrich nicht, sich zu bewegen.
Man rief immer lauter nach Philine, die schließlich aufstand, sich neben Friedrich auf den Tisch setzte und zu singen begann. Sofort wachte Friedrich aus seiner Erstarrung auf. Erst ruckte es in seinen Händen und Armen, dann ruckte sein Kopf und schließlich sein Körper. Wie ein Roboter bewegte er sich, wie von einer Maschine angetrieben. Die Kinder jubelten. Erst als er die Geige ergriffen hatte, wurde Friedrich wieder ein ganzer Mensch. Er trat neben Philine und begleitete ihren Gesang mit einer zarten Melodie. Kaum schloß Philine den Mund, wurde Friedrich wieder zum Roboter, verlangsamten sich seine Bewegungen, und schließlich saß er wieder in der unnatürlichen Haltung am Tisch.
Auf dem Weg zum Oranienplatz dachte Wilhelm darüber nach, wie es wäre, wenn Philine seine Gedichte sänge, von Friedrich mit der Geige begleitet. Es kam ihm seltsam vor, daß er jetzt in einem Hemd von Laertes neben Philine und Friedrich herlief, als ob sie schon alte Freunde wären. Er fühlte sich wohl und weit weg von Lichterfelde. Straßentheater hatte er in Lichterfelde noch nie erlebt, auch in Lankwitz nicht, und ein Café in einem alten Fabrikhof war ihm bisher auch nicht vor die Augen gekommen. Und schon gar nicht ein Pantomimenkünstler wie Friedrich einer war.
Auf dem Oranienplatz ging es ganz anders zu. Die Schauspieler verlangten Geld und die Kinder bettelten, bevor es überhaupt losging. Es war eine kleine Truppe, die sich da auf dem Platz versammelt hatte. Ein Clown turnte auf einem quer über den Platz gespannten Seil, während mehrere Kinder Rad

schlugen und sich mit Hilfe eines Schwungbretts gegenseitig auf die Schultern sprangen. Direkt neben Wilhelm stand ein Mädchen von vielleicht dreizehn oder vierzehn Jahren. Es trug ein kurzes seidenes Westchen mit geschlitzten spanischen Ärmeln und lange Hosen mit Puffen. Die schwarzen Haare waren in Locken und Zöpfen um den Kopf gekräuselt.

»Gehörst du auch hier dazu?« fragte Wilhelm.

Mit einem Seitenblick sah sie ihn an und lief weg, ohne zu antworten.

Wilhelm ging ihr nach. »He, lauf doch nicht weg! Wie heißt du?«

»Sie nennen mich Mignon.«

»Wie viele Jahre bist du schon in diesem Zirkus?«

»Es hat sie niemand gezählt!«

»Wer ist dein Vater?«

»Der große Teufel ist tot.«

Das war ein merkwürdiger Dialog.

Philine schnalzte mit den Fingern. Mignon machte eine Verbeugung und rannte davon.

Eine Wahrsagerin trat auf. Eine Sintifrau, wie sie selbst sagte, denn Zigeunerin, das sei ein Schimpfwort. Mignon hatte die Aufgabe, im Publikum Leute aufzufordern, sich die Zukunft weissagen zu lassen. Sie kam auf Philine zu, zerrte sie weg und holte Friedrich dazu. Wilhelm ließ sie stehen, schenkte ihm nur ein scheues Lächeln. Die Sintifrau sagte Philine Liebe voraus, nur Liebe, und weder Geld noch Karriere. Friedrich hingegen solle sich weniger in Gefahr begeben und mehr an seine Zukunft denken, die auf dem Spiel stünde. Mehr konnten beide nicht erfahren.

Eine Hundedressur wurde angesagt. Philine hatte keine Lust mehr, hier herumzustehen, und wollte statt dessen lieber hinüber zum Landwehrkanal gehen. Friedrich solle bleiben, um ein paar Ideen zu klauen. Was er könne, sei alles schon bekannt und reizlos geworden, es fehle ihm an Einfällen. Friedrich ärgerte sich, daß er sich ausgerechnet von Landfahrern etwas abgucken sollte. Es begann ein alberner Streit.

Da sah Wilhelm mit Entsetzen, wie ein Mann Mignon bei den Haaren aus einem Wagen schleppte und dabei mit einem Peitschenstil unbarmherzig auf sie losschlug. Wie der Blitz fuhr Wilhelm auf den Mann zu und faßte ihn an der Jacke.

»Laß das Kind los«, schrie er, »laß sofort los!«

Der Mann ließ Mignon los. Aber es kam zu einer Prügelei, in die sich niemand einmischte. Obwohl Wilhelm sich auf seinen Gegner konzentrieren mußte, sah er manchmal zu Mignon hinüber, die dicht neben den Männern stand und zuschaute. Endlich knickten dem Mann die Beine um, Wilhelm hatte ihn am Kinn getroffen. Die Prügelei war zu Ende.

Inzwischen war ein grauhaariger Mann auf Mignon zugegangen, hatte ihr auf die Schulter getippt, und sie war mit ihm fortgegangen.

Die Zuschauermenge löste sich auf. Ein paar Türken klatschten Beifall. Einer drückte Wilhelm die Hand. Mignon war wie vom Erdboden verschwunden.

Als Wilhelm am Abend in Laertes' Hofcafé kam, saßen die Leute vom Straßentheater zusammen mit Laertes und Philine beim Bier und diskutierten. Sie seien am Ende, sagten sie, und könnten nur noch weitermachen, wenn der Senat sie unterstützte. Alle lachten.

»Der Senat kann nichts anderes als verbieten, verhindern und ablehnen«, sagte Laertes, »aber nicht fördern und belohnen. Man läßt alles so laufen, bis etwas schiefgeht, dann wird zugeschlagen.«

»Wie bei den Hausbesetzungen«, sagte Friedrich, »erst schreibt man Briefe an die Verwaltung, weil Häuser leerstehen und man selbst auf der Straße hockt. Keine Antwort, nur Vertröstungen. Wir ziehen ein, renovieren alles, und dann kommt die Polizei.«
»Ist das hier denn ein besetztes Haus?« fragte Wilhelm.
»Na klar«, bekam er zur Antwort, »vermietet wird so eine Fabrik nicht, und kaufen können wir sie nicht.«
»Ach, hört doch auf, ich kann's schon nicht mehr hören«, sagte Philine und drehte sich zu Wilhelm um. »Du kannst hier wohnen, wenn du willst.«
Laertes war Philines Angebot offenbar recht. Keiner fragte Wilhelm, wo er herkam, was er tat oder was er tun wollte. Allen schien es zu genügen, daß sie ihn mochten. Ganz leicht wurde ihm, und er hatte plötzlich das Gefühl, nirgend woanders als hierher zu gehören.
Später brachte ihn Philine in die zweite Etage des Hauses, in dem sie alle wohnten.
»Oben ist noch alles kaputt«, sagte Philine, »da muß eine Menge gemacht werden. Wenn du etwas davon verstehst, kannst du uns helfen.«
Wilhelm staunte über das, was er sah. Ein Raum von ungefähr zweihundert Quadratmetern, von mehreren eisernen Säulen getragen. Kein einziges Möbelstück befand sich hier. Links an der Wand stand eine Baubude.
»Da wohnt Laertes«, erklärte Philine, »meine steht da drüben.«
Tatsächlich, auf der gegenüberliegenden Seite, in der Nähe der Fenster, stand eine zweite Baubude, deren Tür Philine jetzt öffnete. Das Innere der Bude erinnerte Wilhelm an eine Puppenstube, obwohl die Einrichtung aus ganz normalen

Möbeln bestand. Da war ein winziger Tisch, ein Sesselchen mit schiefgesessenem Polster, eine Schaumgummimatratze mit Decken und Kissen. Ketten, Bilder und Spiegel an den Wänden, Kerzen und Seidenblumen auf dem Fußboden, und über der Lampe hing ein schwarzes Spitzentuch. Philine machte die Tür wieder zu. Hier war für Wilhelm also kein Platz. Er sah sich weiter um und entdeckte im anderen Teil des Raumes große, fast mannshohe Kugeln.

»Die haben Laertes und Friedrich gebaut!« sagte Philine und zog Wilhelm vor eine Kugel. Sie hatte eine Öffnung, durch die man hineinkriechen konnte. Innen war sie mit Decken und Matratzen ausgepolstert und sollte so, wie Philine erklärte, dem Schläfer ein echtes Embryogefühl geben. Laertes habe die Idee gehabt, sei aber jetzt in die Baubude umgezogen, weil er dort mehr Platz habe. Die Herstellung der Kugeln sei einfach gewesen: Ein aufgeblasener Ballon, mit einem Netz umspannt, dann mit einer Spezialgipsmischung bestrichen, trocknen und fertig. Man habe nur noch den Eingang in die Kugel schneiden müssen.

In dieser Nacht blieb Wilhelm noch lange wach in seiner Kugel. Es war still, nur Friedrich rumorte im anderen Schlafball, fiedelte leise auf seiner Geige und summte vor sich hin. Wilhelm lag mit offenen Augen auf der Seite und sah durch die halbrunde, niedrige Öffnung zu den matt erleuchteten Fenstern hin. Er hatte an diesem Tag so viel erlebt wie seit Wochen nicht mehr. Kaum zu glauben, daß er noch am Morgen zu Hause gewesen war, es schien ihm eine Ewigkeit dazwischen zu liegen.

Am nächsten Tag arbeitete Wilhelm ohne Pause bis zum Mittag in den oberen Etagen. Stundenlang räumte er Trümmer und Scherben weg, überprüfte alle Wasseranschlüsse. Er konnte sich nicht besinnen, jemals freiwillig soviel Dreckarbeit verrichtet zu haben. Am schlimmsten sahen die Klos aus. Er mußte sich zusammennehmen, um den Gestank ertragen zu können.

Einmal kam Laertes hoch und sah ihm eine Weile zu. »Da hat sich bisher noch keiner rangewagt.«

Wilhelm nahm die Anerkennung schweigend zur Kenntnis und freute sich darüber. Während er Schutt und Steine auf einen Haufen warf, entgegnete er: »Dafür kann ich keine Schaufenster einschlagen.«

Das fand Laertes völlig in Ordnung. Er habe es am Anfang auch nicht gekonnt, meinte er, heute sähe das allerdings anders aus. Es sei eine Frage der Wut, sagte er, und wieviel einer an Gewalt und Unterdrückung verkraften könne. »Wenn du dich weiter einsetzt und abschindest, damit hier Leute wohnen können, und die Polizei kommt und prügelt dich raus, da wirfst du das nächstemal auch Steine.«

Mehr sagte er nicht und ging weg, ohne eine Antwort von Wilhelm zu erwarten.

Währenddessen arbeitete Wilhelm weiter und hörte erst auf, als er hungrig wurde. Im Hofcafé war es noch leer, Philine saß in der Sonne. Sie hatte ihre Beine auf einen Stuhl gelegt und strickte, während Friedrich auf seiner Geige zupfte.

»Der Text ist schlecht«, sagte Philine, »ich mag das Lied nicht.« Sie wandte sich zu Wilhelm: »Wüßtest du nicht ein paar gute Texte für mich?«

Wilhelm merkte, daß er rot wurde. Er konnte nicht antworten. Es schien, als hätte Philine ihre Frage schon wieder vergessen. Sie zählte jetzt Maschen aus, ganz konzentriert auf ihr Strickzeug.

»Ich habe Texte«, sagte Wilhelm, so leise, daß er den Satz wiederholen mußte, »meine eigenen Gedichte.«
»Und die sind gut?« platzte Friedrich heraus.
In diesem Augenblick betrat Melina mit Sibylle das Hofcafé. Das half Wilhelm aus der Verlegenheit. Er begrüßte die beiden überschwenglich und stellte sie den anderen vor. »Der größte Diskjockey Berlins«, rief Wilhelm und ahmte Friedrichs Pantomime nach.
»Und sowas verirrt sich nach Kreuzberg?« fiel Philine spöttisch ein.
»Ich *war* der größte Diskjockey Berlins«, sagte Melina mit dem Versuch, sich über sich selbst lustig zu machen. Da keiner lachte, klappte er seinen großen Mund wieder zu und überließ es Sibylle zu sagen, daß er nach einem Abend wieder rausgeflogen war. Nicht pfiffig genug, hatte es geheißen.
Melina behauptete, andere Ziele zu haben. Er wolle jetzt in den Kulturbetrieb einsteigen.
»Hier in Kreuzberg?« fragte Philine spitz.
Melina nickte. Er plane, eine Agentur für alternative Kunst aufzumachen, Theater, Musik, Tanz, Texte, alles sei ihm recht. Sibylle nickte bei jedem Wort, das Melina sprach, und fuhr etwas erschrocken herum, als Philine sie mit der Stricknadel pikste.
»Und du, machst du auch etwas dabei oder bist du nur Frau Melina?«
Alle lachten, am meisten Friedrich. »Frau Melina zu sein genügt, finde ich«, sagte er, »so wie sie aussieht!«
»Du bist gemein!« Sibylle strich sich mit gespreizten Fingern über den Ansatz ihres Bauches, der vorher nicht zu sehen gewesen war. »Ich bin nämlich schwanger.«
Friedrich hörte auf zu lachen. Laertes wechselte das Thema.

»Hör zu, Melina«, sagte er, »Philine singt, Friedrich macht Pantomime.«
»Und Wilhelm schreibt Gedichte«, fiel ihm Philine ins Wort.
»Gut, also Wilhelm macht Gedichte. Dann kannst du die drei ja managen.«
Aus Spaß wurde Ernst, Melina hatte Ideen. Im Hofcafé sollte die erste Veranstaltung stattfinden. Ein Mikrophon würde man brauchen, Plakate müßten gemalt werden, und Melina versprach, die Presse zu mobilisieren. Er nannte einen Rundfunkredakteur seinen Freund, der habe auch wieder Freunde. Alles sei eine Frage der Organisation.
Wilhelm saß in der Öffnung seiner Schlafkugel, ein neues Heft in der Hand, in das er alle Gedichte eingetragen hatte, die er noch auswendig wußte – und das waren zu seinem Erstaunen ziemlich viele. Daraus wollte er einige auswählen. Ein neues fiel ihm nicht ein, so sehr er sich auch anstrengte und nachdachte. Hingegen tauchte Marianes Bild wieder vor ihm auf. Fast alle Gedichte waren in ihrer Gegenwart entstanden, während sie schlief oder sich schminkte oder fotografiert wurde, alle trugen das Zeichen dieser glücklichen Zeit. Plötzlich faßte er den Entschluß, Werner mitzuteilen, wo er war. Dem Vater wollte Wilhelm nicht schreiben, er hätte ihm nicht erklären können, warum er zwar in Berlin, aber nicht zu Hause geblieben war.
Lieber Werner, schrieb Wilhelm, *ich möchte Dich gern zu meiner ersten Dichterlesung nach Kreuzberg einladen.*
Weiter kam Wilhelm nicht. Er stellte fest, daß er versehentlich auf die Rückseite eines Gedichtblattes geschrieben hatte. Ärgerlich zerriß er die Seite und verschob Einladung und Brief auf später.

Die Vorbereitungen für die Veranstaltung im Hofcafé waren beendet, die Plakate gemalt, Lieder, Texte und Friedrichs Pantomime aufeinander abgestimmt. Philine war von Wilhelms Gedichten so begeistert, daß sie nur noch seine Texte singen wollte. Aber das ließ Friedrich nicht zu. So war Wilhelm damit einverstanden, seine Gedichte selber vorzutragen. Sibylle hielt sich heraus. Sie wollte sich mit allen gut stellen und hatte es dabei besonders schwer mit Philine, die keine Gelegenheit für eine spöttische Bemerkung ausließ und immer die Lacher auf ihrer Seite hatte.

Das Hofcafé war am Abend der Veranstaltung bis auf den letzten Platz besetzt. Melina hatte gute Arbeit geleistet. Er hielt sogar eine Ansprache und stellte die drei Künstler vor. Der Redakteur war gekommen und saß in der Mitte des Hofes, dicht neben dem Mikrophon. Wie immer hatte Philine die Aufgabe, Friedrich durch Gesang aus seiner Starrheit zu lösen. Langsam streckte er mit ruckenden Bewegungen seine weißgepuderten Hände nach der Geige aus und begann zu spielen. Es war ein voller Erfolg, die Zuschauer wünschten eine Zugabe. Als Wilhelm an die Reihe kam, war die Stimmung der Gäste ausgelassen. Er spürte, daß man eine komische Nummer von ihm erwartete, und am liebsten wäre er abgehauen. Vier Gedichte hatte er ausgewählt, alle waren ausschließlich Mariane gewidmet, aber das wußte nur er. Niemandem hatte er vorher die Gedichte gezeigt. Als er an das Mikrophon trat, war seine Mundhöhle trocken, die Zunge klebte ihm am Gaumen. Alle waren still geworden. Wilhelm las langsam und leise, und es war ihm fast, als säße Mariane unter den Zuhörern. Je länger er las, desto ruhiger wurde er, und als er ein paar Strophen vorgetragen hatte, störten ihn die fremden

Leute nicht mehr. Einmal hatte er aufgeblickt und direkt in Philines Augen gesehen. Sie war ganz auf seinen Vortrag konzentriert. Das half. Obwohl er merkte, daß nicht alle Gäste ihm so aufmerksam zuhörten, nicht alle so beeindruckt schienen wie Philine, las er jetzt lauter und mit klarer Stimme auch die anderen drei Gedichte. Der Beifall war freundlich und wurde von Philine um einiges verlängert.
Wilhelm wollte gerade das Mikrophon ausschalten, als plötzlich Bewegung unter die Gäste kam. Man schob die Stühle zur Seite, man machte Platz, und da sah Wilhelm Mignon, die sich zusammen mit dem älteren Mann durch die Stuhlreihen zwängte, direkt auf ihn zu. Wilhelm wußte nicht, wie er sich verhalten sollte. Der Auftritt des Mädchens ärgerte ihn, andererseits konnte er dem Blick nicht widerstehen, mit dem sie ihn anzuflehen schien, sie nicht wegzuschicken. Der Alte wankte, er schien betrunken zu sein. Wortlos drückte ihm Laertes ein Bier in die Hand, das der Mann in einem Zug austrank. Mignon verneigte sich vor Wilhelm. Sie hatte einen Teppich unter dem Arm, den sie auf der Erde ausbreitete. Dann stellte sie vier Kerzen darauf. Kunstvoll abgemessen legte sie in bestimmten Abständen Eier auf den Teppich. Dann winkte sie dem älteren Mann zu. Er begann auf einer Mundharmonika zu spielen. Sie verband sich die Augen und fing an zu tanzen. Leicht, rasch und genau führte sie die Schritte aus. Sie trat so sicher zwischen die Eier hinein, bei den Eiern nieder, daß man jeden Augenblick dachte, sie müsse eines zertreten oder bei schnellen Wendungen das andere fortschleudern. Aber sie berührte keines, obwohl sie sich mal mit großen, mal mit kleinen Sprüngen und zuletzt halb kniend durch die Reihen durchwand. Unaufhaltsam, wie ein Uhrwerk, lief sie ihren Weg, und die sonderbare Musik gab dem

immer wieder von vorn anfangenden Tanz bei jeder Wiederholung einen neuen Stoß.

Als Mignon fertig war, hatte Wilhelm das Gefühl, die ganze Zeit die Luft angehalten zu haben. Den Gästen ging es nicht anders. Nach einem Moment der Stille klatschten alle begeistert. Längst hatte Wilhelm seinen Ärger über Mignons Verschwinden und ihren eigenmächtigen Auftritt vergessen.

Mignon rollte die Eier mit den Füßen sachte zusammen auf ein Häufchen, ließ keines zurück, beschädigte keines und stellte sich daneben, indem sie die Binde von den Augen nahm und ihr Kunststück mit einer tiefen Verbeugung beendete. Noch einmal bekam sie Beifall.

Dabei hatte sie ihr Gesicht Wilhelm zugewandt, und plötzlich war er davon überzeugt, daß sie diesen eigenartigen Eiertanz nur für ihn veranstaltet hatte. Er streckte die Hand nach ihr aus, und Mignon schmiegte schnell ihren Kopf hinein. Dann setzte sie sich in seiner Nähe auf den Boden. Der ältere Mann war nach Beendigung des Tanzes weggegangen.

Laertes begann Bier zu zapfen. Es gab ein Gedränge am Tresen, alle hatten Durst. Plötzlich ertönte vom Torbogen her ein scharfer Pfiff.

Ein Junge brüllte: »Am Fraenkel-Ufer wird geräumt!«

Stühle flogen, Gläser klirrten, Namen wurden gerufen, die wie Einsatzbefehle klangen. Ein paar Leute setzten sich Motorradhelme auf, andere wieder banden sich im Hinauslaufen Tücher vors Gesicht. Jemand schrie etwas von Barrikaden, Tränengas, Knüppeln und Steinen. Das alles lief ab wie ein Spuk. In Sekunden war das Hofcafé leer.

Stille breitete sich aus, nur hin und wieder von entfernten Rufen durchbrochen oder von schnellen Schritten, die draußen vor dem Hoftor vorbeieilten. Laertes verschwand als

letzter. Wortlos warf er Wilhelm, der immer noch, völlig verdutzt, neben dem Mikrophon stand, die Schlüssel zu.
Alle waren weg, auch Philine. Niemand außer ihm hatte Angst. Sogar die schwangere Sibylle war nicht mehr zu sehen. Ob die auch Steine warf? Mignon saß unter einem Tisch. Er kroch zu ihr. »Mignon«, sagte er, »warum bist du nicht mit den anderen fort?«
»Weil ich bei dir bleiben will!«

Längst hatte der Betrieb im Hofcafé wieder eingesetzt, die Stimmung war gut. Kurz nachdem die Polizei das besetzte Haus gewaltsam geräumt hatte und wieder abgezogen war, hatte die Besetzung eines anderen Hauses stattgefunden. So war man wieder quitt, und die Leute hatten ein Dach über dem Kopf. Wilhelm hörte zu, was um ihn herum geredet wurde, wer Prügel bezogen und wer Steine geworfen hatte. Philine und Melina hatten nur zugesehen. Sie vertraten die Ansicht, daß es schon etwas nütze, überhaupt dabei zu sein.
»Du hättest mitkommen sollen«, sagte Philine zu Wilhelm, »mit dir hätte ich weniger Angst gehabt als mit denen!« Sie zeigte auf Melina und zog eine Grimasse.
Einen Augenblick lang bereute Wilhelm, daß er nicht mit Philine mitgelaufen war. Jetzt konnte er nicht mitreden und kam sich vor wie ein Feigling unter Helden. Er war dankbar, als der Redakteur wieder auftauchte, sich ihm gegenüber auf eine Bank setzte und fragte, ob er die Gedichte von Wilhelm haben könne. Sie hätten ihm ganz gut gefallen und er dächte an eine bestimmte Sendung, für die sie ihm geeignet erschienen.
Wilhelm warf einen Blick zu Philine hinüber. Sie hatte jedes Wort mitgehört und bewunderte ihn, das sah er ihr an.
Als der Redakteur gegangen war, konnte Wilhelm seine

Begeisterung nicht mehr zurückhalten. Er wollte morgen Lieder für Philine texten, das versprach er ihr fest in die Hand. Philine lachte über seinen Ernst. Da kam auf einmal der alte Mann, der für Mignon auf der Mundharmonika gespielt hatte, mit unsicheren Schritten auf sie zu. Im Vorbeigehen trank er das Glas eines Gastes aus. Sein Gesicht war ausdruckslos, sein Blick so verloren, daß es Wilhelm kalt über den Rücken lief. Der Alte begann, eine traurige Melodie zu spielen. Alle hörten zu. Nur Melina forderte Laertes auf, dieses melancholische Gedudel zu verbieten.

»Bei mir kann der Harfner spielen, so lange und so viel er will«, gab Laertes schroff zurück.

Mignon sprang auf den Alten zu. Sobald er sie sah, hörte er auf zu spielen. Sein Blick wurde unruhig.

»Hier«, sagte Laertes und goß dem Harfner ein Wasserglas halbvoll mit Schnaps ein, »trink das!«

Wie der Harfner jetzt trank, das hatte Wilhelm noch nicht gesehen, auch wie der Alte laut pfeifend den Atem ausblies und mit den Händen in die Luft stieß, war ein furchtbarer Anblick. Ohne Mignon überhaupt zu beachten, drehte er sich um und lief schnurstracks an Stühlen und Tischen vorbei aus dem Hof hinaus.

Melina lachte laut, blieb aber allein mit seiner Heiterkeit.

Mignon kehrte zurück und setzte sich wieder in Wilhelms Nähe.

»Komm«, sagte Philine zu Wilhelm, »geh mit mir spazieren!«

Sie zog ihn einfach mit. Fast wäre er über Mignons Füße gestolpert. Wilhelm wollte Mignon fragen, ob sie Lust hätte mitzukommen, aber Philine ließ ihm keine Zeit. Kaum hatten sie das Hofcafé verlassen, umarmte und küßte sie ihn.

»Spinnst du?« fragte er grob und wischte sich über den Mund.

»Hier!« rief Philine ein paar Leuten zu, die an einer Haustür standen, »seht mal, wie gemein der ist. Ich küsse ihn, und er behauptet, ich spinne!«
Die Leute lachten. Schließlich mußte Wilhelm grinsen. Philine streichelte sein Gesicht, seine Ohren, seine Haare; es hätte nicht viel gefehlt und sie wäre ihm mit beiden Armen unter sein T-Shirt gekrochen.
»Ich möchte, daß du immer für mich Lieder machst und nie wieder weggehst!«
Kein Wort brachte Wilhelm hervor, so stark mußte er plötzlich an Mariane denken, an ihre Versprechungen und Zärtlichkeiten. Selbst wenn er gewollt hätte, im Augenblick konnte er Philine nichts von dem glauben, was sie da sagte.
»Das wird nicht gehen«, meinte er schließlich. »Ich muß wieder nach Hause. Ich kann nicht alles stehen und liegen lassen!«
»Nein?« Philine kicherte. »Kannst du nicht? Bist ein braver Junge, der Papi und Mami gehorcht?« Sie zog eine Grimasse, nannte ihn Feigling, winkte ihm zu und rannte plötzlich weg. Wilhelm lief ihr nicht nach, sah ihr nur hinterher, bis sie bei der nächsten Straßenecke abbog und verschwand.
Er wußte nicht, wohin er gehen sollte, und lief mal rechtsrum, mal linksrum die Straßen entlang. Dabei stieß er mit dem Fuß eine leere Bierbüchse vor sich her. Papierfetzen lagen herum, Pappbecher, Zeitungen, es stank nach Müll und Urin. Wilhelm schoß das Blech seitlich weg einem Mann hinterher, der mit langsamen Schritten, die Hände auf dem Rücken und mit halb gesenktem Kopf vor ihm herschlenderte, in einer Haltung, die Wilhelm bekannt vorkam. Er müßte ihn einholen, ihm ins Gesicht sehen können. Wieder schoß er mit einem gezielten Tritt die Büchse ab. Der Mann drehte sich nicht um,

ging auch nicht schneller. Wilhelm legte an Tempo zu. Jetzt wußte er es, er kannte den Mann, auch dessen merkwürdig dunkle Kleidung, diese Schlotterhosen und dieses hochgeschlossene Stehkragenhemd.

»Der Abbé«, rief Wilhelm verwundert und so laut, daß sich der Mann nun doch umdrehte und Wilhelm musterte.

Wilhelm war stehengeblieben und murmelte seinem alten Deutschlehrer verlegen einen Gruß zu. Abbé, das war sein Spitzname, den er seiner Kleidung, seiner Haltung und seinen stets besonnenen Worten zu verdanken hatte. Der richtige Name fiel Wilhelm nicht ein. Nie hätte er gedacht, daß er den Abbé hier und um diese Zeit treffen würde.

»Der junge Wilhelm Meister«, sagte der Abbé freundlich und faltete, wie auf ein längeres Gespräch gefaßt, die Hände über der Brust zusammen. »Was machen Sie denn hier?«

»Ich wohne hier, drüben in der Mariannenstraße.«

Der Abbé kniff die Augen zusammen, als müsse er scharf nachdenken. Er habe Wilhelm hier noch nie gesehen, sagte er schließlich.

»Ich mache Texte«, fuhr Wilhelm fort, »Liedertexte. Ich arbeite mit einer Gruppe zusammen. Wir sind heute im Hofcafé aufgetreten. Haben Sie die Plakate nicht gelesen?«

Der Abbé zog Wilhelm in die Nähe einer Laterne und sah ihn prüfend an, genau so, wie Wilhelm es von seiner Schulzeit her kannte. »Also, Texte schreibst du, Liedertexte. Na ja, du warst ja immer ganz gut in Deutsch. Vielleicht bist du ein kleines Genie?« Der Abbé zwinkerte ihm zu, »oder du bist nur einer, der nicht arbeiten will.«

Wilhelm konnte sich aussuchen, für was er sich halten wollte. Sie gingen schweigend nebeneinander her. Wilhelm dachte, vielleicht bin ich tatsächlich ein Genie? Jedenfalls wollte er

kein Maurer sein. Das sagte er dem Abbé. Frei wolle er leben und unter seinesgleichen.
»Du wirst deinen Weg finden«, sagte der Abbé, »da bin ich ganz sicher, Wilhelm.«
Wilhelm merkte, daß er sich über das vertraute ›Du‹ freute. Der Abbé meinte, man könne im Leben vieles ausprobieren. Das sei gut und schärfe den Blick.
Als sie am Kottbusser Tor angelangt waren, sagte der Abbé: »Ich würde gern mal deine Texte lesen.« Damit verabschiedete er sich,um in die U-Bahn zu steigen.
Plötzlich fiel Wilhelm ein, daß der Abbé den Vater treffen und ihm berichten könnte, was er von Wilhelm erfahren hatte. Schon war das Dröhnen der einfahrenden Wagen zu hören, das Ausrufen der Station. Wilhelm sprang mit langen Sätzen auf den Bahnsteig, lief die Wagen ab. Irgendwo mußte der Abbé sitzen, irgendwo.
»Zurücktreten von der Bahnsteigkante!«
Die Türen der U-Bahn schoben sich zischend zu. Da sah er den Abbé. Wilhelm trommelte gegen die Scheibe, rannte neben dem Waggon her, zeigte immer wieder auf sich und legte die Hand auf den Mund. Ob der Abbé begriff, was gemeint war? Bevor der Zug im Tunnel verschwand, glaubte Wilhelm ein Nicken gesehen zu haben. Sicher war er sich aber nicht.

Im Hofcafé waren die Gäste schon weg. Laertes saß noch in der Küche und überprüfte die Tagesabrechnung. Er nickte Wilhelm zu und sagte: »Geh morgen zum Mieterladen und sieh in der Karteikarte nach, was an Materialspenden für Instandbesetzer da ist. Vielleicht kriegst du ein paar Türen oder ein Klo.« Dann wandte er sich wieder seinen Zahlen zu und war für kein Gespräch mehr zu haben.

Oben war es still. Aus Philines Baubude schien Licht durch die Ritzen, Friedrich war noch nicht da. Die Straßenlaternen warfen milchiges Licht in den Raum. Die Säulen ragten wie Baumstämme zur Decke, und Wilhelms Schlafkugel ließ in dem Halbdunkel alle Geborgenheit vermissen. Nichts wirkte auf Wilhelm vertraut, alles absurd und befremdlich. Er fror. Die Lichtritzen von Philines Baubude fesselten seine Aufmerksamkeit. Ob er zu ihr hineingehen sollte? Da stieß sein Fuß gegen etwas Weiches. Eine Decke auf dem Fußboden vor der Öffnung zu seiner Schlafkugel und unter der Decke ein kleiner Körper: Mignon.

»Was machst du hier?« flüsterte Wilhelm.

Mignon setzte sich sofort hin und zog die Knie an. »Ich hab auf dich gewartet«, wisperte sie.

»Und warum bist du nicht zu Hause?«

»Zu Hause?« fragte Mignon mit so viel Verwunderung in der Stimme, daß Wilhelm staunte.

»Hier kannst du nicht bleiben.«

»Warum denn nicht? Ich nehm dir keinen Platz weg, und ich stör dich auch nicht.«

Wilhelm war in die Kugel gekrochen, und Mignon hockte jetzt auf dem Rand, halb drinnen, halb draußen, und zog sich die Decke über die Schultern.

»Kann ich bei dir bleiben?«

Er fühlte ihre kleinen Hände auf seinem Handgelenk. Ihre Stimme machte ihn ganz verrückt.

»Wer ist denn der Harfner, mit dem du weggelaufen bist?«

Mignon beugte sich dicht zu Wilhelm und griff ihm in den Nacken, um noch näher an sein Ohr heranzukommen. »Er ist mein Vater!«

»Dann geh zu ihm!«

»Er schickt mich wieder weg. Er will mich nicht, er sagt, er sei ein toter Teufel.«
»Und deine Mutter?«
Mignon schwieg.
Wilhelm gab nicht auf. »War das die Sintifrau?«
Mignon nickte und erzählte in kurzen Sätzen, warum sie den Zirkus hasse und für Geld nicht tanzen wolle.
»Und dann bekomm ich Prügel«, sagte sie plötzlich laut.
»Wird man dich suchen?«
»Mich? Wer soll das denn sein?« Und damit ließ sie sich in seinen Schoß fallen.
Schritte auf der Treppe, Schritte auf den alten Holzdielen, immer schnellere Schritte. Friedrich, der nach Philine rief, huschte an ihnen vorbei und schien sehr aufgeregt. Er klopfte auch nicht an Philines Baubude, sondern riß ohne Vorwarnung die Tür sperrangelweit auf.
Mignon und Wilhelm konnten von ihrem Platz aus direkt hineinsehen und den Redakteur in Philines Bett erkennen.
Der war furchtbar erschrocken. Laut fluchend sprang er, nackt wie er war, unter der Bettdecke hervor. Darauf hatte Friedrich gewartet. Blitzschnell zog er etwas aus seiner Tasche und schleuderte es gegen den Redakteur. Es klatschte und spritzte, und von einer Sekunde zur anderen war der Mann halb rot, halb grün und sah ziemlich schrecklich aus. Philine schrie. Wilhelm und Mignon rührten sich nicht. Friedrich genoß den Anblick des eingefärbten Redakteurs. Aber er hatte nicht mit dessen Reaktion gerechnet. Wie ein rotgrüner Indianerpfeil schoß er auf Friedrich zu und ohrfeigte ihn abwechselnd aus der Vor- und Rückhand, und zwar in einer solchen Geschwindigkeit, daß Friedrich nicht dazu kam, sich zu wehren. Endlich konnte er entwischen. Der Redakteur drehte sich um und

knallte die Tür von Philines Baubude hinter sich zu. Schlagartig war es wieder dunkel. Drinnen bei Philine tobte der Redakteur, und draußen im Dunkeln weinte Friedrich und hämmerte mit geballten Fäusten an die Wand.
Mignon sah mit Verwunderung zu. Friedrichs Geheul war schlecht zu ertragen. Wilhelm fühlte sich unbehaglich. »Ich muß fort«, sagte er, halb zu sich selbst, halb zu Mignon. »Ich will fort!«
Mignon zuckte zusammen, sie stand auf und kramte in einer Tasche herum, die unter ihrem Kopf gelegen hatte. Wilhelm achtete erst gar nicht auf sie. Er war noch viel zu beschäftigt mit dem, was sich da eben abgespielt hatte.
»Mignon«, sagte er leise, »du mußt dich damit abfinden, ich geh hier wieder weg!«
Aber Mignon kümmerte sich nicht um seine Worte. Jede ihrer Bewegungen hatte etwas Beschwörendes, womit sie Wilhelms Aufmerksamkeit immer mehr für sich gewann. Sie hatte ein Schultertuch gefunden, mit dem sie jetzt die Kugelöffnung verhängte. Noch immer war Friedrichs Gezeter zu hören, die Flüche des Redakteurs und dazwischen schon wieder Gekicher. Mignon hatte zwei Kerzen aus ihrer Tasche gekramt, die sie am Fußende seines Lagers aufstellte und anzündete. Dabei bewegte sie ihre Lippen, als ob sie spräche. Hin und wieder malte sie mit dem Zeigefinger ein Zeichen auf den Fußboden oder in die Luft. Dann kniete sie sich neben Wilhelm hin und lehnte sich an ihn. Er wagte nicht, sich zu bewegen. Sacht fuhr er mit seinen Händen über ihre Haare. Ihr Gesicht konnte er nicht sehen, er hörte nur ihr Flüstern.
»Du darfst mich nicht verlassen!«
Wilhelm wußte nicht, wie oft sie diesen Satz wiederholt hatte, bis er endlich »nein« sagte.

Da ließ sie sich zum Fußende hin fallen, wo sie sich wie ein kleiner Hund auf der gefalteten Decke zusammenrollte und von einer Sekunde zur anderen einschlief. Als Wilhelm sie anrief, gab sie keine Antwort, und als er sie schließlich mit einer Hälfte seiner Decke zudeckte, rührte sie sich nicht. Er nahm Papier und Kuli und schrieb seinem Vater einen Brief.

»Wilhelm fing an zu wittern, daß es in der Welt anders zugehe, als er es sich gedacht.«

Drittes Kapitel

Als Wilhelm am nächsten Morgen aufwachte, stellte er sich schlafend, um nicht von Mignon angesprochen zu werden. Sie rollte ihre Decke zusammen, ging sich waschen, kam wieder und kämmte sorgfältig ihre Haare, wobei er ihr durch seine halbgeschlossenen Lider zuschaute. Dazwischen warf sie immer wieder einen Blick auf ihn. Lange Zeit hatte sie auf den Briefumschlag neben seinem Kopf gestarrt. Hätte sie versucht, den Brief zu lesen, hätte er ihr eine heruntergehauen. Zwar streckte Mignon die Hand nach dem Umschlag aus, aber sie nahm ihn nicht, sie schob ihn nur dichter an seinen Kopf heran und rückte ihn gerade. Dann kroch sie aus der Schlafkugel, und er hörte, wie sie leise die Treppe hinunterstieg.

Wilhelm legte sich auf den Rücken und schob die Hände unter seinen Kopf. Jede Zeile, die er an seinen Vater geschrieben hatte, wußte er auswendig. Er hatte sich nicht dafür entschuldigt, daß er nicht nach Hause kam. Er hatte nicht geschrieben, wo er sich aufhielt und was er tat. Auch von Dankbarkeit stand nichts da, höchstens zwischen den Zeilen. Aber das würde der Vater nicht herauslesen, wenn er überhaupt den Brief zu Ende las. Zornig würde er werden, wahrscheinlich herumtoben, jedenfalls würde er Wilhelm nicht begreifen.

Wilhelm schloß die Augen und sah die Eltern vor sich, wie sie im Wohnzimmer saßen, der Vater wütend, die Mutter traurig. So würden sie alt werden und denken: Unser Sohn hat es doch bei uns so gut gehabt.

Wilhelm atmete langsam aus und ein, spürte jeden Luftzug, jeden Herzschlag. Er wollte nicht weich werden, nicht jetzt, wo er einen Entschluß gefaßt und der Tag begonnen hatte.
»Frühstück«, sagte Mignon, »ich habe dir Frühstück gebracht.«
Sie kniete in der Öffnung der Schlafkugel, vor sich einen Kistendeckel, auf dem ein Glas Milch stand. Daneben ein Marmeladenbrot auf einem Teller, der kaum zu sehen war, denn Mignon hatte das ganze Holz mit Blättern übersät, dazwischen Löwenzahnblüten, Gänseblümchen und lila Wegerich.
Sie schob ihm den Deckel über die Bettdecke zu und setzte sich mit gekreuzten Beinen an sein Fußende, auf den Platz, wo sie die ganze Nacht über geschlafen hatte.
Wilhelm trank die Milch und aß das Brot. Er ließ sich Zeit. Als er fertig war, nahm er alle Blüten einzeln in die Hand, wählte ein Gänseblümchen aus, legte es in den Briefumschlag und klebte ihn zu.
»Und jetzt fahren wir nach Tegel«, sagte er.
»Mit dem Motorrad?«
»Klar, mit was sonst!«
Mignon sang. Sie sang pausenlos von Kreuzberg bis Tegel Lieder in Wilhelms Ohr, die er noch nie gehört hatte. Sie saß, die Arme um ihn geschlungen, auf dem Gepäckträger, den er mit einem Kissen gepolstert hatte. Nicht eine Frage hatte Mignon gestellt. Sie schien nicht einmal neugierig zu sein, nur glücklich, daß er sie mitnahm.
Ihr Gesang machte ihn fröhlich, obwohl er kein Wort davon verstand.
»Welche Stadt?« fragte er, als sie in der Abflughalle standen, »schnell, wo fliegt die nächste Maschine hin?«

Mignon lief hinüber zum Monitor, tippte auf Frankfurt und sagte: »Flugsteig elf in fünfzehn Minuten.«
Wilhelm zog den Brief aus der Tasche und klebte eine Marke darauf. »Kein Mensch darf wissen, wo ich bin, verstehst du?«
Mignon nickte. »Ich mach das für dich«, flüsterte sie, »ich kann das besser als du.«
Er sah ihr zu, wie sie zum Flugsteig ging. Sie lächelte einen Mann an und machte ihre kleine Verbeugung. Der Mann drehte sich weg. Noch dreimal mußte Mignon es versuchen. Dann nahm ihr ein Junge, nicht älter als Wilhelm, den Brief ab. Aber das reichte Mignon noch nicht. Wilhelm sah, wie sie auf den jungen Mann einredete, bis er ihr schließlich die Hand gab. Das war ein Schwur, berichtete sie später. »Ich habe gesagt, du mußt schwören, daß du ihn einwirfst.«
Da hob Wilhelm sie bis vor seine Augen hoch, hielt sie dicht vor seinem Gesicht fest und setzte sie dann wieder ab. Beinahe hätte er sie geküßt.
»Was wünschst du dir jetzt?«
Mignon schien nicht lange überlegen zu müssen, zögerte nur, ihren Wunsch zu äußern, und Wilhelm forderte sie deshalb noch einmal auf.
»Ich möchte in einem feinen Café Kuchen mit Schlagsahne essen und dabei allein mit dir an einem Tisch sitzen.«
»Bei Laertes?«
»Nein«, Mignon lächelte, »bitte nicht bei Laertes!«
Also setzte er sie wieder hinter sich aufs Motorrad. Mignon hielt sich mit beiden Händen an seiner Jacke fest.
Wilhelm hielt in der Kurfürstenstraße vor dem Café Einstein. Kein Schild, keine Terrasse zur Straße, auf der die Gäste saßen, nichts, was bei den großen Caféhäusern so vornehm wirkte.

»Das soll schön sein?« fragte Mignon enttäuscht und stieg hinter ihm eine kurze Steintreppe aufwärts. Auch in der Halle besserte sich ihre Laune nicht. Ein hoher Raum mit hohen Türen und steinernem Fußboden. An den Wänden hingen Plakate und Hinweise auf Ausstellungen und Veranstaltungen.
Mit Mariane war er hier öfter gewesen, von Norberg nach Aufnahmen eingeladen, später auch mit ihr allein. Wilhelm hatte sich immer ein bißchen geärgert, daß Mariane sich ständig in den Spiegeln betrachtete, die überall an den Wänden hingen.
»Ich möchte hier sitzen«, sagte Mignon und zeigte auf ein Tischchen, von dessen Platz aus sie ihr Spiegelbild sehen konnte.
Als Wilhelm, der mit dem Rücken zum Lokal Platz genommen hatte, in den Spiegel sah, traf ihn ein Blick, der ihn verwirrte. Schräg hinter ihm saß eine Frau, die Wilhelm so schön fand, daß er sich umdrehen mußte. Sie war älter als Mariane, auch älter als Philine. Sie trug ihre Haare in der Mitte gescheitelt, glatt auf die Schultern herunterhängend. Fast an jedem ihrer Finger steckte ein Ring, und um den Hals trug sie alte, schwere Silberketten.
»Darf ich mir etwas aussuchen?« fragte Mignon. Auch sie betrachtete die Frau. »Gefällt sie dir?«
»Ja«, sagte Wilhelm.
Er bestellte für Mignon Apfelstrudel mit Sahne und für sich selbst eine Tasse Schokolade. Mignon ließ Wilhelm nicht aus den Augen.
»Du möchtest sie kennenlernen, nicht wahr?«
»Red nicht so einen Blödsinn!«
Obwohl Mignon noch nicht zu Ende gegessen hatte, schob sie

ihren Teller weg. Im Aufstehen zog sie ihr Seidenwestchen zurecht und machte eine ihrer winzigkleinen Verbeugungen, erst zu Wilhelm hin, dann zu der Frau hinter ihm. Danach begann sie, ziemlich laut zu singen.

Kennst du das Land, wo die Zitronen blühn,
Im dunklen Laub die Gold-Orangen glühn,
Ein sanfter Wind vom blauen Himmel weht,
Die Myrthe still und hoch der Lorbeer steht,
Kennst du es wohl?
Dahin! Dahin
Möcht ich mit dir, o mein Geliebter, ziehn!

Es war klar, Mignon sang nur für Wilhelm. Das machte ihn verlegen. Erst wollte er sie dazu bringen, mit dem Gesang aufzuhören, aber als die Frau ihm zuwinkte, er solle Mignon nicht unterbrechen, hörte er weiter zu. Ein paar Gäste kamen aus dem Garten herein. Mignon sah in die Runde, lächelte und wurde nur stets an der Stelle ernst, an der es hieß: Dahin, dahin möcht ich mit dir, o mein Geliebter, ziehn.

Es wurde geklatscht.

Mignon setzte sich wieder an den Tisch und aß den Rest ihres Strudels auf. »Kennst du das Land?« fragte sie Wilhelm.

»Im Zweifelsfall Italien«, antwortete er, »das hab ich schon in der Schule gelernt.«

»Wenn du einmal hinfährst, nimmst du mich dann mit?«

»Warum?«

Mignon legte ihre Arme ineinander. »Weil es hier so kalt ist.«

In diesem Augenblick stand die schöne Frau hinter Wilhelm. Sie wolle nicht stören, sagte sie, aber sie habe eine Frage, vielleicht eine Bitte.

Wilhelm roch das Parfüm, er hörte das Klirren ihrer Silberketten. Sie lächelte Mignon an. »Du hast sehr schön gesungen«, sagte sie freundlich.
Mignon verzog keine Miene.
»Also«, sagte die Frau und setzte sich zu ihnen, »wir haben eine Jubiläumsfeier. Unser kleiner Verlag wird zehn Jahre alt. Ich habe meinem Mann versprochen, das Veranstaltungsprogramm zusammenzustellen. Nicht das Übliche...« Die Frau machte eine Pause. »Meinen Sie, die Kleine würde bei uns singen?«
Wilhelm wußte nicht, wie er die Frage beantworten sollte.
»Umsonst soll der Auftritt nicht sein«, sagte die Frau.
Da erhob sich Mignon und verneigte sich wieder. »Wir sind eine Gruppe. Philine, Friedrich, Wilhelm und ich und vielleicht noch der Harfner.«
»Ach«, sagte die Frau erfreut zu Wilhelm, »Sie singen auch?« Sie schien enttäuscht, als er das verneinte, meinte dann aber, er könne auch Gedichte vortragen. Alles sei eine Frage der Stimmung. Dabei zog sie eine Visitenkarte aus der Tasche und legte sie Wilhelm vor die Schokoladentasse. Elisa Graf stand darauf, die Adresse und eine Telefonnummer. »Rufen Sie mich an, wenn Sie es sich überlegt haben.«

»Mensch«, sagte Melina am Abend und umarmte Wilhelm dreimal hintereinander, »das vergesse ich dir nie. Jetzt sollst du mal sehen, was ich für euch alles heraushole. Leute wie diese Verleger muß man ausnehmen.«
Und Melina fing an zuzuteilen und aufzuteilen. Mignon könnte ihren Eiertanz zum Mundharmonikaspiel des Harfners vorführen. Philine sollte Texte von Wilhelm singen. Friedrichs Pantomime würde eine besondere Überraschung sein, wäh-

rend Wilhelm als Zwischeneinlage Gedichte vorlesen könnte, und vielleicht, so hoffte Melina, bekäme er auch noch das Stück mit der Besetzeroma und dem Feuerschlucker ins Programm.

Außer Sibylle teilte niemand so recht diese Begeisterung. Aber Geld brauchte jeder, und Wilhelm wollte die schöne Frau wiedersehen.

Als Melina sich schließlich aufmachte, um mit Frau Graf über den geplanten Auftritt zu verhandeln, wurde er von niemandem zurückgehalten.

Zu trinken gab es genug, zu essen auch. Bis auf Friedrich waren sie gemeinsam in Laertes' VW-Bus in die Graf'sche Villa nach Dahlem gefahren. Nur Laertes war zu Hause geblieben, hatte weder für Grafs noch für diese Art Parties etwas übrig. »Wir können doch nicht deren Häuser besetzen«, hatte er gesagt, »um dann auf ihren Feten den Clown zu machen.«

Darauf war Melina sauer geworden. Erstens sei keiner von ihnen ein Clown, und zweitens sei ein Verleger kein Spekulant. Laertes solle nicht alle über einen Kamm scheren.

Sie wurden von Frau Graf sehr freundlich empfangen und an den Gästen vorbei durch ein hallenartiges Wohnzimmer hinaus in den Garten begleitet. Hier, so sagte Herr Graf und schüttelte jedem die Hand, sollten sie es sich an einem der Tische gemütlich machen. Das war ihnen recht.

Inzwischen war es im Haus zu eng geworden. Die Gäste kamen in den Garten. Unter einem Apfelbaum hing ein Spanferkel überm Grill, das, von einem Scheinwerfer angestrahlt, knusprig braun leuchtete und Appetit erregte.

Gleich zu Anfang hatte Frau Graf Wilhelm auf eine Art Bühne

hingewiesen, die sie in der Mitte des Gartens für die einzelnen Darbietungen hatte aufstellen lassen. Während die anderen aßen, fiel Melina durch lautes Reden auf. Er quatschte Leute an, wies auf die später folgenden Auftritte hin und spielte Wilhelms Meinung nach eher die Rolle eines Diskjockeys als die eines Managers. Da sein Erfolg gering war, setzte er sich wieder an den Tisch der Freunde.

Mignon saß neben Wilhelm. Sie hatte ihre schwarzen Pluderhosen und ihr Seidenwestchen gebügelt und lilafarbene Wegerichblüten in ihr Haar geflochten. Ihre bräunliche Haut glänzte. Oberhalb der Nasenwurzel hatte sie sich einen erbsengroßen schwarzen Punkt gemalt. Mit allerhand Gesten versuchte sie, Wilhelms Aufmerksamkeit auf sich zu ziehen, spuckte einen Olivenkern gezielt über den Tisch hinweg einer Dame in die gerade geöffnete Handtasche, trank aus seinem Glas und steckte sich schließlich eine Zigarette an, die Philine ihr wieder wegnahm. Wilhelm hatte nur für Frau Graf Augen. Sie ging unermüdlich von Tisch zu Tisch und war um das Wohl ihrer Gäste besorgt. Hin und wieder sah sie zu ihm herüber und lächelte ihn an. Warum saß er nur hier, warum stand er nicht auf und suchte eine Gelegenheit, sie anzusprechen?

Der Harfner trank große Mengen von Rotwein, während Katrin, die Besetzeroma, und ihr Feuer schluckender Partner noch immer mit Essen beschäftigt waren, ohne ein Interesse an ihrer Umwelt zu zeigen. Sibylle saß artig am Ende des Tisches, darauf bedacht, unter gar keinen Umständen gelangweilt auszusehen.

War es ein Wink? Wilhelm hatte es nicht genau gesehen. Plötzlich sprang Philine auf und tippelte auf ihren Pantöffelchen an die Seite des Hausherrn. Sie nahmen an einem Tisch abseits des allgemeinen Trubels Platz, und ab nun war in kurzen Abständen immer wieder ihr Lachen zu hören. Das ging Wilhelm auf die Nerven. Er zog sein Heft hervor und begann wohl zum hundertstenmal die Auswahl seiner Gedichte zu überprüfen, ebenso die Reihenfolge.

Plötzlich kam ihm alles, was er geschrieben hatte, albern vor, er zweifelte an seinem Talent und fürchtete sich vor der Kritik der hier Anwesenden. Immerhin war er auf einer Verlags-Party und die Gäste kannten sich aus in der Literatur. Vielleicht würden sie ihn auch nach Vorbildern fragen, nach Lieblingsautoren oder über Schriftsteller reden, von denen er keine Ahnung hatte. Er sollte aufstehen und gehen, bevor es zu spät wäre.

Da hörte er Philine seinen Namen rufen. Mignon nahm ihn bei der Hand. »Komm«, sagte sie, »wir gehen zu ihr, hier ist es langweilig.«

Neben Philine und Herrn Graf stand ein Mann mit großen hellblauen Augen, einer hohen Stirn und nachlässig gekämmtem Haar. Seine Haltung zeigte eine auffallende Bestimmtheit, die Wilhelm verunsicherte. »Du schreibst Gedichte?« fragte er Wilhelm, »und ich höre, die willst du nachher vorlesen?«

Als müßte Herr Graf das ›Du‹ entschuldigen, stellte er den Gast, einen Schriftsteller, gleichfalls mit dem Vornamen vor. »Hüten Sie sich vor Jarno«, sagte er lächelnd zu Wilhelm, »er läßt keine Meinung außer seiner eigenen gelten, denn nur seine Lyrik ist politische Poesie unserer Zeit.«

Jarno nickte Herrn Graf zu. Es schien gar nicht mehr um Wilhelm zu gehen, obwohl er angesprochen worden war. Vielmehr wirkte es so, als würden hier ritualisierte Bosheiten ausgetauscht. »... die aber Herr Graf nicht herausgibt. Das sichere Geschäft macht er mit dem Publikumsgeschmack.«

Herr Graf lachte und legte Philine vertraulich den Arm um die Schultern. »Ich frage mich schon die ganze Zeit, warum Jarno als Kenner der deutschen Literatur, als Könner und Spötter nicht längst zu Ruhm und Ehren gekommen ist.«
Und ehe Jarno antworten konnte, drehte sich Herr Graf mit Philine im Arm um und ging in den Garten davon.
»Gut«, sagte Jarno und klopfte Wilhelm auf die Schulter, »wir werden ja sehen.«
Was er damit meinte, erfuhr Wilhelm nicht, denn Jarno ließ ihn stehen und setzte sich ohne ein Wort der Erklärung an einen anderen Tisch.
Bei den Freunden war es inzwischen laut geworden. Der Harfner war betrunken. Er wehrte sich gegen Melinas Ermahnungen. Ein Streit bahnte sich an.
Wilhelm zog es vor, nicht an den Tisch zurückzukehren. Er wollte jetzt lieber nicht mit denen dort drüben in einen Topf geworfen werden. Störend genug, daß Mignon die ganze Zeit neben ihm stand.
»Sieh zu, daß dein Vater nicht soviel säuft«, sagte er.
Und Mignon antwortete: »Ist mir egal!« Dabei kniff sie die Augen zusammen und schob ihre Hand in die seine. »Sieh mal da!« Sie zeigte auf Frau Graf, die auf der anderen Seite des Gartens Gläser zusammenstellte, »wir helfen ihr!«
Er ging zwar mit, aber es ärgerte ihn, daß es Mignon war, die ihn zu der Frau hinführte, deretwegen er eigentlich gekommen war. Er machte sich los. »Kannst du nicht allein gehen?«
Mignon gab keine Antwort, blieb aber einen Schritt hinter ihm zurück. »Mignon wird die Gläser zusammenstellen«, sagte Wilhelm, »wenn Sie dafür...« Er sah Frau Graf an, und es fiel ihm kein weiteres Wort ein. Statt dessen wurde er über und über rot.

»Er will Ihnen seine Gedichte vorlesen«, flüsterte Mignon.
»Hau ab«, zischte Wilhelm, »hau bloß ab!«
»Kommen Sie«, sagte Frau Graf, »ich höre Ihnen sehr gern zu.« Sie ging ihm voraus ins Haus hinein. Es war keine lauschige Ecke, die sie aussuchte. Nein, auf ein Sofa mitten im Raum setzte sie sich und bot Wilhelm den Platz neben sich an. Hier konnte sie jeder sehen, auch zuhören. Das verwirrte Wilhelm. Eigentlich war er davon überzeugt, daß Frau Graf ihn nicht Mignons, sondern seinetwegen im Café Einstein angesprochen hatte.
Natürlich hätte er seine Gedichte auswendig sagen, sie dabei anschauen können, so als hätte er die Verse gerade für sie gemacht. Und er hätte auch gern ihre Antwort aus ihren Augen abgelesen. Aber er wagte es nicht. Er zog sein Heft aus der Tasche, blätterte, als suche er noch, und las, etwas stockend zwar, aber mit immer besser werdender Betonung:

Bis du mich anschaust, habe ich ein Haus gebaut.
Bis du mich berührst, habe ich das Meer ausgetrunken.
Bis du mich küßt, habe ich meinen Vater erschlagen.
Bis du mich liebst, werde ich gestorben sein.
Ich habe ein Haus gebaut.
Ich habe das Meer ausgetrunken.
Ich habe meinen Vater erschlagen.
Ich bin gestorben.

Wilhelm rührte sich nicht. Er schaffte es nicht einmal, den Kopf zu heben. Kein Wort sagte sie, auch ein Lachen war nicht zu hören. Vielleicht, dachte er, vielleicht hat sie gar nicht zugehört? Als er jetzt aufblickte, das Heft schon wieder zugeklappt, überraschte ihn ihr Lächeln.

»Soll ich mehr lesen?« fragte er.
Frau Graf nickte immer noch mit diesem merkwürdigen Lächeln, das auch nicht verschwand, als Jarno hinter sie trat. Im Gegenteil, ausgerechnet jetzt, in der Gegenwart eines Gastes, legte sie ihre Hand mit den vielen silbernen Ringen auf seine Schulter, wo sie liegenblieb, als gehöre sie dort hin. Wieder schlug er sein Heft auf.
Jarno beugte sich vor, um besser verstehen zu können. »Ich höre«, sagte er.
Aber Wilhelm las erst, als Frau Graf ihm zunickte. Sie sah er an, für sie sollte jedes Wort bestimmt sein.

Du hast meine Liebe an deine Wand genagelt
Und aus meinen Träumen Mauern gebaut
Ich habe mein Herz in sechs Teile geteilt
Und sie zwischen die Steine gepflanzt
Dort wachsen jetzt unsere Träume
Mit denen ich deine Liebe an meine Wand nagele

»Großer Gott«, seufzte Jarno und richtete sich wieder auf, »glaubt denn wirklich jeder auf der Welt, aus seinen Gefühlen ein Gedicht machen zu müssen?«
Frau Graf nahm ihre Hand von Wilhelms Schulter.
»Aber es gibt Schlimmeres als solche Gedichte«, sagte Jarno versöhnlich, »zumindest hat er Phantasie.«
Wilhelm stand auf. Jarno hatte die Stimmung zerstört, alles kaputt gemacht, was sich zwischen ihm und Frau Graf angesponnen hatte. Und jetzt schlug Jarno noch vor, sich ausführlich mit Wilhelm über das Schreiben zu unterhalten. Das war unerträglich, und Wilhelm antwortete: »Nein, besten Dank. Entweder man schreibt, oder man redet.«

Jarno lachte belustigt und fuhr sich durch sein ungekämmtes Haar. Er wollte wohl noch etwas sagen, als Mignon mit ausgebreiteten Armen auf Wilhelm zugerannt kam. Sie hatte den Mund geöffnet, die Wegerichblüten fielen aus ihren aufgelösten Haaren, und Wilhelm sah, daß sie weinte. Er fing sie auf. »Was ist los, Mignon?«

»Melina hat mir eine geknallt«, schluchzte sie, »er hat mich vor allen Leuten geschlagen.« Sie hob ihr Gesicht und zeigte es ihm, als wären die Spuren noch zu sehen.

»Und warum?«

»Weil ich den Eiertanz für die hier nicht mache!«

Wilhelm schob Jarno beiseite und ging mit Mignon in den Garten zurück. Melina brüllte am Tisch der Freunde herum. Katrin und ihr Partner waren so bekifft, daß an eine Aufführung ihres Stückes nicht mehr zu denken war. Sie grinsten blöde und lachten hin und wieder, ohne Melinas Beschimpfungen zur Kenntnis zu nehmen. Der Harfner war völlig betrunken, er nahm ein Ei nach dem anderen aus Mignons Körbchen und warf es in Richtung Spanferkel. Dazu lallte er: »Recht hast du, mein Kind, komm zu deinem großen Teufel, komm!«

Mignon bewegte sich langsam auf den Alten zu. Dabei murmelte sie leise und beschwörend in einer unverständlichen Sprache, malte kleine Zeichen in die Luft, die Wilhelm wiedererkannte. Ähnlich hatte Mignon gesprochen, als sie die Kerzen in seiner Schlafkugel aufgestellt hatte. Den Harfner durchlief ein Zittern. Der Tisch wackelte, Gläser und Flaschen begannen zu klirren. Er wollte aufmucken, wohl nach Schnaps oder Wein verlangen, brachte aber kein Wort hervor, nur einen unheimlich blubbernden Ton.

»Kschsch«, machte Mignon und noch einmal: »Kschsch.« Sie hob beide Hände, als gelte es, Bedrohliches zu verjagen. Dann

holte sie unter dem Bund ihrer schwarzen Pluderhose einen Gegenstand hervor, der einer Hasenpfote glich. Damit strich sie dem Harfner mehrmals über die Stirn und Glatze. Schmerzlich verzog er das Gesicht und zeigte den Gästen, die sich mittlerweile von ihren Plätzen erhoben hatten, um dem sonderbaren Treiben zuzusehen, die Zunge.
»Das geht zu weit«, sagte ein Herr und kam auf Mignon und den Harfner zu, um sie vom Tisch zu vertreiben. Einige Gäste fanden die Situation peinlich, andere bemitleidenswert, wieder andere sagten, man müsse das Fest verlassen, bevor es zu noch größeren Katastrophen käme. Der Hausherr sollte entscheiden, was zu tun sei, aber der war nicht aufzufinden. Frau Graf schlug vor, die Sache nicht so ernst zu nehmen. Mignon hatte sich von all dem nicht beeindrucken lassen. Sie stand hinter dem Harfner und legte ihm beide Hände auf den Kopf. Da gab der Alte endlich Ruhe, er riß noch einmal die Augen auf, öffnete den Mund, aber er blieb stumm, sackte in sich zusammen und schlief von einem Augenblick zum anderen ein.
Irgend jemand klatschte. Einige Gäste schüttelten den Kopf. Da nichts weiter passierte, gingen sie wieder zu ihren Tischen, ohne den Harfner dabei aus den Augen zu lassen. Mignon saß jetzt neben ihm und hielt Sitzwache, was ebenso beschützend wie rührend wirkte.
»Was soll ich denn mit diesen Irren machen?« zischte Melina Wilhelm zu, »schließlich habe ich so etwas wie einen Vertrag abgeschlossen. Das hier hätte unser aller Start sein können.« Und als Wilhelm keine Antwort gab, bat Melina: »Kannst du mir nicht helfen?«
»Wozu?« Plötzlich fing Wilhelm an zu lachen, er wußte auch nicht warum, aber er lachte. Wahrscheinlich über Melinas

dummes Gesicht. »Ich finde es zum Kotzen, wie du dich aufblähst«, sagte Wilhelm, »als wenn das Affentheater hier für uns wichtig wäre.«

»Aber du hast doch alles angezettelt!«

»Da«, sagte Mignon und zeigte mit der ausgestreckten Hand auf die kleine, unbenutzte Bühne, auf der, wie aus dem Erdboden gewachsen, Friedrich stand. Seine Pose war erschreckend und löste abermals Verwirrung unter den Gästen aus. Dennoch kamen sie von allen Seiten näher und umringten Friedrich in einigem Abstand. Es herrschte gespannte Stille.

Frau Graf, die Friedrich am nächsten stand, hielt beide Hände vor den Mund. »Was soll das?« rief sie Wilhelm zu, »sagen Sie Ihrem Freund, er soll das lassen!«

Wilhelm legte ihr die Hand auf den Arm. Was Friedrich sich da ausgedacht hatte, faszinierte ihn.

Bekleidet war er nur mit Jeans. Sein Oberkörper war bemalt mit Wunden, Striemen und Blut, als wäre Friedrich gerade aus einer Schlägerei gekommen. Allein das sah schon furchtbar aus. Seine Haltung war die eines Werfenden. Sein linker Arm, weit ausgestreckt, wies mit dem Zeigefinger auf die bis zum Erdboden reichenden Glasscheiben des Grafschen Wohnzimmers. In der rechten Hand hielt er einen grauen, vierkantigen Pflasterstein, den er anscheinend jeden Moment losschleudern wollte. Das Verblüffende dabei war, daß Friedrich sich nicht bewegte, er stand wie ein lebendes Bild auf der Bühne, ohne auch nur zu zittern.

»Vielleicht sollten Sie jetzt doch lieber Ihre Gedichte lesen?« flüsterte Frau Graf Wilhelm zu.

»Seine Gedichte?« fuhr Jarno dazwischen, »jetzt?«

Wilhelm haßte Jarno in diesem Augenblick, noch mehr seine Art zu spotten. »Hier lese ich meine Gedichte nicht.«

»Wenn schon Gedichte«, gab Jarno zurück, »dann von anderem Kaliber.«
Jetzt tauchten Philine und Herr Graf auf. Nacheinander verließen sie das Haus genau an der Stelle, auf die Friedrich zielte. Erleichtert rannte Melina auf Philine zu und drückte ihr eine Gitarre in die Hand. Ohne zu zögern ging sie auf die kleine Bühne zu. Die Gäste machten Philine Platz. Oben angekommen huschte ein Lächeln über ihr Gesicht, als sie Friedrich anschaute, dann schlug sie einige Akkorde an, und schon sang Philine den ersten Ton. Hoch und laut wie ein Schrei tönte er in der Abendstille. Und da flog der Stein, Friedrich war in Bewegung geraten, hatte weit ausgeholt und ihn weit geworfen, so daß er gegen den Himmel zu sehen war. Krachend mußte er jetzt in die Scheiben des Wohnzimmers fahren. Entsetzt stöhnten die Zuschauer auf, aber nichts war geschehen. Im gleichen Augenblick machten sich Katrin und ihr Partner auf den Weg, schleppten scheinbar schwer an einem Korb, der randvoll mit weiteren Steinen gefüllt war, und stellten ihn Friedrich als Nachschub hin. Der griff auch sofort hinein, nahm und warf einen nach dem anderen, während Philine ununterbrochen sang. Ein Lied von Freude, Freiheit und der Lust auf eine andere Welt.
Die Zuschauer hatten kapiert, warum es weder gekracht noch gesplittert hatte, die Steine waren aus Schaumgummi, sie flogen mal hierhin, mal dorthin, hüpften über den Rasen und zwischen die Füße der Gäste. Gelächter und Empörung mischten sich. »Mit so etwas scherzt man nicht«, rief einer, und ein anderer schrie: »Bravo! Eine tolle Pantomime!«
Einige Steine flogen zurück, trafen Friedrich auf der Brust, am Kopf oder seitlich. Was für ein Spiel!
Mitten drin taumelte Friedrich und faßte sich an den Bauch,

wo jetzt eine echte Blutspur zu sehen war. Wilhelm hatte das Poltern gehört. Ein richtiger Stein rollte über die Bühne. Wer hatte ihn geworfen?

»Aufhören«, schrie Katrin und riß sich ihre Omaperücke vom Kopf. »Aufhören, aufhören! Ihr seid ja viel schlimmer als ich dachte, ihr seid brutaler als die Polizei, ihr seid Bestien!«

Friedrich besah sich die Wunde, die blutete, aber nicht gefährlich aussah.

Aus den hinteren Reihen rief jemand: »Das kommt eben davon!«

Philine sah ratlos zu Melina hinüber, der auf Herrn Graf einredete. Diese Nummer sei nicht abgesprochen gewesen, Friedrich habe sie sich mit den anderen beiden ausgedacht, man solle mit dem richtigen Programm beginnen.

Herr Graf winkte ab. Er wollte keinen Streit, aber auch keine weiteren Darbietungen, und er schlug Melina vor, sich mit den Freunden wieder zurück an den Tisch zu setzen, das sei für alle Beteiligten das beste. Frau Graf brachte den verletzten Friedrich ins Haus.

»Jetzt kannst du deine Gedichte vorlesen«, sagte Jarno zu Wilhelm.

»Ich denke nicht daran«, wehrte Wilhelm ab, »glauben Sie, ich laß mich hier fertigmachen?«

»Wieso fertigmachen?« Jarno war erstaunt. Ob Wilhelm nicht zu seinen Texten stehe, sich gar von Meinungen abhängig mache oder sich vor Kritik fürchte? »Ich rate dir eigentlich nur, den Versuch zu machen«, setzte er fort, »eine Chance zu nützen.«

Aber Wilhelm hatte den Mut verloren. Er schob sein zusammengerolltes Heft tiefer in die Taschen seiner Jeans.

»Gut«, sagte Jarno, als hätte er Wilhelms Ablehnung erwartet,

»dann lies diese Gedichte vor.« Er gab ihm ein paar lose Blätter.
»Wer hat sie gemacht?«
»Herr Graf.«
»Der Verleger persönlich?« fragte Wilhelm ehrfurchtsvoll.
Jarno erklärte, er habe sie zufällig in Grafs Arbeitszimmer gefunden, gelesen und denke, daß sie seinem Publikum nicht vorenthalten werden sollten. Wilhelm blieb unschlüssig, zumal Jarno forderte, den Namen des Autors erst nach der Lesung bekanntzugeben.
»Warum liest er nicht selbst?« fragte Wilhelm, und Jarno antwortete, Herr Graf sei zu bescheiden. Er schob Wilhelm zur Bühne. Der überflog die Zeilen, denn er wollte sich der Verse eines Verlegers im Vortrag als würdig zeigen.
Jarno klatschte in die Hände, bat um Ruhe und kündigte eine literarische Kostbarkeit an.
Wilhelm fühlte alle Blicke auf sich gerichtet.
»Hier ist was los«, hörte Wilhelm einen Herrn direkt vor sich sagen. »Graf stellt junge Talente vor.«
Wilhelm wollte widersprechen, aber Jarno ließ es nicht zu und bat noch einmal um Ruhe. Wilhelm sah sich nach Frau Graf um, hätte gern ihre Zustimmung gehabt. Statt dessen rief der Verleger, er möge beginnen. Offenbar schien er mit dem Vortrag seiner Verse einverstanden zu sein. Mignon setzte sich Wilhelm zu Füßen. Bei den ersten Worten wurde es still. Aber bald fielen spöttische Bemerkungen, einige lachten, andere gingen weg. Wilhelm, der sich wirklich Mühe gegeben hatte, begriff plötzlich, daß man ihn für den Autor der Gedichte hielt. Aber er konnte unmöglich den Vortrag unterbrechen. Er las weiter, verschaffte sich mit lauter Stimme Gehör und beendete das Gedicht *Von den Gegensätzlichkeiten* mit viel Pathos in der

Stimme. Als er aufsah, merkte er, daß keiner mehr zugehört hatte. Ein Mann kam auf ihn zu, er möge die Ablehnung nicht so tragisch nehmen. Schließlich sei man im Hause eines Verlegers und deshalb besonders kritisch. Wilhelm spürte sein Herz klopfen. Schweiß trat ihm unter den Haarwurzeln hervor, und ein schrecklicher Zorn packte ihn gegen sich selbst, gegen Jarno, den Verleger und die Gäste.

»Die Gedichte sind nicht von mir«, schrie er mit kippender Stimme und fuchtelte mit den Blättern herum. Wo zum Teufel steckte dieser Jarno und wo der Verleger Graf? »Hört zu«, begann Wilhelm abermals und wurde mitten im Satz unterbrochen. Von hinten griff eine Hand nach ihm und zerrte ihn von der Bühne. Wilhelm war so erschrocken, daß er sich nicht wehren konnte. Es war Herr Graf, der ihn wütend ins Haus brachte. Mignon lief hinterher. Dabei redete Herr Graf pausenlos von der Unverschämtheit, mit der man hier gegen ihn vorgehe. Er sei nicht bereit, sich irgendeine Erklärung anzuhören. »Ich möchte, daß ihr allesamt verschwindet«, brüllte er und schickte Mignon zurück, um die Freunde zu holen. Er war so außer sich, daß sich in seinen Mundwinkeln weiße Ränder bildeten. In diesem Augenblick kam seine Frau in den Flur.

»Eine feine Gesellschaft hast du uns da eingeladen«, rief er, »sieh zu, daß der hier geht, ich schmeiße die anderen raus.«

»Es tut mir so leid«, sagte Frau Graf leise, »ich hab mir alles ganz anders vorgestellt.«

Sie begleitete Wilhelm zur Haustür. »Sie müssen mir glauben, daß ich mich über Ihren Besuch gefreut habe, auch wenn alles etwas unglücklich verlaufen ist.«

Wilhelm wollte etwas sagen, aber da öffnete sie schon die Haustür. »Alles Gute für Sie«, sagte sie schnell, zog einen ihrer vielen Silberringe vom Finger und drückte ihn Wilhelm in die

Hand. »Als Andenken«, fügte sie hinzu, »und als Glücksbringer.« Die Tür fiel ins Schloß. Nicht einmal auf Wiedersehen hatten sie sich gesagt.
Wilhelm wartete nicht auf die anderen. Er hatte jetzt keine Lust, mit ihnen zusammen im Auto nach Kreuzberg zu fahren. Melinas Gejammer konnte sich Wilhelm vorstellen, auch den betrunkenen Harfner. Philine, die im Zweifelsfall kleine Details ihres Flirts mit Herrn Graf zum besten gab, und Friedrich, der gemeinsam mit Katrin und dem Feuerschlucker blöde Sprüche riß. Und Mignon? Auch sie fehlte Wilhelm nicht. Er blieb unter einer Straßenlaterne stehen und besah sich den Ring. Er stellte einen Vogelkopf dar. Aus Angst, ihn zu verlieren, steckte er ihn in den Mund und schob ihn mit der Zunge hin und her, während er über alles nachdachte, was in den letzten Stunden passiert war.
Wilhelm nahm sich Zeit für den Heimweg. Nicht weit von der U-Bahnstation an der Podbielski-Allee hörte er ein Auto kommen. Es fuhr langsam, und Wilhelm erkannte Laertes' VW-Bus. Die Freunde suchten die Straße ab. Wilhelm drückte sich in die Sträucher. Er wollte allein sein, Ordnung in seinem Kopf machen und nachdenken. Er sah Melina am Steuer, daneben zusammengekauert und in einen Schal gewickelt Sibylle. Auch der Harfner war zu erkennen, er saß auf der Rückbank, neben ihm Mignon, Gesicht und Hände ans Fenster gepreßt. Wilhelm wußte, daß sie es war, die darauf bestand, langsam zu fahren, damit sie ihn auf dem Weg aufnehmen konnten. Jetzt kurbelte sie das Fenster herunter und beugte sich aus dem Wagen. Sein Name war die ganze Straße entlang zu hören. Er lehnte sich noch tiefer zurück. Die Äste stachen ihn in den Rücken. Endlich zog Philine Mignon in den Wagen, und Melina gab Gas.

Wilhelm nahm den Ring aus dem Mund und steckte ihn in sein Portemonnaie. Plötzlich fiel ihm eine von Jarnos Bemerkungen ein. Noch bei Grafs, als Wilhelm gerade gehen wollte, hatte er gesagt: »Es ist schade, daß du mit hohlen Nüssen um hohle Nüsse spielst.«

Wilhelm wußte immer noch nicht, wie er diesen Satz verstehen sollte, er wußte nur eins: Seit er von zu Hause fort war, hatte sich sein Leben geändert. Alles war neu und fremd. Nicht, daß er Heimweh bekam oder gar mit dem Gedanken spielte, nach Lichterfelde zurückzukehren. Er stellte sich nur einen Augenblick lang vor, so zu leben wie früher, so wie Vater und Mutter, Schwester und Werner, denn das war ihm vertraut. Ganz alltägliche Situationen fielen ihm ein: Wie Vater das Schlüsselbund neben sich legte, wenn er sich setzte, und wieder einsteckte, wenn er aufstand, oder der Jahreskalender der Firma Baustoffe Badke Groß- und Einzelhandel, einziger Wandschmuck in Meisters Büro in Lankwitz, von dem Wilhelm als kleiner Junge am Monatsanfang das Blatt abreißen durfte; auch Vaters Hände sah Wilhelm deutlich vor sich, Maurerhände, in die ein Ziegelstein eher paßte als ein Kuli. Ich habe meinen Vater verraten, dachte Wilhelm. Sein Gedicht fiel ihm ein, besonders die Zeile: Bis du mich küßt, habe ich meinen Vater erschlagen. Er nahm sich vor, dieses Gedicht aus dem Heft zu reißen und zu vernichten. Er griff in die Tasche, aber das Heft war nicht mehr drin. Er hatte es liegenlassen, verloren irgendwo im Hause der Grafs. Im ersten Augenblick wollte er aufspringen und zurücklaufen. Noch war das Fest nicht zu Ende. Er könnte über den Gartenzaun steigen und es suchen. Aber Wilhelm rührte sich nicht. Er beschloß, das Schicksal entscheiden zu lassen, ob er je wieder zu diesem Heft kommen sollte. Wenn nicht, dann wollte er nochmals darüber nachdenken, ob er nicht doch nach Hause zurückkehren und die Lehre beenden sollte.

Um so mehr erschrak er, als jemand sagte: »Sie haben Ihr Heft liegenlassen!«

Wilhelm drehte sich um. Jarno stand vor ihm. Leise mußte er ihm gefolgt sein, ihn vielleicht beobachtet haben, und sekundenlang bildete sich Wilhelm ein, daß Jarno auch seine Gedanken gelesen hätte.

»Warum sind Sie mir nachgelaufen?« fuhr er ihn an.

»Deshalb«, sagte Jarno freundlich und schob Wilhelm das Heft in die Hand, »so etwas läßt man nicht liegen.«

Dabei ging er neben Wilhelm her wie ein alter Freund. »Sie haben mich lächerlich gemacht«, sagte Wilhelm böse, »Sie haben mich diese idiotischen Gedichte vorlesen lassen!«

»Ehrlich gestanden habe ich nicht damit gerechnet, daß du es tust. Ich habe gedacht, du würdest dich wehren. Aber dir hat es schon genügt zu wissen, daß der Verfasser ein Verleger ist, um die Gedichte für vortragsreif zu halten. Ebenso schnell hast du meinem Urteil vertraut, weil Herr Graf mich als Schriftsteller präsentiert hat. Aber nicht jedes Urteil ist richtig oder gar begründet.«

Wilhelm schwieg.

Jarno nahm ihm das Heft wieder aus der Hand und blätterte darin herum. »Die Gedanken sind gar nicht so schlecht«, sagte er, »aber du solltest keine Gedichte schreiben, sondern Erzählungen.«

Wilhelm freute sich über das Lob. Vielleicht würde er wirklich mal eine Erzählung schreiben. Sein Groll gegen Jarno verflog.

»Ich weiß nichts von dir«, sagte Jarno, »aber du interessierst mich. Ich würde gern wissen, wo du herkommst, ob du zum Beispiel etwas gelernt hast. Natürlich geht mich das alles nichts

an, am wenigsten, wie du in diese Gesellschaft gekommen bist, aber vielleicht möchtest du mir etwas davon erzählen?«
Da Jarno das so freundlich sagte, begann Wilhelm zu erzählen, daß er die Lehre aufgegeben habe, wie er seine neuen Freunde kennengelernt und sich damit alles für ihn geändert habe, daß er aber noch nicht wisse, wie alles weitergehen solle, und immer wieder berichtete er von seinem Vater, wie fleißig der war und wie er auf seinen Sohn baute, der sein Nachfolger werden sollte.
»Kennt dein Vater deine Gedichte? Weiß er überhaupt, daß du schreibst?«
»Nein, natürlich nicht. Mein Vater würde mich für verrückt erklären. Vielleicht wäre er auch enttäuscht, ich weiß es nicht. Jedenfalls hätte er dafür kein Verständnis.«
Darauf schwieg Jarno so lange, daß Wilhelm schon glaubte, das Gespräch sei beendet. Die Stille war ihm peinlich und machte ihn wieder mißtrauisch.
»Ich mach dir einen Vorschlag«, sagte Jarno, »laß vorerst das Dichten.«
»Also doch.« Wilhelm fühlte sich in seinem Verdacht bestärkt.
»Vorerst, habe ich gesagt«, Jarno lächelte, »und schreib die Geschichte zwischen deinem Vater und dir auf, genauso, wie du sie erlebst!«
»Was für eine Geschichte? Es gibt keine«, widersprach Wilhelm.
»Doch«, sagte Jarno, »es gibt eine. Du hast gerade begonnen, sie mir zu erzählen, und nur du kannst sie aufschreiben.«
Wilhelm wurde aus Jarno nicht klug. Er fühlte sich von ihm angezogen und abgestoßen zugleich. Vielleicht wäre es das beste, sich jetzt mit einem höflichen Gruß zu verabschieden.
»Ich fahr nach Hause«, sagte er schnell und nicht sehr höflich.

»Wohin?«
»Nach Kreuzberg.«
»Weißt du«, sagte Jarno, »es ist mir unbegreiflich, was du an diesen Kreuzberger Typen findest. Dieser Alkoholiker und dieses verwahrloste Zigeunermädchen, das muß doch nicht sein, von den anderen will ich erst gar nicht reden, denn im Grunde genommen halte ich dich für anspruchsvoll.«
Wilhelm war von dem, was Jarno da eben gesagt hatte, wie vor den Kopf geschlagen.
Jarno hob die Schultern wie jemand, der noch eine Bemerkung machen möchte, es sich aber anders überlegt hat. Dann zog er aus seiner Rocktasche eine Visitenkarte, die nicht mehr sehr neu aussah, an den Ecken geknickt, auch ein bißchen schmuddelig. »Du kannst mich anrufen, wenn du willst.«
Wilhelm rührte die Karte nicht an. Er drehte sich um und ging. Er hatte sich nicht einmal von Jarno verabschiedet. Er hätte auch nichts sagen können, seine Kehle war wie zugeschnürt. Vor ihm tauchten das U-Bahnschild und die erleuchtete Uhr auf. Er mußte sich beeilen, damit er noch die letzte Bahn erreichte. Also nichts wie los. Seine Laufschritte im U-Bahnschacht dröhnten wie Hammerschläge in den Ohren. Gerade schaffte er den Sprung in einen Wagen, dann hörte er das Zischen der sich schließenden Türen. Ab nach Kreuzberg, weg von Jarno!
Am Wittenbergplatz mußte er umsteigen, er erreichte den letzten Zug Richtung Kottbusser Tor. Von hier bis zur Mariannenstraße waren es nur Minuten. Wilhelm schlenderte die vertrauten Straßen entlang, vorbei an den Fenstern der Hausbesetzer, die rund um die Uhr auf dem Posten waren. Niemand wußte, welches Haus wann geräumt würde, nichts als Gerüchte gingen um.

Im Torbogen zu Laertes' Hofcafé saß eine Katze. War da jemand? Ein Schatten löste sich aus der Mauerecke. Mignon, das konnte nur Mignon sein. Wilhelm erkannte sie an der Schnelligkeit ihrer Bewegungen. Mit einem Satz stand er neben ihr und breitete die Arme aus, in die sie hineinsprang. Er hob sie hoch und drückte sie eine Zeitlang an sich. Als er sie wieder auf die Füße gestellt hatte, sah er, daß sie weinte. »Warum weinst du jetzt?« fragte er, erschrocken über ihre Tränen und verwirrt von seinem Gefühl für Mignon. Und weil sie nicht antwortete und sich an seinen Arm hängte, sagte er unfreundlich: »Sei nicht so kindisch!«

Sofort ließ sie ihn los, trat einen Schritt zurück und hielt ihm den Schlüssel hin. »Ich habe ihn von Laertes geholt, damit du ins Haus kommst.«

»Und er hat dich hier draußen allein gelassen?«

Mignon schüttelte den Kopf. »Er dachte, ich bin bei meinem Vater und du würdest dahin kommen.«

»So ein Quatsch«, brummte Wilhelm, »ich weiß nicht einmal, wo der wohnt.«

Sie schloß die Tür auf und ging voran. Licht brauchte sie nicht. Wilhelm verließ sich auf sie, und es machte ihm Spaß, wie sie ihn ohne anzustoßen durch die Dunkelheit bis an seine Schlafkugel führte.

Als sie schon in ihre Decke eingerollt zu seinen Füßen schlief, nahm er sich vor, am nächsten Tag mit dem Harfner über Mignon zu sprechen. Ein verwahrlostes Zigeunermädchen, hatte Jarno gesagt, das Wilhelms Ansprüchen nicht genüge. Was wußte dieser eingebildete Kerl schon von Mignon? Wilhelm beugte sich über sie, und als er ihre Hand auf dem Kopfkissen sah, steckte er den Ring von Frau Graf auf ihren Mittelfinger.

*»Ich will nichts auslegen, versetzte Wilhelm,
ich will Ihnen nur vorstellen, was ich
mir denke.«*

Viertes Kapitel

Wilhelm hatte Unordnung erwartet, Batterien von leeren Flaschen, Essensreste, ein ungemachtes Bett, vielleicht lädierte Möbel, Schmutz.
Der Harfner hatte sich Zeit gelassen, bis er öffnete. Wilhelm hatte schon geglaubt, an der falschen Tür geklingelt zu haben. Ein Namensschild war nicht zu finden gewesen. Erst die Auskunft einer alten Frau hatte Wilhelm weitergeholfen. Mignon war nicht mitgekommen, hatte nur ihr Gesicht verzogen und gemeint, daß Wilhelm sich den Weg sparen könne.
Wortlos war der Harfner in der Tür gestanden und hatte keinerlei Anstalten gemacht, Wilhelm hereinzubitten.
»Meinst du, ich will mit dir auf dem Flur herumstehen?« hatte Wilhelm schließlich gesagt und war am Harfner vorbei ins Zimmer gegangen, das ihn in seiner nüchternen Atmosphäre überraschte. Hier gab es weder Vorhänge noch einen Teppich. Ein Tisch stand in der Mitte des Zimmers. Das Bett war gemacht und mit einer grauen Militärdecke zugedeckt. Gegenüber ein Kleiderschrank und daneben ein Pflanzenständer, der statt mit Blumentöpfen mit Flaschen gefüllt war. Alles machte den Eindruck, als wohne hier niemand, als seien die wenigen Möbel von einem, der hier ausgezogen war, vergessen worden. Wilhelm versuchte sich vorzustellen, wie der Harfner hier lebte. In einer Nische stand ein Sessel, dahinter eine kaputte Harfe, auf dem Boden ein Stoß Noten, eine halbleere Schnapsflasche und Türme von übereinandergestapelten Schuhkar-

tons. Auffallend war die Sauberkeit: nirgendwo Krümel, kein Fleck, nicht einmal Staub.
Der Harfner setzte sich in den Sessel und überließ es Wilhelm, auf einem der Stühle am Tisch Platz zu nehmen. Er streckte die Füße aus und trank aus der Flasche. Wilhelm zählte drei Schlucke, dann setzte der Harfner die Flasche ab.
»Was willst du?«
Und weil Wilhelm nicht gleich antwortete, fuhr der Alte fort: »Mir ist es lieber, wenn man mich in Frieden läßt. Hat Laertes dir das nicht gesagt?«
»Nein«, sagte Wilhelm, »der weiß gar nicht, daß ich hier bin.«
Wieder breitete sich Schweigen aus. Wilhelm starrte auf die Schuhkartons und hätte gern gewußt, was da drin war. Seine Mutter hob beispielsweise Bindfäden in Schuhkartons auf, Knöpfe und zusammengelegtes Weihnachtspapier. Das alles paßte nicht zum Harfner, außerdem waren es viel zu viele Schachteln. Es mußte etwas anderes sein. Wilhelms Neugierde wurde unerträglich, und plötzlich rutschte ihm die Frage heraus: »Was hast'n da drin?«
Der Harfner lehnte sich zurück, schloß die Augen und sagte: »Mein Leben!«
Wie das, dachte Wilhelm, wie kann einer sein Leben in Schuhkartons verpacken? Er ärgerte sich über diese lächerliche Auskunft und brummte: »So'n Quatsch!«
»Sieh nach«, sagte der Harfner, »du wirst es schon kapieren und mich dann in Ruhe lassen.« Dabei saß er wie aus Blei gegossen im Sessel, hielt immer noch die Augen geschlossen und zog nicht einmal die Füße an, über die Wilhelm hinwegstieg.
Im obersten Karton des ersten Stapels waren Kronkorken. Gut, dachte Wilhelm, jeder hat seinen Sammlertick, und

öffnete den nächsten. Der war ebenfalls mit Kronkorken gefüllt, die, wie Wilhelm am Farbaufdruck erkannte, alle auf Bierflaschen gesessen hatten. Den dritten öffnete Wilhelm erst gar nicht, er spürte den Inhalt schon am Gewicht. Er wandte sich dem nächsten Stapel zu: leichte Schachteln voll von Korken leergetrunkener Weinflaschen. Wilhelm stockte der Atem. Eine Gänsehaut fuhr ihm über den Rücken bei der Vorstellung, daß alle diese Kartons bis zum Rand mit Bierverschlüssen und Korken vollgestopft waren. Er schielte zum Harfner, der jetzt auf einen anderen Stapel wies. »Sieh auch da hinein!«

Wilhelm hob den Deckel hoch und fand darin Schraubverschlüsse von Schnapsflaschen jeglicher Art. »Und das ist dein Leben?« flüsterte er.

»Nein«, rief der Harfner höhnisch, »nicht das ganze!« Er sprang auf, lief zum Schrank und öffnete ihn. »Da ist der Rest!«

Auch hier Kartons, kaum Kleider und Wäsche oder was sonst der Mensch in einem Schrank aufhebt.

»Die Kartons«, sagte der Harfner, »bekomme ich von dem Schuhgeschäft gegenüber. Die Leute nehmen heutzutage ihre Schuhe lieber in Tüten mit.« Er lachte verächtlich und knallte die Schranktür zu. »Jetzt weißt du Bescheid, mein Junge.«

Am liebsten wäre Wilhelm weggelaufen. Schon wieder mischte er sich in eine Angelegenheit, die ihn nichts anging. Der Harfner war ein Säufer und machte kein Hehl daraus. Sein Leben war der Alkohol und jeder Korken, jeder Verschluß eine Trophäe.

»Da kriegt man ja das kalte Kotzen«, sagte Wilhelm, und der Harfner antwortete: »Eben!« Er hockte sich wieder in seinen Sessel, und Wilhelm hörte die Schlucke, mit denen der Harf-

ner aus der Flasche trank, hörte, wie der Alte danach aufstieß und sich schmatzend den Mund abwischte.
»Und Mignon«, schrie Wilhelm plötzlich los, »hast du für die kein Verantwortungsgefühl? Ist dir egal, was aus ihr wird, wie und wo sie lebt?«
Der Harfner zog nur die Brauen hoch. Seine Antwort war kühl. »Überall, wo sie ist, hat sie es besser als bei mir.«
»Ach!« Wilhelm schlug mit der Faust auf den Tisch, »so einfach machst du dir das?«
Und weil der Harfner nur seufzte und stur dabei aus dem Fenster sah, fuhr Wilhelm leiser fort: »Mignon hängt an dir. Das mußt du doch merken. Außerdem muß sie in die Schule und vernünftige Klamotten haben. Oder soll sie wieder zu den Schaustellern, wo sie Prügel bekommt, wenn sie nicht diesen komischen Eiertanz aufführt?«
Der Harfner sprang auf. Einen Augenblick lang fürchtete Wilhelm, von dem Alten eine gewischt zu bekommen. Er hob schon die Hand, ließ sie aber im gleichen Augenblick sinken. Es blieb nur ein Zittern, das durch seinen ganzen Körper lief. »Ich schenk sie dir«, keuchte er, »jawohl, ich, der Vater, schenk sie dir, und jetzt raus. Raus, so schnell du kannst.«
Wilhelm nahm sich zusammen und ließ den Harfner dicht an sich herankommen, ohne rückwärts zu gehen. »Wenn die vom Amt Mignon erwischen, kommt sie in ein Heim, ist dir das klar?«
»Ja«, sagte der Harfner, »das ist mir klar.« Dann griff er plötzlich nach einem der Kartons und schüttelte ihn, daß die Schraubverschlüsse schepperten. »Aber das hier ist auch klar«, und kaum hörbar setzte er hinzu: »Mein Unglück ist größer als meine Schuld.«
Mit Getöse fiel dem Harfner der Karton aus der Hand auf die

Erde. Die Verschlüsse kullerten über den Fußboden und rollten in alle Ecken.
Wilhelm ging in kleinen Schritten rückwärts zur Tür. »Ist ja gut«, sagte er in einem fort. »Reg dich nicht auf, Harfner.«
Das schien zu nützen, denn als Wilhelm die Klinke in der Hand hatte, die Tür öffnete und dem Alten ein »also tschüs dann« zurief, hatte der sich schon auf den Boden gekauert, um wieder aufzusammeln, was er verschüttet hatte.

Als Wilhelm vom Harfner zurückkehrte, fiel Mignon ihm um den Hals. Sie stellte keine einzige Frage und wich stundenlang nicht von seiner Seite. Sie war auch in den nächsten Tagen nicht davon abzubringen, nachts am Fußende seiner Matratze zu schlafen, und tagsüber ging sie Wilhelm, so gut sie konnte, bei den Renovierungsarbeiten in den oberen Etagen zur Hand. Da sah man mittlerweile schon Fortschritte. Die Fenster waren dicht und einige Wasserleitungen repariert. Katrin und ihr Feuerschlucker zogen ein und brachten ein paar Freunde mit. Es gab noch nicht viele Möbel, aber immerhin hatte man das Nötigste aufgetrieben, Matratzen, einen Tisch und ein paar alte Stühle. Laertes hatte einen elektrischen Herd und einen Kühlschrank organisieren können, und selbst der Stromanschluß klappte. Sich mit dem Hauseigentümer zu einigen, war bisher nicht möglich gewesen. Der nahm die Instandbesetzung des Hauses nicht zur Kenntnis, beantwortete weder Briefe noch ließ er mit sich reden. »Bleibt nur die Hoffnung oder notfalls Kampf«, sagte Laertes, andere Hausbesitzer und Wohnungsgesellschaften schlössen ja auch Verträge mit Instandbesetzern. So verdrängte jeder auf seine Weise die Angst, sein Dach überm Kopf zu verlieren, und glaubte an die ausgleichende Gerechtigkeit.

Melina war es, der eines Morgens alle zusammentrommelte und wieder einmal seine Theaterpläne entwickelte. Er lief im Hof auf und ab und war erst bereit zu reden, als alle ihm zuhörten. Sibylle, die zusehends dicker wurde, faltete neuerdings gern die Hände über ihrem Bauch. Jedes Kleid spannte ihr eng auf dem Leib, und es verging kaum ein Tag, an dem ihr nicht schlecht wurde oder sie über Rückenschmerzen jammerte.

»Für dich wäre es auch hübscher«, sagte Philine, während sie auf der Fensterbank Platz nahm, »wenn man die Kinder von den Bäumen schütteln könnte.« Dabei holte sie ein Spiegelchen aus der Tasche und zog sich den Lidstrich nach. Sibylle wandte sich ab und griff nach Melinas Hand. Er lächelte ihr flüchtig zu. Dann klatschte er in die Hände, um Aufmerksamkeit zu gewinnen. Er habe die einmalige Gelegenheit gehabt, alte Kostüme zu kaufen, und er habe sie genutzt.

»Wo?« wollte Philine wissen, »und was?«

»Das werdet ihr noch sehen. Morgen kann ich sie mit Laertes' VW-Bus abholen, und das Geld streck ich vor.«

Melina erwartete Beifall, das sah man ihm an.

»Und dann?« fragte Katrin.

»Dann gründen wir ein Kollektiv, spielen in Jugendhäusern, in Clubs, in Schulen, freiweg durch alle Bezirke Berlins und später vielleicht auch in Westdeutschland.«

»Und was?«

Melina zeigte auf Wilhelm. »Er kann die Stücke schreiben, die wir gemeinsam entwickeln.«

»Und du?« fragte Wilhelm, »was ist deine Aufgabe dabei?«

»Das ist doch bekannt«, antwortete Melina spitz, »ich organisiere den Laden, kümmere mich um Verträge und ums Geld. Davon hat keiner von euch eine Ahnung.«

»Also, wenn du mich fragst«, unterbrach ihn Wilhelm nachdenklich, »sind wir doch die Profis. Von jedem bis auf dich weiß ich, was er kann. Wieso willst denn da ausgerechnet du den Boß spielen?«
Melinas großer Mund zuckte und lachte gleichzeitig. Er schien verärgert. »Willst du vielleicht die Verträge abschließen?«
»Warum nicht?« fuhr Philine dazwischen und erntete Beifall, »wir spielen doch in erster Linie nur, weil es uns Spaß macht, unsere Ideen auszuprobieren, und in zweiter Linie erst ums Geld. Da können wir doch unseren Herrn Direktor selber wählen ...«
»... und zwar soll jeder mal, reihum, der Chef sein«, mischte sich der Feuerschlucker ein.
»Ich hab nichts dagegen«, sagte Melina beleidigt, »ihr werdet schon sehen, wohin ihr kommt.«
Er zog sich zurück und begann seine Fingernägel zu schneiden. Nur auf die Kostüme machte er nochmals aufmerksam und daß sie vorläufig sein Eigentum blieben.
»Wenn Wilhelm schon die Stücke schreibt«, schlug jetzt Philine vor, »kann er auch die Verantwortung tragen. Eigentlich brauchen wir den Melina überhaupt nicht.«
»Ich?« fragte Wilhelm erschrocken und schob Mignon zur Seite, die ihm bei Philines Worten sofort begeistert um den Hals gefallen war. Die Lehre fiel ihm ein, der Vater, der sicher nicht wollte, daß sein Sohn als Straßenkomödiant sein Geld verdiente, die Mutter, die sich bestimmt schon Sorgen um ihn machte, die Schwester und Werner, denen er allen noch nicht mitgeteilt hatte, wo er überhaupt steckte. Wenn er jetzt die Leitung der Gruppe übernähme, würde er sich in seiner jetzigen Rolle mehr festlegen, als er wollte.
»Ich weiß nicht«, sagte Wilhelm, »ob ausgerechnet ich der

richtige bin. Laßt den Melina ruhig anfangen. Schließlich hat er sich alles ausgedacht.«
Ein dankbarer Blick von Sibylle machte Wilhelm verlegen. Zwar hielt er auch nicht viel von Melina, aber immer noch besser, der machte sich zum Anführer als ihm, Wilhelm, die Verantwortung zuzuschustern. Vielleicht blieb er ja gar nicht hier?
Während er das dachte, fuhr er mit den Händen über die Holzdielen, die er gestern frisch verlegt hatte.
Mittlerweile redeten alle durcheinander. Melina drohte ununterbrochen, sie müßten auf seine Mitarbeit verzichten, ohne daß er den Raum verließ.
Vom Hof her rief Laertes plötzlich nach Wilhelm. Er solle herunterkommen, der Geldbriefträger sei da. Schlagartig verstummten alle. Vom Geldbriefträger war im Hofcafé und in der Fabriketage noch nie jemand gesucht worden.
Als Wilhelm unten aus der Tür kam, sah er die anderen oben am Fenster neugierig zu ihm hinunterschauen. Der Geldbriefträger saß an einem der Tische, die Mütze neben sich. Laertes stellte ihm ein kleines Bier hin.
»Hier«, sagte der Postbote, als Wilhelm an den Tisch trat, und blätterte vier Hundertmarkscheine auf den Tisch, »wollen Sie bitte quittieren!«
»Vier Blaue«, rief Friedrich von oben, »das darf doch nicht wahr sein!«
Mignon, die Wilhelm nicht von der Seite wich, nahm vorsichtig die Scheine in die Hand, schob sie zusammen und hielt sie Wilhelm hin.
»Irrtum«, sagte der, »mir schickt hier keiner Geld her.«
Der Geldbriefträger überprüfte noch einmal Namen und Adresse und reichte jetzt Wilhelm den Abschnitt. *Sender*

Freies Berlin stand da drauf. Sendung: junge Autoren aus Kreuzberg.
»Jetzt bist du reich«, sagte Mignon, »und berühmt«, und steckte die Scheine in Wilhelms Tasche.
Philine schlug vor, von dem Geld ein Fest zu feiern. Melina wollte das Honorar als Grundkapital für die Theatergruppe benutzen, denn Wilhelm hatte schließlich ihm die Bekanntschaft mit dem Redakteur zu verdanken, wie auch die ganze Veranstaltung im Hofcafé. Laertes war der Meinung, sie sollten mit den vierhundert Mark eine Einlage für Renovierungsmaterial machen. Die Leute müßten mitkriegen, daß Hausbesetzung etwas Gutes sei. Hausbesetzer sollten vorbildlicher leben als andere, damit sie überzeugend wirkten.
Wilhelm sagte zu all dem nichts. Seine Hand fuhr in die Tasche, wo er die vier Hundertmarkscheine fühlte. »Ich bin auf Anhieb nicht vorbildlich«, sagte er, »ich muß erstmal überlegen...«
Laertes zuckte mit den Schultern. Er hielt nicht so viel vom Diskutieren, sondern zeigte auf die leeren Bierkästen, die vom Tresen weggeschafft und gegen volle ausgewechselt werden mußten. »Übernimm du das«, sagte er und fügte hinzu, »aber ohne langes Nachdenken!«
Wilhelm griff nach zwei Bierkästen, schob sie an Laertes vorbei. Er ärgerte sich. Philine meinte, Laertes solle Wilhelm in Ruhe lassen. »Der braucht seine Zeit«, sagte sie, als wäre Wilhelm gar nicht da, und machte sich auf, um fürs Hofcafé Kuchen zu backen. Mignon nahm sie zum Äpfelschneiden mit. Friedrich fing an, Geschirr und Gläser abzuwaschen. Nur Sibylle hockte sich auf einen Stuhl und hielt ihr Gesicht in die Sonne.
»Wenn du mir morgen deinen VW-Bus leihst«, sagte Melina zu

Laertes, »kann ich die Kostüme abholen. Vielleicht fällt auch noch etwas fürs Café ab. Der Trödler, zu dem ich fahre, ist nicht schlecht.«

Bis zum Abend blieb Wilhelm schweigsam. Zuerst hatte er seinem Vater schreiben wollen, daß er Schriftsteller sei und sein erstes Honorar erhalten habe. Aber diesen Gedanken hatte er zurückgestellt. Es hatte ihn gestört, daß die anderen sofort glaubten, über sein Geld verfügen zu können. Niemand, außer Mignon, hatte von seinem Erfolg als Dichter gesprochen, alle schienen nur am Geld interessiert zu sein, um es für die Gruppe auszugeben. Aber gehörte er denn richtig dazu? Egal ob sie ihn fragten oder nicht, egal ob er sich wohl fühlte oder nicht. Er war hier, aber wie lange er bleiben würde, das wußte er selbst nicht.
Weder bestand Philine auf dem Fest noch kam Laertes ein zweites Mal auf neues Renovierungsmaterial zu sprechen. Selbst Melina, der am Abend den VW-Bus holte, fragte nicht mehr nach dem Geld. Wilhelm war darüber nun doch enttäuscht, er fühlte sich ausgeschlossen. Vielleicht würde er Laertes Geld geben, wenn der ihn noch mal fragte, vielleicht auch Melina. Aber keiner verlor mehr ein Wort darüber. Nur der Harfner ließ sich bereitwillig am Abend ein paar Runden bezahlen.
Wie immer ging Mignon erst schlafen, als Wilhelm sich auf seine Matratze gelegt hatte. Wie immer legte sie ihre Pluderhosen und ihr Westchen ab, das Hemd behielt sie an.
»Sag mal«, fragte Wilhelm von seiner Matratze aus, »hast du nichts anderes anzuziehen?«
»Nein«, antwortete Mignon, »Philine borgt mir ihre Kleider, wenn ich meine wasche.«

Wilhelm legte sich mit dem Kopf dicht vor Mignons Gesicht und betrachtete ihre dunklen Augen, die kurze Stupsnase, den kleinen Mund und die kräftigen schwarzen Haare. »Soll ich dir morgen was kaufen?«
»Ja«, flüsterte Mignon, »bitte kauf mir was!«

Als Wilhelm und Mignon aufstanden, schliefen die anderen noch. Sie nahmen sich nicht einmal Milch aus dem Kühlschrank, ohne Frühstück schlichen sie die Treppe hinunter und schoben leise die Honda zum Hof hinaus. Wilhelm trat die Maschine erst auf der Straße an. Es war noch früh, und bald kamen sie in dichten Berufsverkehr. Da die meisten Geschäfte noch geschlossen waren, fuhr Wilhelm zur Knesebeckstraße und ging mit Mignon ins Burger King. Hamburger in allen Variationen mit und ohne Ketchup, drei- und vierschichtig, alles aus der Hand und auf Papier. Kaffee gab's im Pappbecher. Sie setzten sich an einen kleinen Tisch und schauten hinaus auf die Straße und die Menschen, die so zielstrebig auf ihren Arbeitsplatz zueilten. Kaum einer sprach mit dem anderen, die Gesichter wirkten verschlossen und ernst, vielleicht auch nur müde.
»So möchte ich nicht werden«, sagte Mignon träge. Rings um ihren Mund hatte das Ketchup Spuren hinterlassen.
»Wisch dir den Mund ab«, Wilhelm reichte ihr eine Papierserviette.
Bei Wertheim gehörten sie zu den ersten Kunden. Einen Augenblick lang dachte Wilhelm an Mariane, die keine Kaufhäuser betrat, weil sie ihr nicht individuell genug waren, und die sicherlich auch ein Burger King abgelehnt haben würde. Dabei bemerkte er, daß ihn der Gedanke an Mariane nicht mehr schmerzte. Er sah Mignon zu, wie sie ehrfürchtig um die

Waren strich. Manchmal faßte sie etwas an, alles betrachtete sie mit so viel Ernsthaftigkeit und Bewunderung, daß Wilhelm die Geduld verlor.
»Warst du denn noch nie in einem Kaufhaus?«
Mignon antwortete nicht.
»Manchmal kannst du einem ganz schön auf die Nerven gehen«, seufzte er und schubste sie vor sich her bis zu einem Tisch mit T-Shirts.
»Kaufst du dir auch eins?« fragte sie.
Eigentlich hatte es Wilhelm nicht vorgehabt, aber brauchen könnte er es schon.
»Dasselbe wie ich?« fragte Mignon weiter, und Wilhelm antwortete, über sich selbst verwundert: »Warum nicht?«
Sie wählten ein blaues, ein grünes und ein rotes T-Shirt aus. Dann kauften sie Jeans. Als sie das Kaufhaus verließen, hätte man sie für Brüder halten können, denn sie trugen auch noch die gleichen Schirmmützen, unter denen Mignon ihr langes Haar versteckt hatte. Die Pluderhosen, Bluse und Westchen hatte sie in einer Plastiktüte verstaut. Wilhelm merkte, daß sie sich bemühte, genauso lange Schritte zu machen wie er.
Erst am Nachmittag fuhren sie wieder nach Hause, so lange hatten sie sich in der Stadt herumgetrieben. Zwei Stunden lang war Wilhelm mit Mignon im Tiergarten gewesen, er hatte ihr den Reichskanzler von Bismarck gezeigt und Siegfried, der zu Füßen des deutschen Staatschefs sein Schwert schmiedete. Er hatte ihr auch ein paar Häuser gezeigt, an denen er mitgebaut hatte. Alles hatte Mignon bewundert, sie sagte, daß ihr das Brandenburger Tor am besten gefiele, und wollte immer noch mehr sehen. Auf der Reichstagswiese bekam Wilhelm plötzlich einen Ball vor den Fuß, er schoß zurück, bekam ihn wieder, Mignon trat ihn weiter, und so kickten sie mit drei

anderen Jungen zusammen Ball, bis sie keine Lust mehr hatten und nach Hause wollten. Auf dem Weg nach Kreuzberg pfiff Wilhelm vor sich hin.

Ab Prinzenstraße Richtung Kottbusser Tor fuhren Polizeiwagen und Wasserwerfer.
»Was ist los hier?« Wilhelm hatte angehalten und den ersten Passanten gefragt.
»Das Hofcafé in der Mariannenstraße soll geräumt werden. Die Polizei ist schon unterwegs...«
Wilhelm gab Gas und war kurz darauf da.
»Gut, daß du kommst«, sagte Laertes und drückte ihm den Schlüssel vom VW-Bus in die Hand, »der muß weg. Melinas Klamotten sind drin und es wäre schlimm, wenn der Wagen als Barrikade benutzt würde.«
»Wohin?«
»Ist egal, nur weg.«
Mignon war schneller als Wilhelm und saß schon im Bus, als er die Tür an der Fahrerseite aufriß. Es stank nach Mottenkugeln und alten Kleidern. Nicht schlecht, was Melina da aufgetrieben hatte. Obenauf lagen alte Feuerwehruniformen und ein Kürassierhelm, ein Damencape aus den zwanziger Jahren und eine Boa aus Straußenfedern, zwar etwas zerfranst, aber noch brauchbar.
»Mag ja ganz schön sein«, schimpfte Wilhelm und ließ den Motor an, »aber gibt's denn jetzt nichts wichtigeres, als Klamotten in der Gegend rumzukutschieren?«
Er stellte den Bus an der Mauer ab. Da müßte er in Sicherheit sein. Außerdem brauchte man von dort bis zur Mariannenstraße zu Fuß nur etwa zehn Minuten.
Wilhelm spürte die Unruhe in der Stadt. Autos hupten, ein

Megaphon plärrte, Fußgänger eilten über die Straße und verschwanden in Häusern und Geschäften. Polizeisirenen heulten, der Schall von Sprechchören brach sich an den Häuserwänden und zerschlug die Worte, noch bevor Wilhelm sie hätte verstehen können.

Plötzlich rannte Wilhelm los, ohne auf Mignon zu warten. Er dachte an die mühsam wieder hergerichteten Fußböden, an die neuen Fenster, die frisch gestrichenen Türen und die gerade erst gelegten Wasserleitungen, an den Dreck, den er herausgetragen hatte, an das Material, das Laertes organisiert hatte. Jetzt sollte das alles umsonst gewesen sein?

Wo sollte Philine wohnen, von was Laertes leben? Was zum Teufel würde aus Mignon, wenn sie kein Dach über dem Kopf hatte? Und wo würde er bleiben? Je schneller Wilhelm lief, je näher er der Mariannenstraße kam, um so mehr gerieten ihm diese Fragen und Vorstellungen durcheinander. Das Transparent, das an ihrem Haus befestigt worden war, fiel ihm ein: DIESES HAUS IST BESETZT! Und in kleinerer Schrift darunter: *Jeder Stein, der abgerissen, wird von uns zurückgeschmissen.*

Wilhelm fragte sich, ob das jetzt losginge, das Steinewerfen, und er wußte, er würde zupacken, obwohl er Angst davor hatte. Immer mehr Leute liefen Richtung Mariannenstraße. »Die Bullen kommen vom Kotti«, hieß es. »Ecke Waldemarstraße werden Barrikaden gebaut.« Hier waren überall Steine griffbereit zu kleinen Munitionshaufen aufgestapelt. Und schon war Wilhelm mitten unter den Besetzern. Er brüllte mit den anderen, ohne zu wissen, was. Alle waren in Bewegung, liefen vor und zurück und wieder nach vorn, ohne eigentliches Ziel. Wilhelm mußte husten, die Polizei hatte Tränengas abgefeuert. Ein ganzer Trupp Jugendlicher kam ihnen entgegen, die Gesichter vermummt, viele hatten ihre Köpfe mit

Motorradhelmen bedeckt. Ihnen auf den Fersen folgten die Polizisten, ebenfalls mit Helmen und Gesichtsschutz, mit Knüppeln und Plexiglas-Schildern in den Händen, wie Ritter aus der Spielzeugkiste. Die Leute, die mit Wilhelm auf die Mariannenstraße zugerannt waren, prallten jetzt mit denen, die von der Mariannenstraße herkamen und die Polizei hinter sich hatten, zusammen. Irgend jemand schrie Kommandos. Die Stimme war stark, hallte über alle Köpfe hinweg und forderte erneuten Angriff.

»Sie räumen das Hofcafé«, brüllte einer, »sie werfen die Möbel auf die Straße, sie haben Laertes abgeführt.«

Plötzlich hatte Wilhelm einen Stein in der Hand. Er wußte gar nicht, ob ihm den jemand in die Hand gedrückt oder ob er ihn selbst aufgehoben hatte. Er lief wie ein Wahnsinniger hin und her, den Stein in der Hand, ohne ihn zu werfen. Vor, neben und hinter ihm wurde geprügelt, geschrien, geheult, geflucht. Dumpfe Schläge, brutale Gewalt, einige lagen am Boden, blutend, Steine flogen, Scheiben zersplitterten, ein Auto fiel auf die Seite. Zwei Polizisten rannten auf Wilhelm zu, die Schilde vor den Körpern, die Stöcke schlagbereit. Für den Bruchteil einer Sekunde sah er ihre Gesichter wie eine große Fotografie: Haß und Angst zeichneten sich darin ab. Wilhelm umkrallte den Stein, da wurde er von hinten gepackt und in einen Hausgang gezerrt. Die Haustür knallte zu und wurde verriegelt.

»Junge, Junge«, sagte eine Frau und ließ Wilhelm los, »willste dir erschlagen lassen?«

Mit Fäusten und Knüppeln wurde gegen die Tür getrommelt.

»Aufmachen!«

Die Frau rührte sich nicht. Wilhelm bebte. Er hielt immer noch den Pflasterstein in der Hand. Er wußte nicht, was tun, es war

zum Verrücktwerden. »Ich muß raus«, rief er, »laßt mich raus hier!«
Die Frau erschrak, hatte wohl eher gedacht, er sei froh über seine Rettung. Sie nahm ihm den Stein ab, Wilhelm war es egal, er hatte nur den Gedanken: Ich muß meinen Freunden helfen, das Café verteidigen, unser Zuhause retten. Draußen war immer noch die Hölle los. Die Polizei schien sich weiter zur Waldemarstraße durchzuschlagen. Wilhelm zerrte am Riegel und war mit einem Satz draußen.
Zum Hofcafé hin war kein Zivilist mehr zu sehen, die Reihe der Besetzer hatte sich um hundert Meter verschoben, Wilhelm stand plötzlich auf der Seite der Polizisten. Keiner kümmerte sich um ihn, alle waren damit beschäftigt, Barrikaden wegzuräumen und sich vorwärts zu prügeln. Hinter ihnen kroch langsam der Wasserwerfer vorwärts. Da sah Wilhelm einen kleinen Besetzer-Trupp, der von links kam und sich tollkühn durch die Polizistenkette hindurchschlängelte. Wie war das möglich? Wilhelm stutzte, überlegte, wie er sich zu dem Trupp durchkämpfen könnte, um mit ihnen gemeinsam... gemeinsam... Er dachte ununterbrochen das Wort gemeinsam, ohne in seinen Gedanken weiterzukommen. Gemeinsam...
Er hatte den Stein kommen sehen, wie ein Vogel war er auf Wilhelm zugeschossen, ein dunkler Punkt nur, ein Schatten, dann wußte er nichts mehr, spürte auch nichts, und, was er am wenigsten begriff, er sah auch nichts mehr. Ein stechender Schmerz rings um ihn, ein Schwarz, in dem aller Lärm versank. Stille.
Als Wilhelm die Augen wieder öffnete, befand er sich in einer unbequemen Lage auf dem Bürgersteig. Vor ihm hockte Mignon, und das erste, was er sah, war ihr verweintes Gesicht.

»Ich hab gedacht, du bist tot«, flüsterte sie und richtete sich auf.
Dabei strich sie ihre Haare nach hinten, und Wilhelm sah, daß sie voller Blut klebten. Auch neben seinem Kopf sah er einen Blutfleck auf dem Asphalt. Er schloß die Augen und sank zum zweitenmal in dunkle Stille.
Als er wieder zu Bewußtsein kam, lag er immer noch auf dem Bürgersteig, aber inzwischen mit einer Art Kissen unter dem Kopf. Man hatte ihn an eine Häuserwand auf eine Decke oder einen Mantel gebettet. Ein Gesicht beugte sich über ihn, das Gesicht eines fremden Mädchens, das ihn besorgt anblickte. Ihre braunen Locken hingen auf der einen Seite wie eine Gardine an seinem Kopf vorbei bis auf die Straße und schlossen alles andere aus seinem Blick aus.
»Er muß in ein Krankenhaus«, hörte er eine Stimme neben sich sagen.
Das Mädchen sah Wilhelm fragend an. Er schüttelte nur den Kopf. Das tat ihm weh, sprechen konnte er nicht. Hoffentlich verstand sie ihn. Wenn er in ein Krankenhaus käme, bestünde die Gefahr, daß seine Eltern benachrichtigt würden. Wilhelm schüttelte noch einmal den Kopf.
»Ist ja gut«, sagte das Mädchen und streichelte ihn, »wir kriegen das schon hin.«
Auf der Straße war es stiller geworden. Die Auseinandersetzung zwischen Polizei und Hausbesetzern schien unterbrochen.
»Da hinten sind unsere Sanis«, rief ein Junge, der mit einem schweren Sack vorbeilief.
Das Mädchen hatte Wilhelm eine Hand auf die Stirn gelegt. Er fürchtete, wieder ohnmächtig zu werden, wenn er die Augen schloß, und so hielt er sie angestrengt auf das Mädchen

gerichtet. Er mußte immer wieder ihr blasses, ungeschminktes Gesicht betrachten.
Er sagte: »Ich finde dich schön!«
Das Mädchen, das sich gerade nach den Sanis umgesehen hatte, lächelte ihn an. Sie holte aus ihrer Jackentasche ein Taschentuch, faltete es zusammen und legte es an seine Schläfe. Wahrscheinlich war da ein Loch, es tat jedenfalls weh.
»Ich bin gleich wieder da«, sagte sie.
Er wollte sie festhalten, er wollte sie ansehen, ach, er wollte so viel!
Von der anderen Seite kamen abermals Polizeiautos. Über Megaphone wurden Passanten, Hausbesetzer und Sympathisanten aufgefordert, die Straße zu räumen.
»Achtung, Achtung! Hier spricht die Polizei!«
Das Mädchen rannte los. Vom Boden aus konnte er sie mit seinen Blicken nicht lange verfolgen. In Sekunden war sie weg, und mit ihrem Verschwinden setzte der Schmerz wieder ein, der wie ein Hammerschlag in seinen Kopf fuhr und sich dort unerträglich ausbreitete.
Ein Pflasterstein hatte ihn getroffen, so ein Stein, wie er ihn selber hatte werfen wollen und mit dem er vielleicht auch jemanden so getroffen hätte. Aber dann wäre er von der Polizei zusammengeschlagen worden und läge jetzt genauso da... Er konnte nicht mehr weiterdenken, alles drehte sich im Kreis. Ihm wurde alles gleichgültig – wenn nur dieser rasende Schmerz in seinem Kopf aufgehört hätte!
Es war der Schritt, an dem er Mignon erkannte, dieses leichte, kurze Schurren, das ihre Turnschuhe beim Laufen verursachten. Wilhelm wunderte sich, daß er es aus all dem Lärm um ihn herum heraushörte. Er öffnet die Augen, und im gleichen Augenblick hockte sie sich neben ihn, tastete ihn ab, fand

sofort das Taschentuch und wollte es in den Rinnstein werfen. Aber Wilhelm riß es ihr aus der Hand und steckte es, blutig wie es war, in die Tasche seiner Jeans.
»Hier«, rief Mignon jemandem zu, den Wilhelm nicht sah, »hier liegt er, komm schnell.«
Dann fühlte sich Wilhelm hochgehoben. Wie ein Kind wurde er auf den Arm genommen und fortgetragen. Er wollte etwas sagen, sich wehren, es ging nicht. Er hing in den Armen des Harfners und roch den Schnapsgeruch seines Atems. Wieso konnte dieser alte Säufer soviel Kraft aufbringen? Er hörte den Harfner keuchen. Mignon rief: »Schneller, schneller«, und: »Los, los!«
»Das Mädchen«, flüsterte Wilhelm und wußte im gleichen Augenblick, daß ihm niemand zuhörte, »das Mädchen wollte mir helfen ...«
Er sah von oben auf Mignons Kopf, die mal rechts, mal links neben ihnen herlief. Hin und wieder sah sie sich um. Warum war ihr Haar blutverschmiert? War sie auch verletzt worden? Ein jäher Schmerz riß Wilhelm aus allen weiteren Gedanken. Er schloß die Augen und hörte auf zu denken.

Später erfuhr Wilhelm, daß er zwei Tage lang fast ununterbrochen geschlafen hatte. Mignon hatte die ganze Zeit als Wächter vor seiner Schlafkugel gesessen und aufgepaßt, daß ihn keiner störte, ihm zu trinken gegeben, ihn gut zugedeckt und kalte Umschläge auf seine Stirn gelegt. Auch Philine mußte ab und zu nach ihm geschaut haben. Als er jetzt zum erstenmal wieder richtig wach und klar im Kopf war, behauptete sie, Wilhelm hätte gar keine Gehirnerschütterung, sondern ein gebrochenes Herz.
»Wieso?« wollte Wilhelm wissen.

»Na«, Philine lachte, »du hast dauernd von einem Mädchen phantasiert, und dabei hast du die Augen verdreht.«
»Stimmt gar nicht«, fuhr Mignon dazwischen, »man konnte überhaupt nichts richtig verstehen.«
Später erzählte Mignon, wie sie Wilhelm auf der Straße gefunden hatte. Die Polizei sei vorbeigerast, und die eigentliche Schlacht habe sich mehr und mehr an den Heinrichplatz verlagert. Wilhelm habe wie tot dagelegen, und Blut sei aus seinem Kopf herausgelaufen. In ihrer Angst sei ihr nichts anderes eingefallen, als ihre Haare gegen das Loch im Kopf zu pressen, weil sie gedacht habe, es würde sonst alles auslaufen. Schließlich sei sie zum Harfner gerannt. Der habe Wilhelm hierher gebracht.
Wilhelm ergänzte Mignons Bericht mit keinem Wort. Es kam ihm nicht in den Sinn, das schöne Mädchen zu erwähnen, und hätte er nicht das rosa Taschentuch bei sich gefunden, er hätte sie für eine Phantasiegestalt gehalten.
Sobald Wilhelm allein war, faltete er das kleine Tuch auseinander und fand zwischen Schmutz- und Blutflecken in der einen Ecke ein gesticktes großes N. Also fing ihr Vorname mit N an. Er überlegte, welche Vornamen mit einem N begannen, aber es fiel ihm nur Nelly ein, und so konnte sie unmöglich heißen. Vielleicht gehörte der Buchstabe auch zu ihrem Nachnamen? Also nannte er sie einfach N.

Nach und nach erfuhr Wilhelm von Mignon und Philine, was passiert war. Die Polizei hatte das gesamte Vorderhaus geräumt und das Hofcafé von Laertes geschlossen, da der Hof ebenfalls in die Sanierungsarbeiten mit eingeschlossen werden sollte. Sie hatten die Türen verbarrikadiert, und als die Polizei trotzdem ins Haus eindrang, hatten sie sich auf den Boden gelegt und sich nicht gerührt. Aber man hatte sie hinausgetragen, einzeln verhört und registriert. Laertes erging es dabei besonders schlecht. Sein Cafémobiliar war in ein Außenlager am Stadtrand transportiert worden, wo er es auf eigene Kosten wieder abholen konnte. Alles, was sonst noch vorhanden war und Platz fand, hatten Friedrich, Philine und ein paar Jungen aus dem Vorderhaus ins Hinterhaus geschleppt. Da stand jetzt alles kreuz und quer in den teilweise renovierten Räumen und versperrte den Durchgang. In der Etage, in der Friedrich, Philine, Wilhelm und Laertes wohnten, schliefen jetzt fremde Typen. Nachts lagen sie in Schlafsäcken an den Wänden, tagsüber suchten sie nach einem neuen Platz für ihr bißchen Hab und Gut. Die Stimmung war auf dem Nullpunkt angekommen, alle waren gereizt, und wegen jeder Kleinigkeit gab es Streit. Laertes bemühte sich, im Parterre eine neue Cafèstube einzurichten, aber die richtige Atmosphäre stellte sich nicht ein. Sie waren mutlos geworden und hatten keine rechte Lust mehr, sich für das Café einzusetzen.

Eines Tages meldete Mignon, daß die Gruppe etwas mit Wilhelm zu besprechen habe.
»Was?« Wilhelm kam das merkwürdig vor.
Mignon hob die Schultern. Sie sah bedrückt aus. Irgend etwas mußte sie wissen,
»Los, sag schon!«
Aber weder mit Strenge noch mit Bitten war aus Mignon etwas herauszuholen. Statt dessen zupfte sie seine Decken zurecht, schüttelte die Kissen und brachte ihm etwas zu trinken. Ihre einzige Antwort war: »Du sollst dich nicht aufregen, sonst bekommst du Kopfschmerzen!«
Sie kamen alle zusammen. Mignon nahm zu Wilhelms Füßen

Platz, als müßte sie ihn bewachen. Die anderen hockten sich rechts und links auf die Matratze. Philine blieb außerhalb der Kugel, knackte Nüsse und aß eine nach der anderen auf. Auch Sibylle war draußen geblieben, da ihr, wie sie behauptete, in der Schlafkapsel schlecht würde. Sie sah Philine auf die Finger, bekam aber keine einzige Nuß.

Wilhelm hatte sich ein wenig aufgerichtet und schaute verwundert seine Freunde an, die schweigende Abweisung zeigten. Am auffälligsten war das bei Melina zu sehen, der sich auch gleich zum Wortführer machte. »Tut uns ja leid«, sagte er zögernd, »die Geschichte mit deinem Kopf, aber trotzdem müssen wir jetzt mit dir reden!«

Er machte eine Pause, in der er darauf wartete, daß Wilhelm etwas sagte. Aber der sagte nichts.

»Ist dir eigentlich klar«, fuhr Melina vorwurfsvoll fort, »was du uns für einen Schaden zugefügt hast?«

Eine merkwürdige Trennlinie, die Melina da zog. Er, Wilhelm, sollte denen hier geschadet haben? »Ich glaube, du spinnst«, sagte er ungläubig und schaute von einem zum anderen, »ich bin hier mehr oder weniger durch Zufall in die Mariannenstraße gezogen. Schön, ich bin dageblieben, aber was hab ich dafür alles gemacht? Frag mal Laertes, der kann's dir erzählen!«

»Ach, die Renovierung«, Melina winkte ab, »um die geht's doch nicht.«

Jetzt begriff Wilhelm gar nichts mehr. Er sah Laertes an. »Kannst du mir sagen, was das bedeuten soll?«

Laertes nickte und kratzte sich am Kopf. »Ich hab dich doch gebeten, den Bus wegzufahren«, fing er vorsichtig an. Wilhelm nickte und befürchtete schon, den Schlüssel verloren zu haben. Aber Laertes hatte ihn in der Hand und spielte mit ihm. »Wir haben ihn bei dir in der Tasche gefunden, und Mignon hat uns auch gezeigt, wo der Wagen stand, nur: Er war leer.«

»Leer?« fragte Wilhelm, ohne richtig zu begreifen, um was es ging.

»Ja, leer«, schrie Melina unbeherrscht, »alles weg, geklaut!«

»Schrei doch nicht so«, fuhr Friedrich dazwischen, »Wilhelm ist nicht taub!«

Aber Melina war in Fahrt geraten und ließ sich nicht bremsen. Er fuchtelte mit den Händen vor Wilhelms Gesicht herum. »Erstens hast du den Bus an der Mauer abgestellt, wo kein normaler Mensch hinkommt.«

»War ja auch Zweck der Übung«, sagte Wilhelm, der immer noch nicht wußte, was er sich hatte zuschulden kommen lassen.

»Meinetwegen«, unterbrach ihn Melina ungeduldig, »aber zweitens hast du den Bus nicht abgeschlossen! Jawohl – offen gelassen, sozusagen als Einladung zum Mitnehmen für den, der was braucht.«

»Das kann ich mir nicht vorstellen«, flüsterte Wilhelm erschrocken, »aber erinnern kann ich mich auch nicht mehr. Du, Mignon – weißt du, ob ich abgeschlossen habe?«

Mignon schoß die Röte ins Gesicht. »Natürlich hat Wilhelm abgeschlossen«, rief sie und wäre sicher auch bereit gewesen, das notfalls zu beschwören.

»Sachte, sachte«, sagte jetzt Laertes und hielt den Wagenschlüssel hoch, »das Schloß ist völlig unbeschädigt. Nicht mal ein Kratzer ist dran. Ich seh das mit einem Blick! Schließlich kenne ich den Karren.«

Mignon schwieg. Melina beugte sich vor. »Ist ja interessant«, sagte er, »ist ja interessant. Wir reden hier die ganze Zeit von Wilhelm, und keiner fragt die kleine hergelaufene Kröte.

Wenn Wilhelm abgeschlossen hat, warum soll sie dann nicht, nachdem er k. o. war, wieder aufgeschlossen haben? Schausteller können solche Sachen gut gebrauchen...«

Weiter kam Melina nicht. Mignon sprang ihn an, trommelte mit beiden Fäusten auf seine Brust und schrie: »Lüge, Lüge, Lüge!« Dann ließ sie ihn los, spuckte vor seine Füße und sackte in sich zusammen, ohne auch nur noch ein Wort zu sagen.

Philine hatte aufgehört, ihre Nüsse zu knacken, und sagte: »Das ist ziemlich gemein, was Melina da behauptet. Ich glaub's jedenfalls nicht.«

Wilhelm brauchte eine Weile, um Melinas Vorwurf zu begreifen. Wenn er bei Kräften gewesen wäre, hätte er ihm wahrscheinlich eine reingehauen. Die Enttäuschung, daß sie sich alle gegen ihn zusammengeschlossen hatten, traf ihn hart. Aber daß niemand Mignon in Schutz nahm, machte ihn wütend.

»Ehrlich gestanden, kann ich mit eurem Besuch wenig anfangen. Ich hab nicht einmal Lust, mich zu rechtfertigen. Im Gegenteil, ihr kotzt mich an, und wenn ihr auf mein Geld aus seid...«, er holte den vom Kleiderkauf verbliebenen Rest und hielt die Scheine hoch, »dann nehmt es euch. Macht damit, was ihr wollt! Und was Mignon angeht, das kann ich dir nur sagen, Melina, sobald ich gesund bin, schlag ich dich so kaputt, daß dein Schwiegerpapa seine Freude daran haben wird!«

Alle starrten auf das Geld, nur Philine knackte ihre Nüsse weiter.

»So war das auch wieder nicht gemeint«, lenkte Friedrich ein. Laertes vertrat die Meinung, Wilhelm müsse sich für seine Unzuverlässigkeit schon ein paar Vorwürfe gefallen lassen. Nur deshalb sei er mit raufgekommen. Natürlich glaube er nicht, daß Mignon etwas mit dem Diebstahl zu tun habe.

Wilhelm ging auf nichts ein. Er fühlte sich elend. Melina starrte auf das Geld, und jeder konnte sich denken, was in ihm vorging.
»Der wird doch nicht etwa...«, sagte Philine, die über Sibylles Schulter in die Kugel hineinsah. Keiner rührte sich, und alle wirkten jetzt ziemlich verlegen.
Plötzlich griff Melina nach dem Geld und sagte hastig: »Das mußt du schon verstehen, zu verschenken hab ich nichts!« Eine Antwort wartete er nicht ab. Mit großer Geschicklichkeit sprang er über Mignon hinweg aus der Schlafkugel, packte Sibylles Hand und lief mit ihr an Philines Baubude vorbei, die Treppe hinunter.
»Der kommt nie wieder«, sagte Philine.
Wilhelm schloß die Augen, so daß Friedrich und Laertes nichts anderes übrig blieb, als zu gehen.

Am Abend bezog Wilhelm, von Mignon begleitet, Philines Baubude. Philine wollte solange in der Kugel schlafen. Für sie war die Hauptsache, daß Wilhelm erst einmal Ruhe hatte. Sie schlug Mignon sogar vor, die Tür abzuschließen, aber Wilhelm ließ das nicht zu, er wollte nicht eingesperrt sein.
Stundenlang lag er in den folgenden Tagen auf dem Rücken und starrte auf die Tür, besessen von der Vorstellung, daß das Mädchen mit dem Namen N hereinkommen müßte. Natürlich wußte er, daß sie seine Adresse gar nicht kannte, aber manchmal, dachte er, geschehen auch Wunder. Er konnte sich nicht vorstellen, daß es bei dieser einen Begegnung zwischen ihm und N bleiben würde. Er mußte sie wiedersehen. Aber wie? Tausendmal rief er sich die Szene zurück, wie sie sich über ihn gebeugt, ihn gestreichelt hatte. Manchmal nahm er das Taschentuch, das Mignon gewaschen hatte, und legte es sich

über das Gesicht. Einmal hatte ihn Mignon dabei überrascht und das Tuch vorsichtig hochgehoben.
»Gib her«, hatte er geschrien und nach dem Taschentuch gegriffen. Einen Augenblick lang hatte sie es festgehalten, dann hatte sie losgelassen, eine kleine Verbeugung gemacht, war wortlos durch die Tür verschwunden und hatte sich stundenlang nicht mehr blicken lassen.

Eine Woche später ging es Wilhelm besser. Aber der Arzt, den Laertes schließlich doch geholt hatte, hatte gesagt, er solle etwa vier Wochen das Bett hüten. Wilhelm wurde die Zeit nicht lang. Wenn er nicht von N träumte, wenn Mignon ihn nicht beanspruchte, dann dachte er meist an zu Hause. Noch nie in seinem Leben hatte er soviel Zeit zum Nachdenken gehabt, noch nie hatte er mit solcher Gründlichkeit sein Leben durchdacht. Eines Tages überraschte ihn Philine mit der Nachricht, daß sie für einige Zeit wegginge. Wie lange, wisse sie noch nicht. Sie habe einen Filmemacher kennengelernt, der etwas von ihr hielt. Er wolle einen Fernsehfilm mit ihr drehen, den Auftrag und das Geld dazu habe er schon, und der Einfachheit halber würde sie gleich bei ihm in Schöneberg wohnen.
»Was für einen Film?« wollte Wilhelm wissen, und Philine antwortete, daß sie das auch nicht so genau wüßte, in jedem Fall aber etwas über die Einzelhandelsgeschäfte am Kudamm. Sie packte eilig eine Tasche, küßte Wilhelm und Mignon und verschwand mit den Worten, daß er es sich bis zu seiner Genesung in ihrer Baubude gemütlich machen solle.
Wie ruhig es ohne Philines Besuche plötzlich war. Mignon redete nicht viel. Wenn sie für ihn nicht etwas zu essen kochte oder zu trinken holte, saß sie am Fußende seines Bettes, und

manchmal sah sie ihn so lange an, bis er sie hinauswarf. »Einmal mußt du mich auch allein lassen«, sagte er, und Mignon schlich ohne Widerrede davon.
Er dachte oft an seinen Vater, und er malte sich dessen Enttäuschung über den Sohn in allen Farben aus. Im Stich gelassen habe ich ihn, dachte er, grundlos verlassen ohne ein Wort der Erklärung. Und im gleichen Augenblick stellte er sich, hundertmal wiederholt, die gleiche Frage: Ist es nicht mein Leben, sind es nicht meine Erfahrungen und meine Ziele, mit denen ich fertig werden muß? Jarnos Rat fiel ihm ein, alles aufzuschreiben, was zu Wilhelms Trennung von den Eltern geführt hatte, und zögernd begann er damit. Er hatte Papier und Schreibunterlage geholt, sich die Kissen zurechtgerückt und angefangen. Seite für Seite entstand da ein Wilhelm, der seine Ziele selber absteckte, der den eigenen Willen gegen den des Vaters durchsetzen konnte, ein Wilhelm, der von seinem Vater Abschied nahm.
Hin und wieder wurde Wilhelm bei seiner Arbeit unterbrochen. Der Harfner kam und erzählte, daß im Kiez einige Häuser geräumt worden waren, andere neu besetzt.
Aber Wilhelm interessierte sich im Moment nicht dafür. Nur mit Laertes sprach er gern über das, was hier ringsum geschah. Ihm gegenüber hatte er das Gefühl, sich rechtfertigen zu müssen. Vor allem, als es darum ging, wie sie sich verhalten würden, wenn ihr Haus auch geräumt würde.
»Ein zweitesmal mach ich nicht mit, ich hab Schiß«, sagte Wilhelm und zeigte auf seinen Kopf.
Laertes nickte, konnte das verstehen, gab aber nicht nach. »Wir brauchen jeden, aber du brauchst uns nicht, kannst jederzeit zurück zu Papa nach Lichterfelde.«
Das traf. Nach Hause gehörte er nicht mehr, und hierher

gehörte er noch nicht. Wilhelm nahm sich zusammen, um Laertes nicht zu zeigen, wie sehr er verletzt war. »Weißt du, ich beneide die, die es schaffen mitzumachen. Es ist ja wichtig, daß viele Leute kommen, das sehe ich ein. Aber mich macht diese organisierte Gewalt auf beiden Seiten fertig. Hier wird geprügelt, dort werden Steine geschmissen, und keiner kümmert sich darum, wen es wie trifft und verletzt – und das alles, weil jeder eine andere Meinung von derselben Sache hat. Wenn ich mit so einem Gefühl losziehen soll, bekomme ich Panik.«

»Und wenn du nicht den Stein abbekommen hättest, wenn's Polizei-Prügel gewesen wäre?«

»Es war aber ein Stein – verdammt noch mal!«

Laertes hob die Hände. »Okay, ist ja in Ordnung.«

Wilhelm legte sich wieder zurück. »Warum gibt es keinen gewaltlosen Widerstand? Damit wären doch viel mehr Leute zu erreichen.«

»Gewaltlos? Wie stellst du dir das vor? Wer fängt denn an, Gewalt anzuwenden, wir oder die anderen? Und wie willst du denn gewaltlos Aufmerksamkeit für deine Sache erzielen?«

»Das ist eine Frage der Phantasie. Meinethalben 15 000 Typen mit Kind und Oma drei Tage lang vors Schöneberger Rathaus setzen, da muß jeder Senat durchdrehen.«

»Na gut, ich bring deinen Vorschlag beim nächstenmal vor, bin gespannt, was die vom Besetzerrat dazu sagen.« Laertes wechselte das Thema und fragte, ob Wilhelm im Kollektiv mitmachen wolle.

»Kneipe?«

»Nein, Baukollektiv für Instandbesetzung. Gelernte Maurer haben wir nicht, da brauchen wir einen vom Fach.«

Wilhelm ließ sich mit der Antwort Zeit. Warum hatte er nur erzählt, daß er Maurerlehrling war und kurz vor dem Abschluß stand? Schließlich war er hierhergekommen und hiergeblieben, weil er kein Maurer mehr sein wollte. »Ich will mich nicht festlegen«, sagte er und hatte plötzlich das Gefühl, im Tonfall des Vaters zu reden, »erst mal muß ich gesund werden.«

Mit der Zeit wurde die Baubude das Gehäuse seiner Geschichte, an der er Tag für Tag weiterschrieb. Das kleine Fenster in der Bretterwand war zwar schmutzig, ließ aber genug Licht herein. Abends zündete Mignon eine Petroleumlampe an.

Manchmal nahm sie von seinem Schreibpapier und malte darauf Zeichen. Schreiben konnte sie nicht. Er hatte keine Ahnung, was einmal aus ihr werden würde. Wenn Philine eines Tages zurückkam, mußte er hier wieder raus, und wenn er im Kollektiv nicht mitmachte, würde seine Schlafkugel von jemand anderem bezogen. Auch hier gab es eine Ordnung. Nur Mignon paßte in keine Ordnung.

Jetzt sah sie von ihrer Kritzelei auf und sagte: »Wie heißt eigentlich die Geschichte, die du schreibst?« Sie schaute auf die vielen beschriebenen Blätter, die um Wilhelm herum auf dem Bett lagen.

»Abschied«, antwortete Wilhelm.

»Abschied?« Mignon schien nicht einverstanden zu sein. »Lies mal was vor.«

»Ich bin noch nicht fertig.«

»Das macht nichts. Den Rest kannst du erzählen.«

Wilhelm nahm seufzend die letzten Seiten in die Hand und fing langsam an vorzulesen:

> Die Mutter sieht den Schmutz auf dem Boden der Baubude, an die Wand gehängte Kleider, das aus Schlafsack und

Decken bestehende Bett ohne Bettwäsche. »Und hier fühlst du dich wohl?« fragt sie. Der Sohn möchte ihr einen Stuhl anbieten, aber er hat keinen. Plötzlich schnippt er mit dem Finger, die Tür springt auf, ein kleines Sintimädchen kommt herein und stellt einen umgekehrten Blecheimer mitten in die Baubude. »Bitte!«
Die Mutter nimmt zögernd Platz, schaut das Mädchen an, seine ungewöhnliche Kleidung, und ist auch über die Verbeugung mit den über der Brust gekreuzten Armen verwirrt.
Noch einmal fragt die Mutter: »Hier fühlst du dich wohl?«
»Ja«, sagt der Sohn, »hier fühle ich mich wohl. Hier bin ich zu Hause.«

»Naja«, sagte Wilhelm, »und so weiter.«
»Waren deine Eltern wirklich hier? Ich hab sie gar nicht gesehen.«
»Das ist nur eine Geschichte«, entgegnete Wilhelm, »eine Erzählung und keine Wirklichkeit.«
Mignon sah Wilhelm ungläubig an. »Dann lies weiter.«
Aber Wilhelm schüttelte den Kopf. »Das nächste ist noch nicht so weit, das muß ich noch einmal schreiben. Da geht's darum, wie der Sohn dem Vater seine Meinung sagt. Ungefähr so:

»Ich bin nicht dein Denkmal, ich hab ein Recht auf mein eigenes Leben, und das bestimme ich. Meine Erfahrungen mache ich selber, deine interessieren mich nicht, verstehst du? Deine Welt, die du dir geschaffen hast, bleibt deine Welt, geht mich nichts an. Ich will nicht so werden wie du, und ich will nicht so leben wie ihr.«

Wilhelm ließ das Blatt sinken. Hier endete der Text. Wilhelm war nicht zufrieden damit, irgend etwas fehlte, etwas, was diesen Vater aus den Pantinen kippen mußte, etwas, das ihm imponieren würde, der Vater müßte den Sohn bewundern.

Wilhelm war noch nicht ganz gesund, als Philine zu Besuch kam. Sie ärgerte sich über die Veränderung der Fabriketage. Mit so vielen Leuten wolle sie nicht zusammen wohnen. Allein der Gedanke, mit allen frühstücken zu müssen, mache sie ganz elend.

»Komm mit mir«, sagte sie, »ich bring dich bei Serlo unter. Ich hab ihm schon von dir erzählt.«

Ohne eine Antwort von Wilhelm abzuwarten, redete sie weiter. Serlo suche junge Autoren, die ihm zeitnahe Stories lieferten. Da habe sie an Wilhelm gedacht, und nun sei sie gekommen, um ihn mitzunehmen.

Trotz des schönen Wetters hockten sie in der Baubude, denn im Hof konnte man nicht mehr sitzen. Da lagen noch die Trümmer von der Räumung des Vorderhauses herum, von dem kein Mensch wußte, ob es nun saniert oder abgerissen werden sollte.

Mignon kam herein und begrüßte Philine.

»In den Jeans und dem T-Shirt siehst du aus wie ein Junge«, sagte Philine.

»Das weiß ich«, antwortete Mignon.

»Finde ich eigentlich nicht«, sagte Wilhelm und merkte, welche Freude er Mignon mit dieser Bemerkung gemacht hatte. Bisher hatte ihn die Verantwortung für sie nicht bedrückt, aber jetzt fragte er zögernd: »Was meinst du, Mignon, was aus dir wird? Irgendwo mußt du ja einmal bleiben.«

Mignon starrte ihn erschrocken an. Dann lächelte sie wieder. »Natürlich«, sagte sie, »ich bleibe mit dir hier.«

Philine pfiff leise vor sich hin. »Ach, so ist das!«
»Du gehst mir auf die Nerven«, sagte Wilhelm.

Wilhelm hatte sich Serlo ganz anders vorgestellt, temperamentvoll, etwas verrückt und ununterbrochen dabei, von dem zu reden, was er tat, vom Filmemachen. Statt dessen war Serlo schweigsam, und seine einzige Tätigkeit bestand darin, Bonbons zu lutschen. Alle Taschen mußte er mit dem süßen Zeugs voll haben. Einzeln holte er sie hervor, wickelte sie aus dem Papier, das er zu kleinen Kügelchen zusammenknüllte und wegwarf, roch an dem Bonbon, steckte es in den Mund und schob es in eine Backentasche, wo es als kleine Beule in seinem Gesicht erkennbar blieb, bis es sich aufgelöst hatte.
»Er gibt nie eins ab«, tuschelte Philine, »du brauchst ihn gar nicht erst zu fragen.«
Das einzige, was Wilhelms Vorstellung von einem Filmemacher entsprach, war Serlos Hut, ein dunkelbrauner Schlapphut, von dem Philine berichtete, daß er immer auf Serlos Kopf sitze und keiner ihn je ohne diesen Hut gesehen hätte.
Wilhelm schätzte Serlos Alter auf etwa dreißig. Klein war er, hatte derbe Gesichtszüge, die ihm ein grantiges Aussehen gaben.
Seine Kleidung wirkte so abgetragen, als hätte er sie seit Jahren Tag und Nacht am Leibe, eine Lederhose, eine Lederjacke und darunter ein Leinenhemd. Seine Füße steckten in knöchelhohen Schuhen, Socken waren nicht zu sehen. Um das linke Handgelenk hatte er ein Lederband geschnallt.
»Ich will alles von dir lesen, was du hast«, hatte Serlo nach der Begrüßung gesagt und war damit gleich zur Sache gekommen.
Umständlich und etwas geniert packte Wilhelm seine Manuskripte aus, wollte erklären, begründen und auswählen. Aber

Serlo nahm ihm mit einem Griff den ganzen Packen ab, setzte sich in einen Sessel beim Fenster und begann zu lesen.
Philine hockte sich in einiger Entfernung auf die Erde und beobachtete ihn. Wenn er sein Bonbon von einer Backentasche in die andere schiebt, dann interessiert ihn nicht, was er liest, hatte sie gesagt, wenn er es aber an ein und derselben Stelle dahinschmelzen läßt, kann er mit dem Text etwas anfangen.
Wilhelm staunte, was Philine in der kurzen Zeit schon alles über Serlos Angewohnheiten herausbekommen hatte. Auch er schielte jetzt, beeindruckt von der Möglichkeit, Serlos Meinung über seine Gedichte zu erfahren, auf das Bonbon in der Backentasche. Es bewegte sich nicht. Das hielt Wilhelm nicht aus.
»Ich seh mich mal ein bißchen um«, sagte er leise, und Serlo nickte, während Philine nicht bereit war, ihren Posten aufzugeben.
Die Wohnung von Serlo war groß, fast so groß wie die von Norberg. Nur nicht so elegant. Hier in Schöneberg gab es nicht so vornehme Häuser wie in der Nähe des Kudamms. Wilhelm besah sich zwei große Räume und das berühmte Berliner Zimmer, das viele Türen und Winkel hatte und mit einem Fenster in den Lichtschacht ging. Hier gab es nur Bänke, Kissen und einen Flügel, vielleicht wurde in diesem Raum geprobt? Dort, wo Serlo jetzt mit Philine saß, schien sein Arbeitszimmer zu sein, daneben lag ein Raum, in dem große, düstere Gemälde hingen, Menschen in Tiergestalt und Tiere in Pflanzengestalt. Vom Berliner Zimmer aus führte ein langer schmaler Gang in den zweiten Teil der Wohnung. Hier lagen mehrere kleine Zimmer, Küche und Bad. Alle Türen waren geöffnet. In einem der Zimmer erkannte Wilhelm Philines

Sachen. Ein weiteres Zimmer war leer, und am Ende des Ganges befand sich ein Schlafzimmer.
Aus der Küche kamen Geräusche, und ohne lange zu überlegen, drückte Wilhelm die Tür auf, in der Hoffnung, einen zu finden, mit dem er reden könnte. Aber das »Hallo?« erstarb ihm auf den Lippen. Vor ihm am Küchentisch saß ein halbnacktes Mädchen mit angezogenen Beinen auf einem Stuhl und starrte ihn an. Es war nur mit einem Slip bekleidet und hatte um den Kopf ein Handtuch zu einem Turban geschlungen.
»Möchtest du auch einen Kaffee?« fragte sie ihn, und als Wilhelm nicht antwortete und wie angewurzelt im Türrahmen stehenblieb, winkte sie ihm zu. »Komm rein oder was ist los mit dir?«
Wilhelm setzte sich dem Mädchen gegenüber. Sie griff hinter sich nach einer Tasse, füllte sie mit Kaffee und schob sie ihm über den Tisch zu. Daß Wilhelm seinen Blick immer wieder auf ihre kleinen Brustspitzen richtete, schien ihr nichts auszumachen. Gedankenverloren rührte sie in ihrer Tasse. Mit der anderen Hand schob sie Krümel auf der Tischplatte zu einem Muster zusammen und wieder auseinander.
»Bist du Wilhelm?«
Er nickte.
»Philine hat von dir erzählt. Sie sagt, du bist der größte Schriftsteller aller Zeiten. Damit hat sie meinen Bruder ganz verrückt gemacht. Stimmt das?« Sie nahm das Handtuch ab, faßte in die noch feuchten Haare und wickelte den Turban wieder fest um den Kopf. »Ich bin übrigens die Schwester von Serlo, sieht man das?«
Wilhelm schüttelte den Kopf.
»Weißt du, wie ich heiße?«

Wieder schüttelte Wilhelm den Kopf.
»Aurelie heiße ich, ein schöner Name, nicht wahr?«
»Ja«, sagte Wilhelm, »sehr schön.«
»Schreibst du über die Liebe?«
Wilhelm war auf die Frage nicht gefaßt. »Es kommt drauf an«, sagte er unsicher, »wie du das meinst.«
»Mir geht es nicht um Sex. Ich meine wirkliche Liebe.«
»Von der läßt sich nicht viel sagen.« Wilhelm stürzte sich ohne Zögern in das Gespräch. »Die ist einfach da oder nicht. Nur geht's darum meistens nicht.«
»Um was dann?« Aurelies Augen öffneten sich noch weiter. Schon wieder hatte sie ihr Handtuch abgenommen. Ihre fast trockenen Haare hingen in langen Strähnen bis auf den Tisch hinunter.
»Es geht darum, ob sich deine Liebe mit der Liebe des anderen trifft. Eben so ...« Wilhelm schlug beide Hände ineinander. »Wenn's so ist, läuft alles andere von allein. Nur eben ist es nicht immer so.«
»Genau«, Aurelies Stimme klang heftig, »zum Beispiel, wenn einer den anderen verläßt ...«
»... geht's dem Verlassenen erst mal ziemlich schlecht!«
Sie sahen sich an.
»Schön, mit dir zu reden«, sagte sie. »Serlo hört mir nie zu, der hat anderes im Kopf. Aber für mich ist das wichtig, und du denkst genau wie ich.«
Wilhelm streichelte ihre Hand, worauf Aurelie zu weinen begann.
In diesem Augenblick kam Serlo herein und hinter ihm Philine. Sofort zog Aurelie ihre Hände zurück und versuchte, so gut es ging, ihre Tränen zu verbergen. Sie drückte sich an ihrem Bruder vorbei und verließ die Küche.

Serlo gönnte ihr keinen Blick, winkte mit Wilhelms Manuskriptblättern und sagte: »Wenn du willst, reden wir gleich darüber. Manches von dem, was du schreibst, gefällt mir ganz gut, und ich mache dir einen Vorschlag.« Er wartete gar nicht Wilhelms Reaktion ab, drehte sich wieder um und ging zurück in sein Arbeitszimmer, wohl davon überzeugt, daß Wilhelm ihm folgte.

Der saß verdattert auf seinem Stuhl und sah zu, wie Philine um ihn herumtanzte. »Was hab ich dir gesagt«, rief sie und klatschte in die Hände, »er ist ganz begeistert und hat schon Pläne mit dir.« Sie boxte Wilhelm in die Seite und setzte sich auf seinen Schoß. »Und wem hast du das zu verdanken?« Sie lachte. »Mir! Dafür wirst du mich jetzt küssen!«

Wilhelm schob sie von seinen Knien. »Du spinnst, Philine!«

»Na gut, dann spinn ich eben. Aber Aurelie spinnt noch viel mehr. Die ist deshalb schon ganz fertig. Vielleicht bist du der Richtige für sie. Ich schnapp mir dann den Serlo. Damit säßen wir beide im fertigen Nest, die Wohnung hier wäre groß genug für uns alle, und obendrein hätten wir noch jede Menge Spaß.«

Durch die hohen, vorhanglosen Fenster schien blaugrünes Dämmerlicht. Serlo hatte Kerzen angezündet. Sie waren allein. Serlo war der Meinung, daß ein Dritter das Gespräch nur stören würde. Vorsichtig sagte Serlo, daß ihm die Geschichte *Abschied* ganz gut gefiele. »Aber so, wie du das aufgeschrieben hast, kommt das Problem nicht richtig heraus. Ich weiß zum Beispiel überhaupt nicht, ob dieser Sohn an seinem Vater hängt oder ob er ihn haßt.«

»Natürlich hängt er an ihm«, unterbrach Wilhelm, »schließlich ist es sein Vater, und der war lange sein Vorbild.«

Serlo wartete, endlich fragte er: »Und warum ist er kein Vorbild geblieben?«

»Ganz einfach!« Wilhelm hatte schon lange auf eine Gelegenheit gewartet, mit jemandem darüber sprechen zu können. »Der Sohn hat plötzlich kapiert, daß der Vater, der keine anderen Interessen mehr im Leben hat, als sein Vermögen zu verwalten, Geld zu verdienen, Erfolg zu haben, sein eigenes Leben auch verwaltet und den Sohn in diesen Kreislauf hineinzieht.«

»Aber liebt nun der Sohn seinen Vater oder nicht?«

»Natürlich liebt der Sohn den Vater!«

»Das steht hier nicht drin, Wilhelm. Der Sohn, den du beschreibst, verachtet seinen Vater. Das ist mir zu schwarzweiß, zu einfach. Da ist nichts von dem drin, was du mir sagst, an keiner Stelle kann ich lesen, wie elend es dem Jungen ist, was er verloren hat, indem er fortgelaufen ist. Wo ist seine Trauer? Ich will wissen, wie er sich ängstigt, sucht, vor- und zurücktritt. Ist es nicht das, was wirklich wichtig wäre?«

Für Serlo war das Gespräch beendet. Er rief nach Philine, die eine Flasche Wein brachte und auf den Tisch stellte.

»Er wird an der Geschichte noch arbeiten«, sagte Serlo zu ihr, ohne Wilhelm gefragt zu haben, »ich möchte, daß er mit meiner Hilfe ein Drehbuch schreibt.«

»Toll«, rief Philine, umarmte Serlo und küßte ihn, »wer wird spielen?«

»Wir alle. Glaubst du, ich kann Gagen zahlen?«

Serlo schlug Wilhelm vor, hier in die Wohnung einzuziehen. Aber Wilhelm wollte das nicht. Er dachte an Mignon, auch an Laertes und Friedrich. »Ich hab mein Zuhause«, sagte er. Niemand widersprach ihm.

Am Abend saß Wilhelm noch lange bei Laertes und all denen, die sich entschlossen hatten, im Hinterhaus wohnen zu bleiben. Es hieß, der Hauseigentümer, eine größere Baugesellschaft, wolle vorerst nicht räumen lassen. Schriftlich hatte man das zwar nicht, aber von einem Vertrag mit den Instandbesetzern war immerhin schon die Rede. Laertes schlug vor, alles auf eine Karte zu setzen und mit vereinten Kräften die restlichen Arbeiten zu vollenden, gleichzeitig aber den Leuten in der Adalbertstraße zu helfen.

»Wie ist es, Wilhelm«, fragte er, »bist du mit von der Partie?«

Wilhelm hatte das Gefühl, daß man gut auf ihn verzichten könnte. Sie planten und machten sich an die Arbeit, ohne ihn einzubeziehen. »Vormittags kann ich euch helfen«, sagte er rasch, »nachmittags und abends habe ich einen anderen Job.«

Ein Lächeln von Laertes war die Antwort. Es wurde beschlossen, daß Wilhelm und Friedrich erst die Renovierung hier im Haus beenden sollten.

Obwohl Mignon wußte, daß Wilhelm mit Philine zu Serlo gefahren war, fragte sie ihn nicht, was er dort gemacht hatte. Sie hatte die Baubude aufgeräumt und einen großen Strauß wilder Gräser und Blumen hineingestellt. Sie trug wieder ihre Pluderhose und ihr Seidenwestchen, und als er spätabends ins Bett ging, lag sie nicht auf der für sie hergerichteten Matratze, sondern hatte wieder den Platz zu seinen Füßen eingenommen, auf dem sie zusammengerollt lag wie ein Kätzchen.

»Mignon«, sagte Wilhelm, ohne darauf Rücksicht zu nehmen, ob sie schlief oder nicht, »was ist für dich wirkliche Liebe?«

Sie antwortete nicht gleich, und Wilhelm ärgerte sich, daß er diese Frage gestellt hatte. Was wußte Mignon schon von Liebe? Er wollte sie gerade bitten, weiterzuschlafen und zu vergessen, was er eben noch hatte wissen wollen, als sie sagte: »Liebe ist, wenn ich mich freue, daß du glücklich bist, auch wenn ich ganz traurig bin.«

Kaum hatte sie das gesagt, hielt sie beide Hände vors Gesicht, als schäme sie sich, und weinte. Nicht sehr auffällig, aber Wilhelm hörte es an der Art, wie sie atmete und die Nase hochzog. Als sie ruhiger wurde, fing er an, von Serlo zu erzählen, von seiner Geschichte und daß ein Film daraus werden sollte. Nur Aurelie erwähnte er nicht.
Am folgenden Tag schuftete Wilhelm bis Mittag im Haus. Friedrich ging ihm zur Hand, und auch Mignon half. Wilhelm hatte zwar noch keine elektrischen Leitungen selbst gelegt, aber oft genug gesehen, wie man es machte. Mignon war mit Fensterstreichen beschäftigt. Sie arbeitete sorgfältig und schneller als Friedrich. »Fährst du heute wieder zu Philine?« fragte sie fast nebenbei.
»Nicht zu Philine, zu Serlo«, gab er bereitwillig Antwort und fügte gewichtig hinzu: »Hier kann ich nicht schreiben, hier ist es zu laut.«
Mignon nickte, als wüßte sie das. »Natürlich«, sagte sie leise, »hier gibt es für einen Dichter keine Gelegenheit zu dichten. Aber ist es denn bei Serlo leise? Wirst du da nicht gestört?«
Daß Mignon ihn einen Dichter nannte, machte Wilhelm unsicher. Er brummte unfreundlich: »Was weiß ich!«
»Gut«, Mignon lächelte, »dann komm ich mit. Ich setz mich vor deine Tür und paß auf, daß dich niemand stört.«
Wilhelm erschrak. Er dachte an Aurelie, mit der er das Gespräch über die Liebe fortsetzen wollte. »Nein«, sagte er immer noch unfreundlich, »du bleibst hier.«

Wilhelm durfte sich seinen Arbeitsplatz in Serlos Wohnung aussuchen. Erst hatte er sich für das Zimmer mit den düsteren Bildern entschieden. Diese Mischwesen regten ihn an, aber sie bedrückten ihn auch, und nach kurzer Zeit zog er von da weg, ohne eine Zeile zu Papier gebracht zu haben. Im Berliner Zimmer, wo er sich erst auf einer der Bänke niedergelassen hatte, gefiel es ihm auch nicht. Dauernd kam Philine vorbei und schwatzte irgend etwas an ihn hin. Serlo sah ihm über die Schulter, und Aurelie klimperte alle halbe Stunden traurige Melodien auf dem Flügel. Dazwischen kamen Gäste, liefen durch das Zimmer, grüßten und sagten, Wilhelm solle sich nicht stören lassen.

Zuletzt blieb ihm nur noch das leere Zimmer übrig. Philine stellte ihm ein kleines Tischchen und einen Stuhl hinein, und hier saß er nun, die Stimme des Vaters im Ohr. »Manchmal ist es gut«, hatte der Vater gesagt, »wenn man von Mann zu Mann miteinander redet.« Und weiter hatte der Vater gesagt, daß Wilhelm den Wunsch des Vaters nach Verständnis nicht vergessen solle. Wie kahl das Zimmer war und wie gemütlich dagegen das Meistersche Wohnzimmer. Wilhelm fühlte sich verloren an diesem kleinen Tischchen mitten im Raum, der so leer war wie sein Kopf. Nichts fiel ihm ein, kein Satz, den er hätte aufschreiben können.

Die Tür ging auf, und Aurelie kam herein. Wie elend sie aussah, wie übernächtigt und wie traurig. Gleich neben dem Türpfosten ließ sie sich auf den Boden gleiten, als hätte Wilhelm sie dazu eingeladen. »Ich hab Kopfweh«, klagte sie leise, »unentwegt Kopfweh. Kannst du dir das vorstellen?«

Wilhelm nickte. Er war sich nicht darüber im klaren, ob Aurelies Besuch für ihn eine Störung oder eine willkommene Ablenkung war.

»Ich möchte mit dir reden«, flüsterte sie, »ich möchte, daß du alles über mich weißt.«

»Und warum?«

»Weil du über die Liebe schreibst!«

Quatsch, wollte Wilhelm sagen, sie hinausjagen und die Tür hinter ihr abschließen. Statt dessen sagte er: »Schreib doch selbst über die Liebe!«
»Ich?«
Das klang hysterisch. Noch mehr als ihre Stimme beunruhigte ihn, daß Aurelie plötzlich ein Röhrchen hervorholte und mehrere Tabletten in sich hineinschüttete, ohne dabei Wasser trinken zu müssen.
»Ich?« wiederholte sie, »ich habe die Liebe verloren. Hat dir das Serlo nicht erzählt?«
Und als Wilhelm darauf nichts sagte, fuhr sie fort. »Natürlich hat Serlo nichts erzählt. Er kümmert sich nie um mich, aber meine Tabletten, die nimmt er mir weg oder meinen kleinen Dolch.« Sie zeigte Wilhelm einen silbernen Dolch, den sie aus ihrer Jeanstasche hervorgeholt hatte. Sie rutschte über den Fußboden auf ihn zu und lehnte ihren Kopf an seine Knie.
»Meine Mutter ging auf den Strich«, begann sie, »aber keine andere Mutter hätte ich lieber gehabt als sie. Von ihr habe ich viel gelernt, jedenfalls, was die Männer betrifft, da war ich als Kind klüger als ich es heute bin. Später kamen Serlo und ich in ein Heim. Die Zeit, die ich da verbrachte, habe ich vergessen. Auch Serlo hat keine Erinnerung mehr daran! Kaum waren wir erwachsen, zogen wir zusammen. Serlo fing mit der Filmerei an, ich ging wie meine Mutter auf den Strich und verdiente ihm das Geld, das er brauchte. Die Männer bedeuteten mir nicht mehr als damals meiner Mutter. Einer wie der andere, egal, wo sie herkamen oder was sie für einen Beruf hatten. Mit der Zeit verachtete ich sie. Sie hielten sich für zu gescheit, um mit mir zu reden, aber sie glaubten, mich zu unterhalten, wenn sie an mir herumtätschelten oder mich wie eine Leghenne befühlten. Dann zog ich zu einem Mann, der

Serlos Filme finanzierte. Ich lebte mit ihm zusammen, ohne daß ich wußte, warum.«

Aurelie hatte die ganze Zeit in der gleichen Haltung gesessen, kaum die Stimme gehoben oder gesenkt.

Die Tür ging auf. Wilhelm fuhr hoch. Es war Mignon.

»Was willst du hier?« fauchte Aurelie sie an, »wer bist du überhaupt?«

Mignon schloß die Tür und betrachtete die beiden. Plötzlich machte sie einen Satz und flog, fast über Aurelie hinweg, auf Wilhelms Schoß.

»Du störst«, sagte Aurelie spitz, »merkst du das nicht?«

»Nein«, antwortete Mignon und schmiegte sich noch fester an Wilhelm, »Philine hat gesagt, ich wär's bestimmt nicht, die Wilhelm stört.«

»Philine hat gesagt«, äffte Aurelie Mignon nach, »was weiß denn die? Schläft sie denn nicht mit Serlo, holt sie ihm nicht ...«

Wilhelm legte Aurelie seine Hand auf den Mund und ließ sie dort liegen, bis Tränen über seine Finger liefen. Aurelie stand auf und ging aus dem Zimmer.

Sofort rutschte Mignon von Wilhelms Schoß, schlug ihm das Heft auf und drückte ihm den Kuli in die Hand. Sie selbst setzte sich mit gekreuzten Beinen auf die Türschwelle und begann, sorgfältig von ihrem Scheitel weg bleistiftdicke Zöpfchen zu flechten, die sie unten mit einem Glasperlchen verknotete. Eine Weile sah Wilhelm ihr zu, dann fing er endlich an zu schreiben und hörte erst auf, nachdem Mignon schon längst mit ihrer neuen Frisur fertig war.

»Findest du mich schön?« fragte sie leise, und Wilhelm sagte: »Ja.«

Eines Abends, es war der Tag vor der vereinbarten Ablieferung seiner Geschichte bei Serlo, zog sich Wilhelm schon früh in seine Baubude zurück. Er sei müde, hatte er zu Laertes gesagt und auch dem Harfner ein gemeinsames Bier abgeschlagen. Der war seit Wilhelms Verletzung sehr anhänglich, tauchte öfter als zuvor auf und brachte Mignon hin und wieder etwas Geld mit. Er erwartete keinen Dank, und wenn Mignon ihn umarmen oder streicheln wollte, wurde er unwirsch und schickte sie weg.

Wilhelm saß in der Baubude. Er hatte Mignon beim Harfner zurückgelassen. Er wollte allein sein. Vor sich hatte er weißes Briefpapier gelegt, das er oben mit Datum und Absender versehen hatte. Auch die erste Zeile hatte er schon geschrieben:

Lieber Vater ...

Wilhelm brauchte nur die Augen zu schließen und er fühlte sich zu Hause, roch die Speckpfannkuchen der Mutter und den Duft von Vaters Zigarren. Er hätte blind durch sein Zimmer gehen können, ohne anzustoßen vorbei an seiner Bettcouch und der Stereoanlage, deren Lautsprecher ein wenig zu weit in den Raum hineinstanden. Weiter links stand das Regal, das mit Büchern, Zeitschriften, Platten, Kassetten und Motorradmodellen vollgestopft war. Längs der Wand der von ihm selbst gebaute und auch gestrichene Schreibtisch mit einem kleinen Geheimfach, in dem er seine ersten Gedichte und Marianes Briefe versteckt hatte. Mit Hilfe des Vaters hatte er das Möbelstück gebaut. Damals hatte er noch überlegt, ob er das Tischlerhandwerk erlernen sollte. »Auch gut«, hatte der Vater gesagt, »einem so klaren Berufswunsch kann ich mich nicht in den Weg stellen.« Tagelang hatten sie gezimmert, gehobelt, geschliffen und geleimt, waren gemeinsam auf die geleistete

Arbeit stolz gewesen und hatten das Stück jedem Besucher gezeigt.

Wilhelm stellte sich vor, wie der Vater den Brief aus der Post nehmen würde, das Schlüsselbund aus der Tasche ziehen, es vor sich auf den Tisch legen, sich setzen, um zu lesen, was er, Wilhelm, ihm nach so langer Zeit schrieb, Zeile um Zeile.

Ausführlich berichtete Wilhelm von seinem Entschluß, Schriftsteller zu werden. Er schrieb, daß das Maurerhandwerk ihm keine Freude mehr mache, auch nicht die Aussicht, später Bauunternehmer zu werden, daß seine Ziele nicht die Ziele des Vaters seien und er auch vom Sinn des Lebens eine andere Vorstellung habe als die Eltern. Welche, das wisse er allerdings noch nicht so genau, aber mit Besitz und Geld seien sie nicht verbunden. Auch wolle er dem Vater nicht auf der Tasche liegen, Freiheit und die selbstgewählte Gemeinschaft seien ihm, Wilhelm, mehr wert als die finanziell gesicherte Zukunft in der väterlichen Firma. Zur Zeit arbeite er an einem Film, könne auch schon Rundfunkbeiträge vorweisen und glaube, auf diese Weise den Weg zu sich selbst zu finden. Er schloß seinen Brief mit dem Satz: *Wenn Du bereit bist, das, was ich tue, zu akzeptieren und mir zuzuhören, möchte ich gern einmal zu Hause vorbeikommen dürfen, auch wenn schon Wochen seit meinem Auszug vergangen sind und ich Euch mit meinem Schweigen sicher wehgetan habe.*

»Redest du mit ihr?« Serlo lief nervös in seinem Zimmer auf und ab. »Seit drei Stunden hat sie sich da drin eingesperrt.« Er zeigte auf das Zimmer mit den düsteren Bildern. »Sie hat wieder eine Menge Tabletten geschluckt. Ohne die ist sie überhaupt nicht mehr lebensfähig, und das schon seit Jahren.« Wilhelm hatte Serlo noch nie so außer sich gesehen.

»Hilfst du mir, Wilhelm? Auf dich hört sie vielleicht.«
Als Wilhelm nicht gleich antwortete, griff Serlo nach dem Heft in seiner Hand.»Ich les auch inzwischen deine Erzählung.«
»Was hat das damit zu tun?« Wilhelm gab das Heft nicht her.
»Entweder dich interessiert meine Geschichte oder sie interessiert dich nicht ...«
»Ist ja gut, aber im Augenblick ist Aurelie für mich wichtig, kapierst du das nicht?«
Wilhelm brauchte nicht lange zu klopfen. Kaum hatte er seinen Namen gesagt, hatte sie auch schon aufgemacht. Gleich nachdem sie ihn hereingelassen hatte, legte sie sich wieder auf das Sofa und schloß die Augen. Zwischen ihren Haaren steckten bunte Federn.
»Ich bin müde«, sagte sie, »fertig. Ich habe weder Lust aufzustehen noch liegenzubleiben. Alles macht mich kaputt.«
Wilhelm hatte sich auf einen Stuhl gesetzt. Es roch nach Räucherstäbchen, Zigarettenrauch und nach Parfüm.
»Was macht dich kaputt?«
Aurelie fuhr hoch. »Die Liebe – natürlich weiß ich, daß sie nur Zeitvertreib ist, trotzdem liebe ich Lothario wahnsinnig.«
Wilhelm blies die Backen auf. Aurelies Hysterie schüchterte ihn ein.
»Siehst du«, fuhr sie ihn an, »kein Mann ist imstande, das zu begreifen, nicht einmal du.« Sie stand auf. Ein paar Federn fielen aus ihren Haaren und blieben an ihrem Morgenmantel kleben. »Ich sage mir ständig, daß ich ihn nicht lieben soll. Ich weiß auch, daß er es nicht wert ist, aber ich kann nicht anders.«
Plötzlich stampfte Aurelie mit den Füßen auf, hämmerte mit ihren Fäusten auf den Tisch und schrie: »Ja, ich liebe ihn, ich liebe ihn immer noch, ich liebe ihn!«
Wilhelm hielt das nicht aus. »Hör zu«, sagte er leise, »es geht

eben nicht immer so, wie du dir das denkst. Du hast nun mal nicht den Mann für deine Liebe gefunden. Ich hab's da besser gehabt, aber meine Eifersucht hat alles zerstört.«
Aurelie sah Wilhelm lauernd an, ihr Mund war weinerlich verzogen und ihre Stimme hauchdünn, als sie fragte: »Kannst du von dir behaupten, daß du noch nie einem Mädchen deine Liebe vorgetäuscht hast, nur um sie ins Bett zu kriegen?«
»Das kann ich«, sagte Wilhelm schnell und reichte Aurelie seine Hand hin, als wolle er ihr sein Ehrenwort darauf geben. Aurelie tat so, als wollte sie danach fassen. Dabei zückte sie ihren kleinen Dolch und fuhr ihm mit der Spitze über das Innere seiner Hand, die er nicht mehr rechtzeitig hatte wegziehen können. Ein Schmerz, ein dünner roter Strich, der Schnitt ging durch den Ballen gerade unter dem Daumen entlang, teilte die Lebenslinie und lief gegen den kleinen Finger aus.
»Man muß euch Männer zeichnen, wenn ihr etwas begreifen sollt!« Sie lachte auf und entschuldigte sich gleich darauf: »Ich bin verrückt, Wilhelm, es tut mir leid. Komm her, ich verbinde dich.«
Der Schnitt blutete jetzt stark. Er wunderte sich, daß Aurelie gleich das Verbandszeug zur Hand hatte, ihre Geschicklichkeit war auffallend. »Warum hast du das bloß gemacht, Aurelie?« fragte er und probierte, ob er seine Hand noch bewegen konnte.
Sie legte die Hand auf den Mund und erwiderte: »Still, sag kein Wort mehr!«

»Wilhelm verzweifelte nun fast an seiner Rolle ...«

FÜNFTES KAPITEL

Tagelang hatte Wilhelm nicht arbeiten können. Er war auch nicht zu Serlo gegangen, was ihm sehr schwergefallen war, da ihn nichts mehr interessierte als Serlos Urteil über seine Geschichte. Eine Ablehnung durch Serlo, so hatte sich Wilhelm vorgenommen, wollte er als Wink des Schicksals nehmen und die Schreiberei an den Nagel hängen.

Mignon war damit nicht einverstanden. Für sie war Wilhelm ein Dichter, egal, was Jarno, Serlo oder Aurelie sagten. »Weißt du nicht selbst, was du kannst?« fragte sie Wilhelm ganz ohne Spott.

»Das kapierst du nicht«, antwortete Wilhelm, »wenn einer schreibt, muß ein anderer Gefallen daran finden, sonst hat's keinen Sinn.«

»Mir gefällt's doch, reicht das nicht?«

Wilhelm gab keine Antwort. Manchmal konnte Mignon ihn verrückt machen, aber das merkte sie nicht. Jetzt schlug sie auch noch vor, Wilhelm möge zu Serlo fahren und ihn nach seiner Meinung fragen. Dann wüßte Wilhelm Bescheid und müßte sich nicht mit dieser unnötigen Warterei quälen.

Das ärgerte Wilhelm. Er schrie Mignon an, sie solle den Mund halten und ihre idiotischen Vorschläge für sich behalten. Aber als er sie ansah, lächelte sie, und so war es ihm nicht möglich, ihr länger böse zu sein.

Die Zeit schien stehenzubleiben. Je ungeduldiger Wilhelm auf

eine Nachricht von Serlo wartete, desto fester war er davon überzeugt, eine Absage zu erhalten.
Endlich rief Serlo an. Er sagte, daß ihm das Manuskript gut gefiele und daß es für einen Kurzfilm geeignet sei.
Wilhelm wollte etwas sagen, aber Serlo ließ ihn nicht zu Wort kommen und fing schon an zu planen: Zunächst müsse über die Verteilung der Rollen gesprochen werden. Die Schauspieler sollten keine fertigen Dialoge geliefert bekommen, sondern jeder solle sich erst selbst mit Wilhelms Geschichte auseinandersetzen und dann seine Meinung dazu einbringen. Wichtig sei, daß jeder sich mit seiner Rolle identifiziere, dann richte sich auch die Rolle nach ihm. Das leuchtete Wilhelm ein.
Noch am gleichen Abend saßen alle in der Cafèstube beisammen, auch der Harfner war mit von der Partie. Klar war, daß Wilhelm sich selbst darstellen würde. Auch über die Handlungsorte wurden sich alle schnell einig. Die Szenen, die bei Familie Meister zu Hause spielten, konnten in Serlos Wohnung gedreht werden, Wilhelms Arbeitsplatz als Maurer in der Adalbertstraße, und der Besuch der Eltern sollte, so wie es in der Geschichte stand, in der Baubude stattfinden.
Philine, Friedrich und Mignon hatten es mit ihren Rollen am einfachsten. Schwieriger war es, Wilhelms Eltern zu besetzen. Aurelie lehnte es entschieden ab, die Rolle der Mutter zu übernehmen. Der Harfner sollte den Vater spielen. Erst wollte er nicht, aber als Serlo behauptete, es ginge anfangs nur um die Proben, später stünde wahrscheinlich ein anderer Schauspieler zur Verfügung, sagte er zu. Laertes übernahm die Besetzung von Werner, und Aurelie bat darum, Wilhelms Schwester spielen zu dürfen. »Wenn ich schon in der Wirklichkeit auf Liebe verzichten muß, dann will ich sie wenigstens im Film erleben!« sagte sie.

Philine rief: »Ich werde so spielen, daß jeder Mann, der diesen Film sieht, sich unsterblich in mich verliebt!«
Alle redeten durcheinander. Die Stimmung wurde lebhafter, die Diskussion heftiger. Serlo hatte Mühe, sich durchzusetzen. Noch immer fehlte die Besetzung von Wilhelms Mutter. Keiner wußte Rat.
»Wir lassen sie weg«, entschied Serlo kurzerhand, »in Wilhelms Geschichte ist sie sowieso nicht wichtig. Was sie zu sagen hat, kann Aurelie als Schwester übernehmen.«
»Kommt nicht in Frage«, protestierte Wilhelm, »ihr kennt meine Mutter nicht! Sie bedeutet mir sehr viel.«
»Was bedeutet sie dir denn?« fragte Laertes.
Wilhelm kam es komisch vor, in dieser Runde über seine Mutter zu reden. »Meistens sagt sie nichts, aber trotzdem versteh ich sie unheimlich gut. Na ja – und dann gehört sie zu Hause überall hin.«
Friedrich, der sich darunter nichts vorstellen konnte, wollte wissen, wie das gemeint sei.
»Sie ist eben immer da, für jeden, kapiert ihr das nicht?«
Serlo schob seinen Schlapphut ins Genick, wickelte eines seiner Bonbons aus, roch daran und steckte es in den Mund.
»Weiter«, sagte er, »erzähl weiter!«
Auf einmal fand Wilhelm alles an seiner Mutter wichtig. Nichts wollte er vergessen, er sprach schnell, verhaspelte sich und brachte keinen Satz richtig zu Ende. »Sie ist irgendwie toll, ohne daß ich das beschreiben kann. Mag sein, daß sie vor meinem Vater Angst hat. Einmal hab ich gesehen, wie sie geweint hat, aber sie hat nicht gesagt, warum. Da hab ich sie umarmt.«
»Und?« fragte Serlo interessiert.
»Da hat sie noch mehr geweint.«

Betretenes Schweigen. Wilhelm begriff, daß er nicht in der Lage war, seine Mutter besser zu schildern. »Vielleicht hat Serlo recht«, sagte er endlich, »wir lassen sie weg.«
»Finde ich nicht«, warf Aurelie ein, und Serlo behauptete, für ihn habe Wilhelm da eine Menge ausgedrückt, nur, wer die Mutter spielen solle, das sei ihm nicht klar.
»Katrin«, schlug Philine vor, »die kann das. Die spielt Tag für Tag alte Frauen.«
Eigentlich wollte Wilhelm noch sagen, daß seine Mutter keineswegs eine alte Frau sei, ließ es dann aber. »Gut«, sagte er, »aber dann möchte ich bestimmen, wie sie spielen muß.«
»Sollst du, Wilhelm«, Serlo nickte, »da geb ich dir freie Hand. Ist ja schließlich dein Problem.«

Die Dreharbeiten begannen in Serlos Wohnung, Drehort war die Küche. Es kostete Mühe und Zeit, ihr den bürgerlichen Anstrich zu geben, der für die Meistersche Umgebung notwendig war. Obwohl Wilhelm durchgesetzt hatte, daß sein Nachname nicht im Film genannt wurde, sprach jeder nur von der Familie Meister. Den Szenen waren lange Diskussionen vorausgegangen, die Serlo von sich aus nie beendet hatte. Manchmal dachte Wilhelm, daß es Serlo dabei um seine eigenen Familienprobleme ging. Immer wieder stachelte er zu neuen Überlegungen an. Schließlich brachte er es sogar fertig, daß der Harfner sich am Gespräch beteiligte. Am Anfang hatte er nur zugehört, sich mehr seinem Schnaps als dem Film gewidmet und nur das ausgeführt, was man von ihm verlangt hatte. Dann hatte er aufgehört zu trinken, und schließlich verlangte er eine Dialogänderung. »Unmöglich«, rief er, »so einen Unsinn sagt kein Vater zu seinem Sohn.«
»Meiner schon«, gab Wilhelm zurück, »außerdem ist es meine

Geschichte. Du mußt das sprechen, was ich aufgeschrieben habe.«
»Muß ich nicht«, brummte der Harfner und sah zu Serlo hinüber.
»Was würdest du an Vater Meisters Stelle sagen?« fragte Serlo.
Der Harfner war über diese Frage verblüfft und schwieg. Dann drehte er sich plötzlich zu Wilhelm, hob die Hand, als wollte er ihn schlagen, fuhr ihm aber statt dessen über das Haar. Seine Stimme zitterte. »Das tut weh, Junge.«
Der Harfner stöhnte auf. Wilhelm erschrak und wollte sich dem Streicheln entziehen, wich zurück, der Harfner kam abermals näher und wiederholte: »Das tut entsetzlich weh.«
»So?« höhnte Wilhelm, »jetzt tut's dir auf einmal weh? Dich kränkt ja nur, daß du der Verlassene bist. Mein Schmerz, meine Ratlosigkeit und meine Verzweiflung sind dir doch völlig egal!«
Der Harfner ließ Wilhelm los und ging wieder einen Schritt zurück, so, als müsse er eine alte Position einnehmen. »Das sieht nur so aus«, erwiderte er betroffen.
Serlo klatschte in die Hände. »So wird die Szene gespielt«, rief er, »mit genau diesen Worten! Philine, schreib das auf, sonst überlegen sich die beiden das nachher wieder anders.«
Mignon küßte dem Harfner die Hand. »Jetzt kommt die Mutter dran«, sagte Serlo zufrieden. Er winkte Katrin zu. Philine hatte ihr eine gute Maske gemacht, ihr blasses Gesicht wirkte durch geschickt aufgetragene Schatten älter, und die Haare waren fest nach innen eingeschlagen. Zwar sah sie Wilhelms Mutter kein bißchen ähnlich, aber als sie sich vor dem Harfner aufstellte, nahm sie die gleiche abwartende Haltung ein wie Wilhelms Mutter, wenn sie im Büro des Vaters stand und ihn etwas fragen wollte.

»Du mußt jetzt dem Harfner sagen, er solle sich nicht aufregen und lieber zu Tisch kommen«, sagte Wilhelm, »am besten zupfst du ihn am Arm. Sieh mal, so«, und Wilhelm ging zum Harfner und griff vorsichtig nach seinem Jackenärmel.
Katrin machte es ihm nach, war aber nicht damit zufrieden und fragte, ob sie es anders probieren dürfe.
»Nein«, fauchte Wilhelm, »ich sag's zum hundertsten Mal, das ist mein Film!«
»Nein«, sagte Serlo ruhig, »es ist unser Film.«
»Und wir spielen ihn«, fügte Katrin hinzu, »deshalb ist es nicht nur deine Sache.«
Einen Moment lang waren alle still. Wilhelm war gekränkt. Er fand, daß Serlo den anderen zuviel Mitspracherecht ließ. Jetzt brachte Katrin ihre Version, sie stellte sich neben den Harfner und schob ihre Hand unter seinen Ellenbogen, stand ganz dicht, mehr so, als müßte sie ihn stützen, und sagte zu Wilhelm: »Sieh uns an, Junge. Egal, ob wir dir gefallen oder nicht, wir sind nun mal deine Eltern.«
Dieser Satz gefiel niemandem, obwohl alle fanden, daß dies der Kern des Konflikts sei. Man entschied, daß Wilhelms Aufforderung zum Essen besser sei. Nur Aurelie meinte, die Mutter müsse in diesem Augenblick die Partei des Sohnes vertreten, um sein Fortgehen zu verhindern.
Bis in den Abend hinein diskutieren sie. Jeder brachte Beispiele aus seiner eigenen Familie. Am Ende waren sich alle einig, daß Mutter Meister weder durch Unterstützung noch durch Widerstand ihren Sohn halten könnte. Die Mutterliebe würde Wilhelms Entschluß vielleicht verzögern, in einem Kurzfilm wäre dieser Konflikt jedoch nur schwer darstellbar. In jedem Fall aber müßte die Mutter es versuchen.
Wilhelm gab nach. Er ließ zu, daß Katrin liebevoller mit ihm

sprach, als er es vorgesehen hatte, und dachte dabei an die Szene, in der die Eltern in der Baubude zu Besuch kamen. Da würde er endlich vom Leder ziehen und weder auf die Ansichten des Harfners Rücksicht nehmen noch auf Serlos Einwände oder die der anderen.

Als mit den Dreharbeiten begonnen wurde, trug Aurelie ein Kleid, das, wie sie Wilhelm in einer Pause zuflüsterte, früher Lotharios Lieblingskleid gewesen war, ein Kleid aus dünnem weichen Stoff, mit kleinen Blumen gemustert, das um Schultern und Busen eng anlag und in einem weiten Rock auslief, der jede Bewegung schön zur Geltung brachte. Seitdem ihr die Rolle von Wilhelms Schwester, der zukünftigen Frau Werners, zugeteilt worden war, hatte sie sich verändert und sich in eine exaltierte Glückseligkeit hineingesteigert, die allen auf die Nerven ging, am meisten Laertes. Die Zärtlichkeiten, die sie ihm auch außerhalb der kurzen Szenen entgegenbrachte, überrumpelten ihn. Ihre Schwärmerei, die bis zur Anbetung reichte, machte ihn hilflos. Wenn Aurelie den Satz zu sagen hatte: »Ich liebe dich, Werner, und wenn Wilhelm von uns weg will, dann wirst du dem Vater den Sohn ersetzen«, dann sah er, wie um Entschuldigung bittend, den Harfner an, der dazu nachdenklich nickte.
Serlo gefiel das, und Wilhelm hatte nichts dagegen einzuwenden. Überhaupt war er mit Aurelies Darstellung der Schwester einverstanden. Seiner Meinung nach könne Aurelie noch leidenschaftlicher sein, sagte er, das bestätige dem Zuschauer Werners spießige Selbstherrlichkeit in der Rolle als zukünftiger Ehemann. Aurelies fast weinender Widerspruch, daß es ihr aber nur um Glück und Liebe ging, blieb ungehört. Nur Friedrich tröstete sie: »Das ist ein anderer Film.«

Schlimm erging es Aurelie, als sie gleich zweimal hintereinander Laertes nicht Werner, sondern Lothario nannte und damit mehrere Meter Filmmaterial verdarb. Es kam zum Krach. Serlo drohte, die Rolle der Schwester mit Philine zu besetzen. »Wer sich nur selbst spielen kann«, schrie er die weinende Aurelie an, »der ist kein Schauspieler, merk dir das!«
Außer Wilhelm achtete niemand darauf, daß Aurelie den Drehort verließ und sich in ihr Zimmer zurückzog. Er ging ihr nach, wollte sie trösten, ihr sagen, daß er sie verstand. Aber Aurelie wollte allein sein und nichts mehr mit dem Film zu tun haben.
»Und wenn ich Laertes zu dir schicke?«
Einen Moment lang zögerte Aurelie, und Wilhelm glaubte ein Aufflackern in ihren Augen zu sehen, aber dann winkte sie ab.
»Und Philine? Als Frau versteht sie dich vielleicht besser.«
»Die?« fauchte Aurelie und stellte den Fuß hinter die Tür, als sei Philine schon dabei, sich hereinzudrängen, »die widert mich an, so wie sie sich an jeden Kerl heranmacht. Am meisten ärgert mich, wie sie hinter Serlo her ist, auch hinter dir und Laertes. Nur Friedrich kriecht ihr von allein nach, da braucht sie sich keine Mühe zu geben.«
Soviel Haß hatte Wilhelm nicht erwartet. »Wenn du mich fragst, mir hat Philine bisher nur geholfen!«
»Aber ich frag dich nicht!« schrie Aurelie und knallte die Tür vor Wilhelms Nase zu, daß der Putz hinter der Tapete abwärts rieselte.
Auch gut, dachte Wilhelm und zog es vor, zu den anderen zurückzukehren. Serlo hatte für diesen Tag Schluß gemacht und vorgeschlagen, den Abend gemeinsam bei Wein und Käse zu verbringen. Außer Aurelie saßen nun alle in Serlos Küche. Mignon hatte ihren Platz neben Wilhelm gefunden, und

Friedrich hatte es geschafft, Serlo zu verdrängen und neben Philine zu sitzen. Irgend etwas von ihr hatte er ununterbrochen in der Hand, mal waren es die Haare, mal ihr Ohrläppchen, ein Stück ihres Ärmels oder ihr kleiner Finger. Eine Zeitlang hielt er sogar ihren Rockzipfel fest, was Serlo zu der Frage veranlaßte, ob Friedrich nicht lieber Philines Sohn spielen wolle.
»Paß auf, du Klappstuhl«, drohte Friedrich, »ich knüppel dich um!« Dabei sprang er von seinem Stuhl auf den Tisch und von dort Serlo vor die Füße. Philine schrie auf. Serlo sprang ebenfalls auf, riß sich mit gespielter Hast die Lederjacke vom Leib, überprüfte die Festigkeit seines Lederarmbandes und ließ in gebückter Haltung Friedrich auf sich zukommen. Wilhelm merkte, daß Serlo Spaß machte, aber Friedrich war es ernst. Serlo war im Vorteil, er hatte schon einmal einen Karatekurs mitgemacht, das wußte jeder. Kein Wunder also, daß es ihm gelang, Friedrich mit einem einzigen Griff auf den Fußboden zu werfen.
»Das kannst du auch mit Schenkelwurf haben oder mit einem Hüftfeger«, sagte er, ohne außer Atem zu sein, und ging abermals auf den verblüfften Friedrich zu.
»Welcher Gürtel?« fragte er und rieb sich den Ellenbogen.
»Blau«, gab Serlo höflich Auskunft und ging in Kampfposition.
»Nein, danke«, seufzte Friedrich, »vielleicht ein andermal!«
Der friedliche Ausgang des Streits sorgte für Stimmung bis weit in die Nacht hinein. Mignon war besonders ausgelassen. Sie sang und tanzte ohne Pause. Wilhelm brauchte ihr nur zuzulächeln, und schon wirbelte sie wieder um den Tisch herum und das so lange, bis sie endlich neben seinem Stuhl am Boden in sich zusammensank. Nur der Harfner wollte später in seinem Suff nach Hause laufen. Alle anderen zogen es vor, bei

Serlo zu bleiben. Sie suchten sich Kissen, Matratzen und Decken zusammen, die sie sich in eine Ecke trugen, und bald wurde es ruhig in der Wohnung.

Wilhelm und Serlo waren die einzigen, die aufblieben. Sie tranken noch eine ganze Flasche Wein gemeinsam leer, wobei jeder von seinem Vater sprach. Immer wieder kam Wilhelm die Abschiedsszene in den Sinn, die sie morgen drehen wollten. »Staunen wirst du, Serlo«, brabbelte er, »mit den Ohren schlackern, na, und wenn das erst mein Vater sieht . . .« Wilhelm lachte, schüttelte den Kopf und stierte längere Zeit vor sich hin, ohne weiterzusprechen. Dann stand er abrupt auf und ging in das Leerzimmer, wo er seine Geschichte geschrieben hatte.

Dort hatte Mignon ihm eine Schlafstelle eingerichtet. Das Fenster war verhängt, und da der Lichtschalter nicht funktionieren wollte, tastete er sich im Dunkeln so weit, bis er in etwas Weiches faßte, Kissen und eine Matratze. Er zog seine Kleider aus und kroch unter die Decken.

Plötzlich hörte er ein Geräusch, ein Huschen von nackten Füßen. Oder täuschte er sich? Er wollte sich aufrichten, nachsehen, eventuell das Feuerzeug zu Hilfe nehmen. Nichts davon gelang. Der Alkohol saß ihm schwer in den Gliedern, lähmte sie. Selbst die Augen funktionierten nicht so, wie Wilhelm das wünschte. Das einzige, was er noch schaffte, war, sich auf den Rücken zu legen. Vor seinen geschlossenen Augen schoben sich allerlei Bilder zusammen. Er sah Mariane, Philine, Aurelie und Mignon, brachte ihre Gesichter wie ihre Körper durcheinander, wechselte ihre Stimmen aus, vertauschte die Farbe ihrer Haare und ließ eine in die Kleider der anderen schlüpfen, bis sie plötzlich alle vier verschwanden und statt ihrer das Mädchen N wie eine Fee durch die Stube schwebte und ihn küßte. Verrückt, dachte Wilhelm, das ist ja völlig verrückt. Er riß mit großer Mühe die Augen auf – nichts. Ein Traum, ein schöner Traum, aus dem ihn beinah sein eigener Schrei hochfahren ließ. Aber er konnte nicht schreien. Der Kuß war Wirklichkeit, auch die Arme, die ihn umschlangen, der schmale Körper, der dicht neben ihm lag. Es war ein Traum zum Anfassen, Fühlen, Streicheln.

»Das ist nicht wahr«, flüsterte Wilhelm, »das kann nicht wahr sein.«

Aber Küsse verschlossen ihm den Mund, und er sank in eine unbeschreibliche Glückseligkeit hinein, aus der er mit keinem Gedanken und mit keiner Frage mehr heraus wollte.

Am nächsten Morgen wachte er mit einem dumpfen Gefühl der Unruhe auf. Der Schlafplatz neben ihm war leer, aber die Erinnerung an diesen nächtlichen Besuch war trotz seines Katers noch so deutlich, daß er sich das unmöglich eingebildet haben konnte. Auch war die Tür nur angelehnt, und er glaubte, daß er sie hinter sich geschlossen hatte, um vom Flurlicht nicht gestört zu werden. Als erstes fiel sein Verdacht auf Philine. Oder war es Aurelie gewesen? Wilhelm stand auf und zog sich an. Ihr Besuch schien ihm noch weniger wahrscheinlich. Nachdenklich setzte er sich wieder auf seine Matratze und versuchte, sich an Einzelheiten zu erinnern. Einerseits hatte ihn dieses ungewöhnliche Erlebnis in der Nacht verwirrt, andererseits fühlte er sich davon beschwingt.

Mignon kam herein und brachte ihm Milch. Weiß der Himmel, wo sie die aufgetrieben hatte. »Guten Morgen«, sagte sie.

Wilhelm war über den Klang ihrer Stimme überrascht. Er sah sie prüfend an. Mignon kam ihm größer als sonst vor, sie bewegte sich weniger lebhaft, und er vermißte ihre kindlich stürmische Begrüßung, die er gewohnt war. Statt dessen sah sie

ihm mit einem neuen Blick in die Augen, daß ihm ganz mulmig wurde. Oder war sie schon seit längerem so verändert?
»Mignon«, sagte er mit heiserer Stimme, »Mignon, komm mal her.«
Aber entgegen ihrer sonstigen Art, jeden Wunsch von Wilhelm sofort auszuführen, verließ sie das Zimmer.

Die nächsten Dreharbeiten fanden in der Adalbertstraße statt, wo Serlo Wilhelm bei der Ausführung von Maurerarbeiten filmte. Zu seiner eigenen Verwunderung hatte Wilhelm gerade an dieser Szene besonderen Spaß. Er konnte es sich nicht verkneifen, mit Stolz das von ihm erlernte Handwerk vorzuführen. Da saß jeder Griff, da gab es keinerlei Unsicherheiten, und niemand konnte ihm etwas vormachen. Selbst Serlo mußte sich hier auf dem Bau von Wilhelm beraten lassen. Katrins Partner diente als Handlanger und Kollege, und Wilhelm mußte zugeben, daß der Feuerschlucker bei dieser für ihn ungewohnten Tätigkeit viel mürrischer aussah als er, der den eigentlichen Aussteiger zu spielen hatte.
»Wo bleibt deine Wut«, fragte Serlo, »deine Verzweiflung über die Abhängigkeit, die Sturheit? Wenn man dich so sieht, könnte man denken, du brennst geradezu darauf, wieder mit deiner Maurerlehre weiterzumachen.«
»Ich hab ja nur gezeigt, was ich kann«, sagte Wilhelm.
Am Abend wollte Serlo mit den anderen den Besuch der Eltern Meister in der Baubude besprechen. Aurelie war nicht mit nach Kreuzberg gekommen. Serlo berichtete, daß sie sich weiterhin einschloß und niemanden außer Wilhelm sehen wolle.
»Es wäre gut«, sagte Serlo zu Wilhelm, »wenn du nach den Dreharbeiten etwas Zeit für Aurelie hättest. Sie hängt an dir.«

Es war Mignon, die Wilhelm den Brief brachte. Sie trug ihn auf der flach ausgestreckten Hand vor sich her, so daß Wilhelm mit einem Blick den dicken schwarzen Rand sehen konnte, der den Umschlag umfaßte. Er starrte auf das Kuvert, ohne es ihr abzunehmen.
Mignon wartete geduldig.
»Er ist für dich«, sagte sie schließlich und hielt den Brief noch höher. Und als er sich immer noch nicht rührte, fragte sie schnell: »Soll ich ihn lieber verbrennen?«
Wilhelm hatte sich das einen Augenblick lang gewünscht. Dieser Brief brachte nichts Gutes. Er öffnete ihn und erkannte Werners Handschrift. Dem Schreiben war eine Todesanzeige beigelegt:

> Nach einem Leben in Güte und Liebe wurde heute mein lieber Mann, unser herzensguter Vater
> Wilhelm Meister
> im Alter von 51 Jahren aus dem Schaffen seines Lebens gerissen.
> In tiefer Trauer
> Im Namen der Hinterbliebenen
> Gertrud Meister
> Berlin-Lichterfelde, den 5. April
> Die Beisetzung findet in aller Stille statt.

»Mein Vater ist tot«, sagte Wilhelm und horchte seinen Worten nach.
Mignon verzog keine Miene.
»Tot«, flüsterte Wilhelm, »einfach gestorben?« Er starrte auf die Anzeige. »Tot«, schrie er plötzlich und schüttelte sie an den Schultern, »er ist tot, verstehst du?« Dann heulte er los.
Mignon führte ihn zu einem Stuhl. Er starrte sie an und dachte

nur: Es ist nicht wahr, er ist nicht tot. Nach einer Weile wischte Mignon mit dem Ballen ihrer Hand seine Tränen weg. Das tat ihm gut, brachte ihn langsam wieder zur Besinnung. Endlich faltete er Werners Brief auseinander und begann zu lesen.

Der Vater war, wie Werner schrieb, plötzlich am Schreibtisch seines Büros in Lankwitz gestorben. Es sei zwar nicht zu behaupten, daß der Tod des alten Meister im Zusammenhang mit Wilhelms spurlosem Verschwinden stünde, aber er sei durch Wilhelms unerklärliches Schweigen sehr belastet gewesen. In den letzten Tagen vor seinem Tod habe der alte Meister Werner kommen lassen und ihn gefragt, in welchem Punkt er, der Vater, dem Sohn gegenüber versagt haben könnte, und gesagt, daß er gern eine Schuld auf sich nähme, wenn sie ihm jemand bewußt machte. Aber so verstehe er Wilhelms Verhalten nicht, und das schmerzte ihn mehr als jeder Vorwurf.

Werner hatte das in Berichtform geschrieben. Der Mutter ginge es den Umständen entsprechend, die Familie plane Veränderungen. Er, Werner, wolle bald Wilhelms Schwester heiraten, um die Geschäfte im Sinne des alten Meister weiterzuführen. Der Bungalow in Lichterfelde solle verkauft werden. Mutter wie Schwester seien sich darin einig, daß ohne den Vater eine solche Luxusvilla für niemanden zweckmäßig sei. Sowohl die Mutter wie auch er und die Schwester seien mit einer Mietwohnung vollauf zufrieden. Das Kapital wolle man ins Geschäft stecken.

Natürlich, so schrieb Werner weiter, wolle Wilhelm sicher wissen, wie es um sein Erbe bestellt sei. Mit Respekt habe Werner gelesen, daß Wilhelm nun unter die Schriftsteller und Filmemacher gegangen sei, dort die ersten Erfolge zu verzeichnen habe und nur noch wenig oder gar kein Interesse mehr für das väterliche Baugeschäft aufbringen könne. Trotz aller

Begabung und weiteren Erfolge möge aber Wilhelm nicht durch einen Verkauf der Firma das Lebenswerk des Vaters für sinnlos erklären. Er, Werner, habe sich vorgenommen, mit aller Kraft und mit allem Einsatz das vom Vater begonnene Geschäft fortzuführen, und er hoffe, schon aufgrund ihrer alten Freundschaft, sich mit Wilhelm im Sinne der Mutter und Schwester finanziell zu einigen. Dann folgte ein längerer Absatz über Umsatz, Gewinn und Investitionen, den Wilhelm nicht zu Ende las. Zum Schluß Grüße und gute Wünsche für die Zukunft, verbunden mit der Hoffnung, bald von Wilhelm zu hören.

Wilhelm ärgerte sich über diesen Brief. Dieses bürgerliche Glück und die kleinliche Angst Werners, Wilhelm könnte auf Heller und Pfennig sein Erbe beanspruchen, machten ihn wütend. Er war froh, gerade jetzt nicht zu Hause zu sein. Das ist mein Freund, dachte Wilhelm, der bringt es fertig, mir in einem Atemzug den Tod des Vaters und die Rendite des Geschäfts mitzuteilen. Und der sitzt jetzt auf dem Stuhl meines Vaters. Ob das wohl Vaters Wunsch war?

»Geh runter zu Serlo«, sagte Wilhelm zu Mignon, »aber erzähl niemandem, daß mein Vater gestorben ist. Er soll die Szene mit Friedrich und Philine drehen, ich muß jetzt allein sein.«

Er schloß hinter Mignon die Baubude ab, nahm Kuli und Papier und schrieb Werner einen Brief. Er wollte nicht an die Mutter schreiben, auch nicht an die Schwester. Von der Mutter standen ja nicht einmal Grüße in dem Brief, keine Bitte, sie zu besuchen, nichts. Keine Frage der Schwester, wie es ihm gehe, was er arbeite, wie er lebe, ob er glücklich sei oder etwa seinen Entschluß bereue, nichts. Nur das Erbe, der gemeinsame Besitz schien sie noch alle zusammenzuhalten.

Und genau das brachte Wilhelm zu Papier. Er dachte nicht

lange über Formulierungen nach. Er schrieb, daß er Werners Art, hinter allem nur den Verdienst zu sehen, endgültig satt habe. Er, Wilhelm, wolle seinen eigenen Weg gehen, der nichts mehr mit seinem Lichterfelder Elternhaus zu tun habe. Deshalb sei eine Diskussion überflüssig. Was aber das Geld und die Firma beträfe, so sollten sie sich wegen seines Erbteils nicht aufregen. Er brauche nicht viel und könne sich alles selbst verdienen.
Während Wilhelm schrieb, hatte er das Gefühl, die Luft anhalten zu müssen. Erschöpft lehnte er sich danach zurück und horchte in sich hinein. Als er den Brief zuklebte, sah er, daß seine Hände zitterten. Auch sein Mund war ganz trocken, alles ungewohnte Körpergefühle, die er loswerden wollte. Am besten war es wohl, wenn er zu den Freunden ging und mit niemandem mehr darüber sprach.

Serlo drehte im Hof. Mühsam hatte man eine Ecke des Hofcafés rekonstruiert. Hier sollten die Eltern Meister nach ihrem Sohn fragen. Als Gäste hatten sich einige Bewohner zur Verfügung gestellt. Während Friedrich seine Pantomime vorführte und Philine dazu sang, war es Mignons Aufgabe, das Ehepaar Meister darauf aufmerksam zu machen, daß sie sich selbst bedienen mußten.
»Hast du jemandem was von dem Brief gesagt?« fragte Wilhelm Mignon bei der ersten Gelegenheit. Sie legte nur den Finger auf den Mund und schüttelte den Kopf.
Wilhelm wurde plötzlich albern, lachte über Katrin, die Mutter Meister in ihrer hilflosen Empörung darstellte, mit der sie sich hier im Hofcafé umsah. Zeitweise war es ihm noch nicht lächerlich genug und er griff in Serlos Regie ein, ahmte die Mutter nach, noch mehr den Vater, was so weit ging, daß Serlo

die Geduld verlor. »Wir machen hier doch kein Affentheater, Wilhelm«, sagte er ärgerlich, »die Alten sind nur unsicher. Sie interessiert nichts weiter als der Aufenthalt ihres Sohnes, von dem sie nicht wissen, wo er ist.«

Sofort stellte sich Wilhelm auf Streit ein. Er war ganz besessen von der Vorstellung, daß nur er wisse, wie sich das Ehepaar Meister hier verhielte, er müsse das erklären und einmal vormachen... Aber Mignon zog ihn zur Seite und hielt ihn fest, bis er endlich still war.

Die letzten Szenen, die gedreht werden sollten, spielten in der Baubude: Herr und Frau Meister überraschen ihren Sohn und gehen unverrichteterdinge wieder fort.

Wilhelm spürte, daß Serlo ihn beobachtete. »Irgend etwas ist mit dir los«, sagte Serlo, »ich weiß nur nicht, was.«

Wilhelm ging nicht darauf ein, grinste, spielte den Verwunderten und fragte, ob Serlo keine anderen Sorgen habe.

»Nein«, antwortete Serlo, »im Augenblick nicht!«

An der Einrichtung der Baubude wurde nichts geändert. Auch Mignons Schlafdecke blieb da, wo sie war. Nicht einmal das Fenster ließ Serlo putzen, obwohl die schmutzigen Scheiben das Licht verdunkelten. Er bat Wilhelm, sich auf die Matratze zu legen. Irgendwann würden dann Katrin und der Harfner hereinkommen, aber wann, das sagte Serlo nicht, damit bei Wilhelm Schreck und Überraschung echt seien. Hin und wieder ließ er die Kamera laufen und filmte die Baubude.

Wilhelm schwitzte. Sein Blick löste sich nicht von der Tür, und sein Ohr war ganz fixiert darauf, das Quietschen der Angeln zu hören. Es waren nicht Katrin und der Harfner, die seiner Vorstellung nach jetzt hereinkommen würden, sondern Vater und Mutter, und davor hatte er Angst.

In seinem Gedächtnis spukte der aufgeschriebene und einge-

paukte Dialog, die Sätze, die er dem Vater an den Kopf zu werfen hatte, aber sie waren unvollständig, stimmten nicht mehr, paßten in keiner Weise zu dem, was Wilhelm fühlte.
»Es klopft«, sagte Serlo, »hörst du nicht, es hat geklopft!«
Natürlich, es hatte geklopft. Wilhelm sprang auf. Allein wie er aufsprang, das war neu und gehörte nicht zu seinem sonst lässigen Verhalten.
»Nochmal!« rief Serlo Wilhelm zu, »wir sind hier nicht beim Bund.«
Wilhelm legte sich wieder hin und starrte wie befohlen an die Decke. In Wirklichkeit war er hellwach und wünschte sich Gott weiß wohin.
Wieder das Klopfen. Wilhelm zuckte zusammen. Sein »Herein« klang kehlig, und jede Bewegung, die er ausführte, hätte Friedrichs Roboterpantomime alle Ehre gemacht.
Die Tür ging auf, Mignon hüpfte herein. »Deine Eltern«, rief sie fröhlich, sprang in seine Arme und blieb darin liegen. »Sie suchen dich!«
Wilhelm stellte Mignon wie eine Puppe weg und sah jetzt Katrin und dem Harfner entgegen, die als Ehepaar Meister staunend und grußlos den Sohn umkreisten. Längst hatte sich Katrin mit ihrer Rolle vertraut gemacht und drückte Staunen und Ratlosigkeit so echt aus, daß Wilhelm fast glaubte, seine Mutter reden zu hören.
»Und hier fühlst du dich wohl?«
Entgegen den Anweisungen im Drehbuch und ohne Aufforderung von Serlo huschte Mignon an Wilhelms Seite.
»Ja«, sagte Wilhelm, »ich fühle mich hier wohl, wohler als zu Hause.«
Der Harfner schob Katrin weg und stellte sich Wilhelm gegenüber. »Das ist jetzt alles nicht wichtig«, sagte er, »ich

habe darüber nachgedacht, warum du von zu Hause weg bist, aber ich hab's nicht rausgekriegt.«

Der Harfner sprach leise und wurde erst deutlicher, als Serlo ihm ein Zeichen gab.

»Natürlich«, er nickte, »natürlich mußt du mich verstehen.«

Das stand nicht im Drehbuch, und er setzte eine Pause ein, die Serlo nicht zu stören schien. »Weißt du«, fuhr der Harfner fort, »daß du jetzt die letzte Gelegenheit dazu hast, mir zu sagen, was du mir vorwirfst?«

Letzte Gelegenheit? In Wilhelms Kopf geriet alles durcheinander. Er wußte nicht mehr, was im Drehbuch stand, was sich der Harfner da ausdachte und was tatsächlich der Wirklichkeit entsprach.

»Wieso letzte Gelegenheit?« flüsterte er.

»Weil ich dann gehe«, sagte der Harfner ruhig, »aber du wirst verstehen, was ich als Vater wissen möchte, oder nicht?«

Merkwürdig, wie der Harfner sprach, mühsam und mit jedem Wort ringend, so, als wollte er es gar nicht sagen.

In der nächsten Einstellung sollte Wilhelm nun endlich seinen großen Monolog halten, den Serlo die Abrechnung nannte.

Der Harfner stand noch immer am gleichen Fleck, auf Wilhelm konzentriert, der jetzt zur Rede ansetzte.

»Ich laß mich nicht zu deinem Denkmal machen. Ich hab ein Recht auf mein eigenes Leben ...«

Schon war die erste Pause da, Wilhelm stockte der Atem, sah sich nach Serlo um, nahm noch einmal allen Mut zusammen, wiederholte den angefangenen Satz und fügte hinzu: »... mein Leben, das du zwar in die Welt gesetzt, aber nicht zu bestimmen hast.«

Das Gesicht des Harfners rückte näher. Wilhelm spürte, wie sich seine Kehle zuschnürte. Er sah nicht mehr den Harfner

vor sich, nur den Vater, der tot war, vielleicht aus Enttäuschung über seinen Sohn gestorben.
»Du sollst reden«, schrie der Harfner plötzlich, »verdammt noch mal, mach den Mund auf!«
Wilhelm wich ein, zwei Schritte zurück. Er vergaß den nächsten Satz, ließ ihn aus, sagte den, der ihm einfiel: »Deine Welt geht mich nichts an. Ich will nicht so werden wie du – ich will nicht so leben wie ihr!« Und dann passierte es, er heulte los.
Der Harfner wich zurück. Wilhelm sah ihn an und sagte: »Du bist ein toter Mann!«
»Das war's«, rief Serlo und klatschte in die Hände, »wirklich großartig die letzte Szene, viel besser als im Drehbuch.« Er klopfte erst dem Harfner auf die Schulter, dann Wilhelm. »Seid ihr einverstanden?«
»Einverstanden?« fragte Wilhelm leise zurück, »mit *dem* Horror?«

Serlo hatte zu einem Abschlußfest der Dreharbeiten in seine Wohnung eingeladen. Alle waren gekommen und saßen im Berliner Zimmer. Nur der Harfner hatte sich zurückgezogen. Nach der letzten Szene mit Wilhelm hatte er mit niemandem mehr ein Wort geredet, höchstens böse gelacht und die Augen verdreht, wenn er etwas gefragt wurde.
»Laßt ihn in Frieden«, sagte Laertes, »dann kommt er am schnellsten wieder zu sich.«
Also ließ man ihn in Frieden, sprach ihn nicht an und störte ihn nicht in der Küche, wo er sich bei Kerzenlicht in aller Ruhe betrank. Nur Mignon schlich hin und wieder zu ihm, kam aber immer nach kurzer Zeit wieder zurück, um ihren Platz neben Wilhelm zu behalten.
Der hatte den Freunden nun endlich den Tod seines Vaters

mitgeteilt. Das dämpfte die Stimmung. Philine wollte wissen, warum Wilhelm das nicht gleich gesagt habe.
»Er wollte die Sache mit seinem Vater zu Ende bringen«, sagte Serlo, »nur hat er es nicht geschafft.«
»Halt's Maul«, schrie Wilhelm und hatte Lust, sich auf Serlo zu stürzen, »klar, ich hab es nicht geschafft, aber was du gemacht hast, ist noch viel schlimmer. Du hast nämlich gar nicht meine Geschichte verfilmt, sondern mich und den Harfner! Ich halte das ja aus, aber er nicht.«
»Quatsch«, sagte Serlo, »er ist nur einmal mehr sturzhagelbetrunken«, er wandte sich zu Mignon, »oder nicht?«
»Er redet nur mit sich selbst«, antwortete Mignon, »er hat's mit dem großen Teufel, der tot ist, er sagt, daß das jetzt jeder im Film sehen kann.«
Alle merkten, daß sie traurig war, aber niemand sagte etwas. Nur Wilhelm streichelte sie.
Aurelie lachte auf, schrill, hysterisch und anhaltend, dann verstummte sie wieder, saß krumm und in sich zusammengesunken in der Nähe von Laertes, ohne ihn anzusehen. Sie hatte sich ganz in schwarz gekleidet, trotz der Wärme schwarze Strümpfe angezogen und um den Kopf ein schwarzes Tuch gewickelt.
»Den Rest meiner Seele hat Serlo mir weggefilmt, weg, einfach weg. Jetzt kann ich's mir im Kino ansehen, wie ich Lothario geliebt habe, und er auch, wenn er will.« Plötzlich drehte sie sich zu Wilhelm, krallte ihre Finger in seinen Arm und schrie: »Versprich mir, daß du ihm den Film zeigst. Er muß ihn sehen, verstehst du?« Schon wieder lachte sie und zog sich dabei das Tuch so weit in die Stirn, daß ihre Augen kaum noch zu sehen waren.
»Spiel nicht so verrückt«, bat Serlo, »ich halte das nicht aus.«

Aurelie nickte gehorsam. Alle waren froh, daß Philine, von Friedrich auf der Geige begleitet, zu singen anfing. Endlich stellte sich die Fröhlichkeit ein, deretwegen sie eigentlich zusammengekommen waren. Immerhin hatten sie mit wenig Mitteln gute Arbeit geleistet. Und als Friedrich auch noch zu tanzen begann, klatschten alle bis auf Aurelie den Takt dazu.

Plötzlich wurde die Tür zum hinteren Gang aufgerissen, Mignon stürzte herein, rannte auf Wilhelm zu und schrie: »Es brennt, es brennt!« Dabei hielt sie die Arme weit über den Kopf gestreckt, als zöge sie das Feuer hinter sich her, fegte wie wild durch das große Zimmer und raste zur Tür hinaus.

Alle rochen es, alle sahen die Rauchschwaden, die sich jetzt gelblich in den Gang wälzten, aus dem der Harfner mit einer Flasche in der Hand hereintorkelte. Seine Jacke war angesengt, auch seine Haare. Er ruderte mit den Armen, spuckte und brabbelte ununterbrochen vor sich hin. Er stürzte über ein am Boden liegendes Kissen, und Wilhelm sah, daß der Alte trotz seines betrunkenen Zustandes die Flasche hochhielt und so vor dem Auslaufen bewahrte.

In der Küche schrien alle durcheinander. Die einen wollten die Fenster öffnen, die anderen warnten davor. Sehen konnte man fast nichts. Wilhelm kümmerte sich nicht mehr um den Harfner, kämpfte sich durch den Qualm bis zum Feuer. Der Rauch brannte ihn in den Augen, er mußte husten. Da sah er die kleinen blauroten Flammen, die sich wie an einem Band vorwärtsbewegten. Jemand riß das Fenster auf.

Der Handtuchständer brannte lichterloh. »Hier«, rief Friedrich und schlug nach den Flammen. Wasser prasselte in einen Eimer, dazwischen waren die schrillen Rufe von Aurelie zu hören: »Meine Liebe verbrennt, Schluß, Schluß!«

Mit einem Schwupp löschte Katrin das Feuer, der Qualm verzog sich.
Wilhelm hustete, bis ihm die Tränen kamen. Erst jetzt begriff er, was passiert war. Auf dem Tisch lagen zwei Filmrollen, der Streifen war herausgezogen, in sich verwickelt, angesengt und geschmolzen. Gebrannt hatten Bastuntersetzer, die Handtücher und Wäsche, die auf einem Stuhl gelegen haben mußte. Die Tür des Kühlschranks, in dem Serlo das Filmmaterial verstaut hatte, stand offen. Morgen hätte es ins Kopierwerk gebracht werden sollen. Morgen. Aus, vorbei, dachte Wilhelm, der Film ist gelaufen. Er hörte dem Gezeter von Philine zu, den Flüchen von Serlo. Er sah, wie Katrin den Fußboden aufwischte, wie Friedrich die unbeschädigten Kassetten triumphierend hochhielt, wie Serlo müde abwinkte.
Wilhelm stand da, als ginge ihn das alles nichts an. Ohne daß er es sich erklären konnte, fühlte er sich erleichtert. Ein Alptraum war zu Ende. »Und jetzt«, fragte er Serlo, »was machst du jetzt, wo alles zum Teufel ist?«
Serlo klappte den Kühlschrank zu. Nervös fingerte er in seiner Jackentasche herum, holte ein Bonbon hervor. »Ich fahre nach Spanien«, sagte er.
»Nach Spanien?« Damit hatte niemand gerechnet.
Wilhelm hörte zu, wie sie alle auf ihn einredeten. Philine klammerte sich an Serlo. »Das kannst du doch nicht tun«, ihre Stimme klang verzweifelt, »einfach nach Spanien gehn und uns hocken lassen.«
»Kann ich«, sagte Serlo und schob Philine zur Seite. Mit einer Hand wischte er den aus der Kassette gezogenen Film vom Tisch.
»Mann«, sagte Katrin, »haste denn gar keinen Kollektivgeist?«
Allem Anschein nach hatte Serlo keinen. Auch für einen

anderen Film mit anderem Thema zeigte er kein Interesse. »Hätt' ich mich bloß nicht auf euch eingelassen«, sagte er und verließ die Küche.
Die anderen drängten ihm nach. Jedem geht es hier um sich selbst, dachte Wilhelm, um die Chance, ganz groß rauszukommen. Ihn fragte niemand, ob er die Dreharbeiten zu seiner Geschichte wiederholen wollte. Ihn hatte man vergessen. Alles drehte sich nur um Serlos Pläne. Laertes schlug einen Dokumentarfilm über die Mariannenstraße vor, Friedrich sah in der Verfilmung einer Pantomimengeschichte, nur mit Musik unterlegt, einen großen Erfolg, während Aurelie in kleinen hektischen Sätzen auf Serlo einredete und ihn davon zu überzeugen versuchte, daß er einen Film über den Tod machen sollte, wenn er schon keinen über die Liebe zustandebrächte.
Wilhelm ging rückwärts zur Wohnungstür, wartete darauf, daß ihn einer der Freunde zum Bleiben aufforderte. Nichts. Aurelie blinzelte ihm zu, steckte sich dabei irgendwelche Pillen in den Mund und riegelte sich dann in der Toilette ein.
Mignon, wo war Mignon?
Wilhelm rief nach ihr, begann zu suchen. Sie war weder in Serlos Arbeitszimmer zu finden noch in dem Zimmer mit den düsteren Bildern. Sie mußte dem Harfner nachgelaufen sein. Wilhelm überlegte nicht, wo er die beiden suchen könnte, er rannte einfach los, die Treppen hinunter, aus dem Haus hinaus, die Straße entlang.
»Mignon, Mignon!«
Er lief ziellos rechts/links und links/rechts, hin und wieder rief er ihren Namen. Nach einer Viertelstunde stellte er fest, daß er im Kreis gelaufen war. Zum zweitenmal stand er vor der Backsteinkirche an der Paulusstraße. Da sah er plötzlich auf einer Bank den Harfner liegen. Mignon saß neben ihm. Er

mußte schon einmal an ihr vorbeigelaufen sein, und es war ganz ausgeschlossen, daß sie ihn nicht gesehen hatte.
»Mignon«, sagte er und beugte sich zu ihr hinunter, »was machst du hier?«
Sie gab keine Antwort, saß kerzengerade ganz außen auf der Bank, den Kopf des Harfners auf den Knien. Seitlich ausgestreckt hing er über der schmalen Sitzfläche, unter der Wilhelm eine große Lache von Erbrochenem entdeckte. Gurgelnd, mit pfeifendem Atem schlief er. Oder war er bewußtlos? Ein penetranter Gestank ging von ihm aus, wahrscheinlich hatte er sich in die Hosen gemacht. Mignon schien das alles nicht zu stören. So ähnlich hatte sie schon bei der Grafschen Party neben dem Harfner gewacht.
»Was hat er gemacht, Mignon?« flüsterte Wilhelm, »erzähl es bitte.«
Sie rührte sich nicht, blickte Wilhelm auch nicht an. Leise redete sie, abgehackt, aber deutlich genug, daß er es verstehen konnte. »Er hat den ganzen Nachmittag getrunken. Die Szene mit dir, wo du ihm sagst, daß er ein toter Mann ist, die hat ihn aufgeregt.«
»Mich auch«, gab Wilhelm zurück, »es war alles ganz anders als es im Drehbuch stand.«
Mignon nickte. Ihre Hand strich über den Hinterkopf des Harfners. »Als es dunkel wurde, hat er sich die Kerzen in der Küche angezündet und in die Flammen gestarrt, dazwischen getrunken und wieder in die Lichter gestarrt. Einmal hat er geweint. Als er merkte, daß ich in der Küche war, warf er mit einem Glas nach mir. Ab da hab ich aufgepaßt, daß er mich nicht mehr sieht. Als ich das nächstemal in die Küche kam, hatte er die Kassetten aus dem Kühlschrank geholt, sie aufgemacht und den Film herausgezogen. Er muß vergessen

haben, daß das Material noch nicht entwickelt war. Er wollte wohl sehen, was darauf ist, zog Meter für Meter den Film heraus, auf dem nichts zu sehen war, lachte dabei, nickte, als wenn er sich darüber freute.«
»Warum hast du mich nicht gerufen oder ihm die Kassetten weggenommen?«
Mignon zog die Brauen hoch, biß sich auf die Unterlippe, blickte aber noch immer geradeaus und sagte: »Ich dachte, dir wär das auch recht, wenn alles kaputtgeht ...«
»Das hast du gedacht?«
»Ja«, sagte Mignon, »deshalb ließ ich ihn allein und bin wieder zu euch gegangen. Später muß er wohl die Kerzen umgeworfen haben. Als ich wieder in die Küche kam, brannte es schon.«
»Und jetzt«, fragte Wilhelm ratlos, »was machen wir mit ihm?«
»Sie holen ihn ab«, flüsterte Mignon, »die Polizei hat uns gefunden.«
»Die Polizei?«
Wilhelm dachte weniger an den Harfner als an Mignon. Der Alte würde in die Ausnüchterungszelle gebracht werden, aber Mignon?
»Sie stecken dich in ein Heim, weißt du das?«
»Ich konnte ihn doch nicht allein lassen«, stammelte sie, »du siehst doch, wie es ihm geht.«
»Hör zu, Mignon, hier hast du Geld, ab Urania fährt der 29er Bus durch bis Kreuzberg. Ich bleib hier.«
Mignon zögerte, schien irgendwie im Zweifel, ob sie ihren Vater allein lassen sollte. »Vertraust du mir nicht?« fragte Wilhelm fast unfreundlich und nahm auf dem Eckchen Bank Platz, auf dem sie vorher gesessen hatte.
»Doch«, sagte sie schnell, drehte sich um und flitzte los.

Genau zwei Tage hatte es gedauert, bis Wilhelm herausgefunden hatte, daß der Harfner auf eigenen Wunsch in den Entzug gegangen war und in einer Klinik in Reinickendorf lag. Das zu erfahren war ihm wichtiger gewesen als alles andere. Auch nach Serlo hatte Wilhelm nicht mehr gefragt. Er war mit seiner Honda von Polizeistation zu Polizeistation gefahren, von Klinik zu Klinik. Immer wieder war ihm als einer mit dem Harfner nicht verwandten Person, wie es hieß, die Auskunft verweigert worden. Er hatte Geduld und vielerlei Überredungskünste gebraucht, und jetzt endlich hatte er es geschafft. Zuerst erkannte er den Harfner nicht, so sehr hatte der sich verändert. Am auffallendsten waren seine Lippen, die schrecklich aufgedunsen und verzerrt waren. Unentwegt fuhr seine Zunge über sie hinweg, und doch waren sie trocken und rissig. Sein Gesicht war schweißbedeckt. Seine Hände jagten die Bettdecke auf und ab, als bemühe er sich, etwas wegzuwischen. Der Harfner hatte Wilhelm gar nicht wahrgenommen, war nur immer mit dem Wischen beschäftigt, richtete sich plötzlich auf und fing an, die Wand über seinem Bett zu befummeln.
»Was machst du da?« fragte Wilhelm verwirrt. Der Harfner gab keine Antwort, keuchte in kleinen Stößen und wurde in seinen Bewegungen immer hektischer.
»Er wischt Blut«, sagte einer der Männer aus den anderen Betten, »seit gestern wischt er Blut. Bei mir waren's Käfer, und er ...«, er nickte zu dem dritten Leidensgenossen hinüber, »er hat von morgens bis abends jemanden auf den Fersen gehabt. Verfolgungswahn.« Der Mann kicherte und nickte. »Nachher kriegt er Pillen, dann wird's besser.«
»Weg«, murmelte der Harfner, »weg, weg.«
Diese Augen, Wilhelm wußte, daß er nie mehr diese kaputten

Augen vergessen würde. Jetzt kippte der Harfner vornüber, würgte, als müsse er sich übergeben, aber es kam nichts aus ihm heraus. Dann endlich fiel er zurück in die Kissen und lag eine Weile ganz still.
»Harfner«, flüsterte Wilhelm, »ich bin's, der Wilhelm, erkennst du mich?«
Der Harfner hob die Augenlider und sah Wilhelm mit seinen entsetzlichen Augen an.
»Warum soll ich dich nicht erkennen«, krächzte er und zog eine Grimasse, die wohl ein Lächeln andeuten sollte, »was ist mit dem Film?«
»Kaputt, du hast ihn aus der Kassette gezogen!«
Der Harfner schloß wieder die Augen. »Macht nichts«, sagte er endlich, »bist du traurig?«
»Nein, ich nicht, nur die anderen.«
Wieder begannen die Hände über die Bettdecke zu fahren, und Wilhelm bekam Angst, daß der Harfner sich wieder einbilden könnte, Blut wegwischen zu müssen. »Mignon läßt dich grüßen«, sagte er schnell, »sie ist bei dir geblieben, bis ich euch gefunden habe. Für dich hätte sie sich glatt von der Polizei schnappen lassen.«
Es entstand eine so lange Pause, daß Wilhelm schon glaubte, der Harfner sei eingeschlafen. Seine Hände lagen still. Fragend sah Wilhelm zu den beiden anderen Patienten hinüber. Der eine von ihnen schüttelte den Kopf. »Der schläft nicht, der kann gar nicht schlafen, der wär froh, wenn er schlafen könnte.«
Wilhelm beugte sich über den Harfner. »Soll ich Mignon etwas ausrichten?«
»Ja«, flüsterte der, »richt ihr was aus. Sag ihr, solange sie lebt, rühr ich kein Glas mehr an.«

»Solange sie lebt?« fragte Wilhelm zurück.
»Ja, solange sie lebt. Ich bin ja schon tot.«
Danach war er zu keinem Gespräch mehr bereit. Wilhelm saß noch eine Weile an seinem Bett. Der Zustand des Harfners ging ihm sehr nah. Wilhelm dachte an seinen Vater, mit dem er jetzt gern über den Harfner gesprochen hätte. Auf Zehenspitzen verließ Wilhelm das Zimmer und schlich über den langen Klinikgang, den Harfner vor Augen und auch den Vater, der jetzt tot war.

»Du sollst zu Serlo fahren«, sagte Mignon, als er in die Mariannenstraße kam. »Aurelie hat durchgedreht.«
Wilhelm hatte wenig Lust dazu, fürchtete Aurelies hysterische Ausbrüche und fürchtete auch Serlo, der es sich vielleicht anders überlegt hatte und den Film doch wiederholen wollte.
»Willst du mitkommen?« fragte er. Statt einer Antwort legte Mignon nur ihre Hand in die seine.
Sie fuhren mit der U-Bahn, riskierten eine Schwarzfahrt, da Wilhelm kein Geld mehr hatte. Es wurde Zeit, daß er wieder in der Adalbertstraße arbeitete. Viel war's nicht, was er da verdiente, aber besser als nichts.
In Serlos Wohnung sah es chaotisch aus. Er packte. Er stand zwischen Kleidern, Schuhen und Kameras vor zwei geöffneten Blechkoffern und rauchte.
»Ich muß hier weg«, sagte er, ohne Wilhelm dabei anzusehen, »weg von Berlin und weg von Aurelie. Sie macht mich verrückt mit ihrer Hysterie, ihren Tabletten und ihrer Art, mich zu erpressen.«
»Du willst sie allein lassen?« fragte Wilhelm.
»Allein, allein«, unterbrach ihn Serlo, »ich bin nicht ihr Kindermädchen. Paß du doch auf sie auf, wenn du meinst, daß

das nötig ist. Ich jedenfalls brauche Luftveränderung, und zwar in jeder Hinsicht.«

»Und was hast du vor?«

»Einen Film über spanische Fischer zu machen, mal was anderes.«

»Und meine Geschichte, ist die für dich gelaufen?«

»Ja«, sagte Serlo, »so etwas kann man nicht wiederholen, nach allem, was passiert ist. Tut mir leid für dich.«

»Für mich?« fragte Wilhelm zurück, »für mich braucht dir nichts leid zu tun. Für den Harfner auch nicht. Wir wissen jetzt beide, was los ist.«

»Na, dann ist's ja gut«, antwortete Serlo so gleichgültig, als ginge ihn das alles nichts an. »Da«, sagte er und zeigte auf die Tür von Aurelies Zimmer, »bring ihr bei, was los ist. Sie ist nämlich übergeschnappt.«

Mignon, die ihm gefolgt war, hockte sich gleich an der Tür auf den Boden, als hätte sie Angst, einen der Stühle zu benützen. Ihre Augen hingen an den düsteren Bildern, und ganz verstohlen machte sie kleine Zeichen und Gesten, mit denen sie ihre Furcht beschwor. Wilhelm wußte, daß sie nur ihm zuliebe hier blieb. Sie hatte sich so gesetzt, daß sie alle Bilder gleichzeitig mit den Augen überwachen konnte.

Aurelie war nicht zu sehen. Wilhelm glaubte sich schon von Serlo auf den Arm genommen, als er sie entdeckte.

»Mein Gott, Aurelie«, Wilhelm fuhr erschrocken zurück, »was soll denn das?«

Sie lag flach auf dem Sofa, mit einer altmodischen Zierdecke bis zum Kinn zugedeckt. Das Gesicht hatte sie mit Schminke symmetrisch in zwei Hälften geteilt, in eine dunkle und in eine helle. Entsetzlich sah sie aus.

»Ich möchte, daß du Lothario holst. Serlo weigert sich. Machst

du's?« flüsterte sie. Ohne eine Antwort abzuwarten, fuhr sie fort: »Er soll sehen, was er aus mir gemacht hat, wie zerrissen ich bin, seitdem er fort ist. Sag selbst, Wilhelm, kann man in so einem Zustand leben?«
»Geh erst einmal unter die Dusche«, Wilhelm versuchte zu scherzen, »so, wie du jetzt aussiehst, hält das ja der stärkste Mann nicht aus.«
»Also hab ich recht«, Aurelie lachte böse, »sehen muß man's, fühlen kann man mein Unglück nicht, keiner, auch du nicht!« Mit einer einzigen Bewegung schlug sie die Decke zurück. Mignon jagte aus der Hocke hoch zur Tür hinaus. Wilhelm blieb wie angewurzelt stehen. So etwas hatte er noch nicht gesehen. Nicht daß Aurelie nackt war, erschreckte ihn, sondern daß sie auch ihren Körper in zwei verschiedenfarbige Hälften geteilt hatte. Die Trennungslinie lief vom Kinn abwärts zwischen den Brüsten hindurch über den Bauchnabel und endete in den Schamhaaren. Auch die Beine bis hinunter zum Fuß waren angestrichen, eins schwarz, eins weiß. Wilhelm dachte, daß Aurelie Stunden gebraucht haben mußte, um sich so sorgsam anzumalen. Am liebsten hätte er gelacht und das Ganze für einen Scherz erklärt. Aurelie war eben ein bißchen verrückt.
»Aurelie«, sagte er schließlich, »du siehst aus wie ein Pinguin.«
»Wie ein Pinguin?« wiederholte sie tonlos, »du meinst, ich sehe aus wie ein Pinguin?« Sie sah an sich herunter. Einen Augenblick lang befürchtete Wilhelm, sie würde einen hysterischen Anfall kriegen. Aber sie griff nach der Zierdecke und wickelte sich ein. Sie schien wieder vernünftig zu werden.
»Komm«, sagte er, »komm ins Bad. Mignon hilft dir, die ganze Schmiere abzuwaschen.« Er legte den Arm um ihre Schultern und wollte sie aus dem Zimmer führen.

»Laß das«, sie duckte sich, »faß mich nicht an.«
Ihre Hände, hell und dunkel, krallten sich in die Decke, während ihr ganzer Körper zitterte. »Kommst du morgen wieder?«
Sie tat ihm leid, und er antwortete gutmütig: »Wenn du nicht wieder so eine Show abziehst, komm ich.«
»Nein«, murmelte sie, »keine Show.«
Befriedigt verließ er das Zimmer, froh, Aurelie beruhigt zu haben.
»Kannst du dich nicht um sie kümmern?« fragte er später Philine, die auch ihre Sachen zusammenpackte.
»Ich? Mich kann sie nicht ausstehen, das weißt du doch. Außerdem geh ich mit Friedrich nach Hamburg.«
»Mit Friedrich?« Wilhelm schüttelte ungläubig den Kopf, »ihr streitet euch doch ununterbrochen.«
»Er liebt mich aber«, Philine lachte, »außerdem hat er seinen Eltern Geld abgeluchst, das reicht für uns beide. Also warum nicht? Mich wird nie jemand ändern, Friedrich weiß das und versucht es auch nicht. Mehr Glück kann ich nicht haben.«
Sie gab Wilhelm einen Kuß. »Die da«, sie zeigte auf Aurelies Zimmertür, »die kannst du abschreiben, die ist total bescheuert. Nicht einmal ihr Bruder hält's noch mit ihr aus.« Philine beugte sich zu Wilhelm und flüsterte ihm ins Ohr: »Er nimmt sie nicht mit nach Spanien, das hat er mir gesagt.«
»Und weiß das Aurelie?«
Philine hob die Schultern. »Was geht's mich an? Ich freu mich auf Hamburg, alles andere ist mir egal.«
Mignon hatte auf der Straße gewartet. »Ist sie verrückt geworden?« fragte sie, als sie mit Wilhelm zum U-Bahnhof ging.
»Nein«, antwortete er, »Aurelie ist nur traurig.«

»Sie sah scheußlich aus, so schwarzweiß angemalt, fandest du nicht?«
»Ja, scheußlich.«

Es traf sich gut, sie konnten sich am Abend bei Laertes ein paar Mark verdienen. Mignon übernahm die Arbeit von Philine und Wilhelm die von Friedrich.
»Wir schaffen es schon«, sagte Laertes, »nur nicht aufgeben.« Daß Philine so einfach davongegangen war, hatte ihn sicher gekränkt, noch mehr, daß sie mit keinem Wort danach gefragt hatte, wie er die Arbeit allein schaffen würde. Aber er spielte den Gleichgültigen. »Jeder ist seines Glückes Schmied. Mal sehen, wie das von Philine und Friedrich aussieht.« Danach hatte er sich hinter seinem Tresen verschanzt und das Thema über Philines und Friedrichs Abreise nicht mehr aufkommen lassen.

Der Bethaniendamm, von der Mauer zerteilt, war nur noch ein schmales Sträßchen, dunkel und schmutzig. Von den einst prächtigen Bürgerhäusern, die heute grau und halb verfallen aussehen, waren es bis zur Mauer nur wenige Schrittlängen. Am Tag war hier kaum Betrieb. Nur wenige Touristen kamen, um von dem eigens dafür aufgestellten Holzpodest über die Mauer zu schauen, und ein paar Türkenkinder spielten zwischen den Sträuchern rund um die St. Thomaskirche Versteck. Nachts verlor sich kaum jemand in diese Straße.
Mignon ging eine Armlänge von der Mauer entfernt und fuhr mit dem Finger an der Wand entlang, als unterstreiche sie die dort aufgemalten Sprüche, Herzen und Zeichnungen. »Wollen wir auch was dranschreiben?« fragte sie Wilhelm.
Er zuckte nur mit den Schultern. Für so einen Blödsinn war er nicht zu haben. »Du kannst ja gar nicht schreiben.«

Schweigend holte sie eine Sprühdose hervor, die sie die ganze Zeit mit sich herumgetragen haben mußte. »Hab ich neulich nach der Demo gefunden«, sagte sie, stellte sich auf die Zehenspitzen und begann mit großer Konzentration rätselhafte und für Wilhelm nicht zu entziffernde Schriftzeichen an die Mauer zu malen. Weder die Buchstaben noch die Zahlen waren Wilhelm vertraut, alles nicht lesbar, obwohl Mignon jetzt schon zur dritten Zeile ansetzte.

»Und was heißt das?«

»Das sage ich nicht. Niemandem, weil es mein größtes Geheimnis ist.«

Wilhelm mochte solche Kindereien nicht, er ärgerte sich. Es wäre besser gewesen, um diese Zeit im Bett zu liegen und zu schlafen, als mit Mignon an der Mauer entlangzulaufen. Er fühlte sich plötzlich einsam, von den Freunden und von Serlo verlassen. Die Fabriketage mit ihrer Baubude war ihm kein Zuhause mehr, und Laertes' Kampf mit den Hauseigentümern um sein Hofcafé, das ihm kaum Geld einbrachte, kam Wilhelm fast lächerlich vor.

Bei der St. Thomaskirche stieg er auf ein Holzpodest, von dem aus man nach Ostberlin sehen konnte. Der Anblick hob Wilhelms Stimmung keineswegs. Säuberlich geharktes Niemandsland, das wie ein Fluß an der Mauer entlanglief, am Tag höchstens von Tauben und Krähen besetzt, nachts mit Scheinwerfern ausgeleuchtet. Links und rechts, ein paar hundert Meter voneinander entfernt, die Wachttürme mit je zwei Volkspolizisten, schußbereit und ständig auf der Lauer. Die Häuser waren drüben genauso schäbig wie hier. Zum erstenmal hatte Wilhelm das Gefühl, rundherum eingeschlossen zu sein. War er denn nicht gerade erst weggelaufen aus Lichterfelde? Hatte er nicht etwas Neues begonnen? Wollte er nicht

Schriftsteller werden? Plötzlich hatte er das Bedürfnis, Mignon die Sprühdose wegzunehmen, um damit ein riesengroßes NEIN an die Wand zu schreiben.
Er wollte nicht, daß Philine und Friedrich weggingen, daß Serlo nach Spanien fuhr, er vermißte das Hofcafé in seiner alten Form und sogar den Harfner, der sich jetzt durch den Entzug quälte. Alles, was Wilhelm in Kreuzberg neu entdeckt hatte, löste sich wieder auf und verschob sich, ohne ihm einen rechten Platz zu lassen.
Ein Rascheln machte ihn auf Mignon aufmerksam. Sie saß, den Rücken der Mauer zugekehrt, auf der obersten Treppenstufe, den Kopf in die Hände gestützt, und wartete. So schnell sie ihm auf die Nerven ging, konnte er sich auch wieder über ihre Gegenwart freuen. Er setzte sich neben sie. Schweigend horchten sie in die Nacht hinein.
»Wenn Aurelie so traurig ist, dann könnten wir sie doch zu uns holen«, sagte Mignon.
»Wie meinst du das, zu uns?«
»Na, zu Laertes, zu dir und zu mir. Die anderen sind ja weg.«
Wie einfach das war. Er lachte, stand auf, griff nach Mignon und sprang in zwei Sätzen die ganze Treppe mit ihr hinunter. Beinahe wären sie dabei gestürzt. Sie begannen zu laufen, lachten und machten so viel Lärm, daß am Mariannenplatz ein Fenster geöffnet wurde und jemand »Ruhe« brüllte.

Erst nachdem Wilhelm zweimal lange geklingelt hatte, merkte er, daß die Wohnungstür gar nicht verschlossen, sondern nur angelehnt war. Vorsichtig stieß er sie auf, rief erst nach Serlo, dann nach Aurelie. In Serlos Zimmer lag auf dem aufgeräumten Schreibtisch nur ein Zettel mit seiner Adresse in Spanien. Das Zimmer, das Philine bewohnt hatte, war leer. In der

Küche fand Wilhelm ein ekelhaftes Durcheinander von schmutzigem Geschirr, Lebensmitteln und angebrochenen Weinflaschen. Es stank nach ungeleerten Aschenbechern und faulem Obst. Er riß das Fenster auf.
Wieder rief er nach Aurelie und dachte erst, sie hätte eigentlich die Küche aufräumen können. Aber dann beschlich ihn seltsamerweise in der Stille der leeren Wohnung ein ungutes Gefühl. Vorsichtig öffnete er die Tür zu Aurelies Zimmer, und diesmal sah er sie gleich. Sie lag auf dem Sofa. Wilhelm war froh, daß sie nicht mehr schwarzweiß geschminkt war. Sehr blaß sah sie aus und ein wenig fremd. Kein Geräusch schien sie aus ihrem tiefen Schlaf wecken zu können. Wahrscheinlich hatte sie sich aus Verzweiflung über Serlos Abreise bis oben hin voll Tabletten gepumpt.
»Aurelie«, sagte Wilhelm lauter als gewöhnlich, »wach endlich auf!«
Sie bewegte sich nicht, sie zuckte mit keinem Lid, sie lag da, als sei sie gestorben.
Wilhelm ging mit festen Schritten durch das Zimmer, öffnete das Fenster, stieß absichtlich an einen Stuhl und machte Krach. Erst als das alles nichts half, beugte er sich über sie und berührte ihre Hände, mit denen sie einen Umschlag festhielt. Kalt. Ihre Hände waren ganz kalt, auch ihre Arme, ihr Gesicht. Er faßte alles an, berührte jede Stelle ihres Körpers, die nicht bedeckt war, obwohl er längst begriffen hatte, daß sie tot war. Er setzte sich schließlich neben sie, starrte sie an und flüsterte ein ums andere Mal: »Aurelie, Aurelie.«
Später wußte er nicht mehr, wie lange er bei ihr gesessen hatte. Er wußte nur, daß er es plötzlich nicht mehr neben ihr hatte aushalten können. Er hatte zu schwitzen begonnen und dann geheult. Er hatte ihr den Brief aus den Händen genommen und

seinen Namen darauf gelesen. Er hatte ihn in die Tasche gesteckt, ihn dann gleich wieder herausgeholt, geöffnet und einen zweiten darin gefunden, der an Lothario gerichtet war und den er, Wilhelm, persönlich bei ihm abgeben solle.
Irgend etwas hatte er versäumt, das war ihm klar geworden, aber er hatte nicht gewußt, was es war. Er hatte nur Schuld gefühlt, die sich auf ihn zuwälzte und von der er wußte, daß er ihr nicht ausweichen konnte. Serlo war zu früh weggefahren, und Mignon war zu spät auf den Gedanken gekommen, Aurelie in die Mariannenstraße zu holen.

»... alles, was uns begegnet, läßt Spuren zurück ...«

Sechstes Kapitel

In der Hoffnung, daß Serlo nach Berlin zurückkommen würde, hatte man die Beerdigung hinausgezögert. Aber Serlo war nicht gekommen und hatte auch nicht auf das Telegramm mit der Todesnachricht von Aurelie reagiert. So wurde Aurelie ohne Feierlichkeiten unter die Erde gebracht. Weder spielte die Orgel noch sang ein Chor. Nur der Segen des Pfarrers unterbrach die Stille der Friedhofskapelle. Wilhelms Blumengebinde sah armselig aus. Mignons selbstgepflückter Strauß, den sie auf den Sarg gelegt hatte, war heruntergerutscht. Der Pfarrer sprach nach dem Segen ein paar Worte, so leise, daß Wilhelm sie gar nicht verstand. Aurelies Sarg wurde auf einem Wagen hinaus zum Grab gefahren. Auch hier ging alles schnell.

Der Pfarrer warf drei Hände voll Erde ins Grab, Wilhelm und Mignon folgten seinem Beispiel. Das war das letzte, was sie für Aurelie tun konnten.

»Sie ist an der Liebe gestorben«, sagte Wilhelm zum Pfarrer, als er sich verabschiedete.

Der Geistliche schüttelte den Kopf. »An der Liebe stirbt man nicht, junger Freund, höchstens an der Unfähigkeit dazu.«

Unschlüssig blieb Wilhelm neben dem Grab stehen und sah zu, wie zwei Friedhofsgärtner mit geübtem Griff die Bretter entfernten, die das Grab bis zur Bestattung eingerahmt hatten. Dröhnend fiel Erde auf den Sarg. Die Männer arbeiteten schnell. Da die Trauergemeinde fehlte, fuhr einer von ihnen

einen Schaufelbagger heran und schob damit den Erdhaufen neben dem Grab in die Grube zurück.
»So wird das gemacht?« fragte Mignon entsetzt.
Es stank nach Benzin, der Bagger lärmte.
»Komm«, sagte Wilhelm und zerrte Mignon zwischen den Grabsteinen entlang zum Mittelweg.

Seit acht Tagen waren Philine und Friedrich weg. Die Baubude war in Wilhelms Besitz übergegangen. Dafür hatte er bei Laertes im Café Friedrichs Arbeit übernommen. Lohn gab es zwar nicht, aber Essen und Trinken waren kostenlos, und hin und wieder drückte ihm Laertes ein paar Mark in die Hand.
In der Adalbertstraße waren die Maurerarbeiten ebenfalls beendet, und es wäre für Wilhelm an der Zeit gewesen, sich nach einer geregelten Tätigkeit umzusehen. Aber dazu verspürte er keine Lust. Er ging herum und wußte nichts mit sich und seiner Zeit anzufangen. Aurelie ging ihm durch den Kopf und die Frage, ob er ihren Tod hätte verhindern können. Seine Kleidung wurde unordentlicher, und hätte ihm Mignon nicht hin und wieder sein T-Shirt und die Socken gewaschen, wäre er noch mehr heruntergekommen. Er schlief schlecht, wirre Träume quälten ihn. Philine und Friedrich fehlten ihm. Alle anderen gingen ihm auf die Nerven. Laertes beschwerte sich über seine Launenhaftigkeit, und Mignon konnte sich soviel Mühe geben, wie sie wollte, Wilhelm blieb unzufrieden und schweigsam.
Eines Tages fiel ihm Aurelies Brief in die Hände. Er hatte ihn zusammen mit Manuskriptblättern weggepackt und vergessen wollen. Niemand wußte etwas davon. Von Anfang an hatte ihm Aurelies Wunsch, Lothario nach ihrem Tod diesen Brief zu bringen, Schwierigkeiten gemacht. Was ging ihn dieser

Mann an, dem es nichts ausmachte, wenn ein Mädchen seinetwegen unglücklich wurde?
Plötzlich spürte Wilhelm die Wut, die die ganze Zeit in ihm gesessen haben mußte. Aurelie war von Lothario genauso gedemütigt und sitzengelassen worden wie er von Mariane. Wilhelm hatte es ausgehalten, Aurelie nicht. Der Wunsch, Lothario all das zu sagen, was er Mariane nicht hatte sagen können, brachte ihn in Bewegung. Zum erstenmal seit Aurelies Tod fühlte er sich wieder wohler.
»Ich muß nach Moabit«, sagte er zu Mignon, »du kannst nicht mit.«
»Warum nicht?«
»Weil du nicht alles zu wissen brauchst.«
Er duschte, zog sich ein sauberes T-Shirt an und machte sich die Fingernägel sauber. Als er den Brief in die Tasche gesteckt hatte, fühlte er sich so, als hätte er etwas vor, auf das er sich freuen könnte.
»Ich möchte doch mitkommen«, sagte Mignon, und Wilhelm änderte seinen Entschluß. »Gut«, sagte er, »komm mit!«
Wie man Lothario in der Klinik erreichte, stand auf dem Umschlag. Der Eingang war von der Birkenstraße aus zu erreichen. Die großen roten Backsteingebäude erinnerten Wilhelm eher an eine Kaserne als an ein Krankenhaus. Jede Abteilung war mit Buchstaben und Zahlen bezeichnet. Wilhelm verglich die Angaben auf dem Umschlag mit denen über den Türen, während er mit Mignon durch die langen Gänge vorbei an Schwestern und Patienten, Rollbahren und Essenwagen ging.
»Meinst du, wir haben uns verlaufen?« wollte Mignon wissen. Wilhelm überlegte gerade, ob er jemanden fragen sollte, als der Abbé auf sie zukam. Er trug eine Aktentasche, schien ganz

in Gedanken versunken zu sein und blieb erst stehen, als Wilhelm ihn grüßte.
»Nanu?« sagte der Abbé überrascht, »was machst du hier? Besuchst du einen Patienten oder bist du krank?«
»Nein, nein«, antwortete Wilhelm, »ich suche einen Arzt, dem ich eine Nachricht bringen muß, und kann ihn in dem Gewirr von Gängen und Stationen nicht finden!«
Mignon mischte sich ein. »Lothario heißt der Doktor, zu dem wir müssen.«
»Zu Lothario wollt ihr? Da komme ich gerade her. Beeilt euch, in einer halben Stunde hat er Visite. Sag ihm, daß ich dich kenne.« Er klopfte Wilhelm auf die Schulter. »Ihr müßt hier die Treppe hinaufgehen, den Gang entlang und bei der ersten Gelegenheit rechts, dann ist es das letzte Zimmer. Ich freu mich, daß du mit Lothario zu tun hast, ich halte sehr viel von ihm.«
Ohne eine weitere Frage zu stellen, winkte der Abbé erst Wilhelm, dann Mignon zu und ging weiter.
»Los«, forderte Mignon Wilhelm auf, »beeilen wir uns!«
Wilhelm war verwirrt. Woher kannte der Abbé Lothario, und wieso hielt gerade er so viel von einem Mann, der Aurelie in den Freitod getrieben hatte? Wilhelm überlegte, ob er dem Abbé nachlaufen solle, um ihn nach Lothario zu fragen. Er hatte plötzlich gar keine Lust mehr, Lothario aufzusuchen.
»Komm endlich«, drängelte Mignon, die Wilhelms Zögern nicht begriff.
»Ich hab's mir anders überlegt! Nach dem, was der Abbé gesagt hat...«
»Wieso denn?« Mignon blieb ungeduldig stehen. »Auf einmal? Was der Mann gesagt hat, war doch ganz unwichtig für uns.«

»Komm hier weg!« gab Wilhelm wütend zurück.

Mignon machte ein trotziges Gesicht.

»Du weißt ja gar nicht, was ich will!« fuhr Wilhelm sie an.

»Doch«, sagte sie, ohne Wilhelm anzusehen, »du hast einen Brief von Aurelie für den Doktor. Toten muß man das Wort halten.«

»Hast du geschnüffelt?«

»Nein, aber du hast im Schlaf davon geredet«, behauptete Mignon, »und jetzt weiß ich's eben.«

»Also gut«, Wilhelm seufzte, »gehen wir.«

»Der Herr Doktor ist in seinem Zimmer«, sagte eine Schwester, als sie endlich die bezeichnete Türnummer gefunden hatten. Wilhelm klopfte und betrat, ohne eine Aufforderung abzuwarten, das Zimmer. Mignon blieb zurück.

Er hatte sich Lothario unsympathisch vorgestellt, klein, nervös, eitel, geschwätzig, arrogant. Der aber, der da am Schreibtisch saß, paßte überhaupt nicht in Wilhelms Vorstellungen. Als erstes fielen ihm die ruhigen vertrauenerweckenden Augen auf, er trug einen kurzen Vollbart und ein Jeanshemd, das unter dem geöffneten Arztkittel zu sehen war. Lothario legte sofort den Stift hin, mit dem er eben noch etwas aufgeschrieben hatte, und fragte Wilhelm nach seinen Wünschen.

»Ich komme privat«, stotterte Wilhelm und zog Aurelies Brief aus der Tasche.

»Setzen Sie sich«, sagte Lothario und bot Wilhelm einen Stuhl an.

Aber Wilhelm war es unmöglich, sich zu setzen. Er fühlte, wie sich die Muskeln seiner Schultern verkrampften. Am liebsten hätte er auf dem Absatz kehrt gemacht und wäre davongelau-

fen. Angestrengt überlegte er, wie er seine Sache vortragen sollte.
Lothario wartete geduldig.
»Ich heiße Wilhelm Meister«, sagte Wilhelm schließlich und drehte den Brief zwischen den Fingern.
»Also, was kann ich für Sie tun?«
Das war schon die zweite Aufforderung. Wilhelm mußte reden, ob er wollte oder nicht.
»Aurelie ist tot«, platzte er heraus, »sie hat sich mit Tabletten umgebracht.«
Lothario verzog keine Miene, sah Wilhelm nur aufmerksam an.
Wilhelm trat einen Schritt vor und hielt den Brief Lothario hin. »Den hatte sie in der Hand, als ich sie gefunden habe. Ich sollte ihn herbringen.«
Lothario öffnete den Brief und las ihn. Es dauerte lange, und Wilhelm überlegte sich gerade, daß Lothario der Zeit nach Aurelies Zeilen mindestens dreimal gelesen haben mußte, als das Telefon klingelte. Lothario faltete den Brief zusammen, steckte ihn ein und nahm den Hörer ab. Alles, was auf der anderen Seite des Telefons gesagt wurde, schien ihn sehr zu interessieren, obwohl er immer wieder versuchte, das Gespräch zu unterbrechen.
Schließlich sagte Lothario ungeduldig: »... nur, daß meine Nachricht gar nicht gut ist. Ich habe sie eben bekommen ...« Gedankenverloren sah er Wilhelm dabei an. Die Nachricht von Aurelies Tod und ihr Brief hatten ihn sicher schockiert. »Ich bin ziemlich verzweifelt«, sagte er jetzt, »keiner von uns hatte damit gerechnet. Du etwa?«
Aber plötzlich schien er erleichtert, freute sich sogar. Also sei der Brief überholt? Lothario lächelte. »Gut«, sagte er, »dann

muß ich dem Abbé noch Bescheid geben. Wer holt die Handzettel aus der Druckerei?«
Wilhelm begriff, daß es bei dem Telefonat gar nicht um Aurelies Brief ging, auch nicht um ihren Tod. Lothario war mit etwas ganz anderem beschäftigt. Jetzt sah er auf die Uhr, dann zu Wilhelm. »Kannst du autofahren?«
Wilhelm nickte, Lothario sagte ins Telefon, daß er hier jemanden hätte, der die Handzettel holen könne, und er froh sei, daß sich auf diese Weise noch alles zum Guten wende. Weiter hörte Wilhelm nicht zu. Grußlos rannte er aus dem Dienstzimmer. In der Tür stieß er fast mit einer Krankenschwester zusammen, die einen Medikamentenwagen neben sich hatte, im Arm einen Stapel Papier, und Lothario zurief, daß es Zeit für die Visite sei.
»Entschuldigung«, murmelte Wilhelm. Er sah sich nach Mignon um, die auf der anderen Seite des Flures am Fenster stand. »Komm«, er winkte ihr zu, »komm bloß weg hier.«
Er packte sie an der Hand und zog sie mit sich den Gang entlang, ohne ein Wort der Erklärung.
Hinter ihnen fiel eine Tür ins Schloß, Wilhelms Name wurde gerufen, er hörte Schritte und die Stimme der Schwester: »Herr Doktor, wir müssen jetzt anfangen!«
Wilhelm drehte sich nicht um und blieb erst stehen, als er eine Hand auf seiner Schulter spürte.
»Warte, bitte«, sagte Lothario, »du weißt ja gar nicht, was los ist.«
»Will ich auch nicht«, gab Wilhelm zurück. Er war erstaunt, daß Lothario hinter ihm hergelaufen war und daß er ihn auf einmal duzte.
»Wilhelm«, sagte Lothario, »du hast alles in den falschen Hals gekriegt. Ich weiß ...« Er sah ihn bittend an, »natürlich hat

mich Aurelies Brief betroffen gemacht, erst recht ihr Tod. Nur kamen hier zwei Dinge zusammen, verstehst du?«
»Nein!«
Lothario nickte, als begriffe er nichts schneller als Wilhelms Ablehnung. »Ich erklär dir das alles, nur jetzt hab ich keine Zeit dazu. Kannst du uns helfen? Der Abbé ist nämlich schon weg.«
»Stimmt, ich hab ihn getroffen.«
»Du kennst ihn?« Lothario schien erleichtert. Er holte einen Autoschlüssel aus der Tasche, Papiere und einen Zettel, auf dem zwei Adressen standen. »Der Abbé gehört auch zu unserer Organisation.«
»Aber ich gehöre zu keiner Organisation!« Wilhelm war entschlossen, endlich zu gehen. Er war wegen Aurelie hierher gekommen, alles andere interessierte ihn nicht.
Lothario sah zu seinen Kollegen hinüber, die jetzt gemeinsam eines der Krankenzimmer betraten, um mit der Visite zu beginnen.
»Hör zu, es ist idiotisch von mir, dich noch weiter zu bitten, aber es bleibt mir keine Wahl, ich vertrau dir einfach.«
Er drückte Wilhelm den Schlüssel in die Hand und Mignon den Zettel mit den Adressen. »Die Druckerei ist in Kreuzberg, die Buchhandlung von Therese in Friedenau. Sie braucht die Handzettel, die müssen heute raus, sonst ist alles zu spät.«
Lothario lief den Gang zurück, blieb noch einmal stehen und rief ihm zu: »Mein Auto steht unten links auf dem Parkplatz, roter Golf, die Nummer steht in den Papieren. Den Wagen könnt ihr dann bei Therese stehenlassen.«
Weg war er, verschwand einfach hinter seinen Kollegen und der Schwester im Krankenzimmer.
»Und jetzt?« fragte Mignon.

»Das möchte ich auch wissen. Der ist doch nicht ganz dicht, oder?«
Mignon zeigte auf die Autoschlüssel. »Du hast sie ihm aber abgenommen. Jetzt mußt du das machen mit den Zetteln.«
»Gar nichts muß ich«, brummte Wilhelm, »die Schlüssel kann ich auch an der Pforte abgeben. Ich laß mich nicht von dem überrumpeln.«
»Aber wir könnten autofahren, du und ich.« Sie sagte das nur so hin, schob ihre Hand unter seinen Arm und lächelte ihn an. »Wär das nicht toll?«

Die Druckerei lag im Hinterhof, dritter Stock. Sie war nicht leicht zu finden, kein Schild, kein Name, irgendwo ein Pfeil, auf dem *Hier geht's lang* stand, dann eine Eisentür.
»Ist hier jemand?«
Nein, niemand war zu sehen. Wilhelm und Mignon gingen von einem Raum in den anderen. Hier wurde mit Fotosatz gearbeitet. Es gab keine großen Maschinen. Die fast schwarzen Wände waren voller Plakate, Blechtonnen dienten als Papierkörbe, bedrucktes Papier war in Stapeln auf Holzlatten aufgebockt, fix und fertig zum Abtransport.
»Ist hier niemand?«
Sie gingen wieder zurück auf den Flur und von dort durch eine andere Tür. Hier wurden graphische Arbeiten verrichtet, längs der Wand stand ein langer Zeichentisch, beladen mit einer Menge Papierrollen.
»Hallo!«
Wilhelm zuckte zusammen, ging aber dem Hallo nach bis in einen kleinen Raum, der mit Autositzen möbliert war. Auf einem Tisch standen leere Flaschen, eine Kaffeekanne und ein randvoller Aschenbecher.

»Lothario hat schon angerufen, daß du kommst«, sagte ein Junge in ausgefransten Jeans und einem weit über den Gürtel hängenden Pulli.

»Lothario?« fragte Wilhelm zurück.

»Bist du nicht Wilhelm?«

»Doch, bin ich!«

»Na also«, sagte der in dem langen Pulli, während ein anderer, der an einer Schreibarbeit saß, wortlos mit dem Daumen über seine Schulter hinweg auf mehrere Packen Papier zeigte. »Da!«

Mit einem Blick sah Wilhelm, daß die Handzettel nicht alle auf einmal ins Auto transportiert werden konnten, und das hieß, daß er den Weg in den dritten Stock zweimal machen mußte.

»Mit mir nicht«, sagte er und winkte ab.

»Wieso, bist du körperbehindert?« fragte der mit dem langen Pulli und lud sich den Arm voll. Jetzt erst sah Wilhelm, daß jeder Packen außen mit einem Zettel beklebt war, auf dem UNSER FRIEDEN stand und *Ausstellung verschiedener Gruppen und Initiativen zum Thema: Frieden als Ausweg*. Darunter war eine Reihe von Aktionen aufgeführt, von denen Wilhelm als erstes der Malwettbewerb »Bilder gegen den Krieg« seiner Schule in Lichterfelde auffiel. Das war sicher der Beitrag des Abbé. Außerdem wurde eine Fotoausstellung über Auschwitz angekündigt, eine zum Thema *Kinder im Krieg* und *Über die Auf- und über die Abrüstung in Europa, Aufgaben und Ziele der Kriegsdienstverweigerer in der Bundesrepublik, Kriegsspielzeug unter dem Motto: Erziehung gegen Gewalt.* Wilhelm las flüchtig etwas von einer Diskussionsrunde, die zwischen alten und jungen Leuten über die Zeit während des Zweiten Weltkrieges stattfinden sollte. Dann wurde er unterbrochen.

»Alles drauf?«

Wilhelm antwortete nicht, nahm so viele Packen unter die Arme wie er tragen konnte.
»Macht ihr da auch mit?« fragte er und erfuhr, daß die beiden die Handzettel für die Bewegung umsonst gedruckt hatten und daß das ihr Beitrag sei.

Die Buchhandlung war leicht zu finden. Eine junge Frau stand in der Ladentür und winkte Wilhelm zu.
»Wetten«, sagte Wilhelm zu Mignon, »daß Doktor Lothario uns hier auch schon angekündigt hat?«
Tatsächlich, die junge Frau kam auf das Auto zu, machte die Tür auf und beugte sich in den Wagen. »Lothario hat mich angerufen. Ich helf euch ausladen, dann geht's schneller ...«
»Aber wir haben Zeit«, entgegnete Wilhelm und betrachtete die junge Frau. Wie sie gleich zupackte, Mignon herausbat und ihm einen Parkplatz anwies, das gefiel ihm. Kaum war er ausgestiegen, drückte sie ihm einen der Packen in die Hand.
»Du gehst am besten auch gleich rüber in die Sentastraße, da ist der Teufel los. Der Hausbesitzer will uns die Ausstellung verbieten. Er behauptet, wir wären Kommunisten. Seinem Hausmeister, der uns die Erlaubnis gegeben hat, will er kündigen!«
»Was soll ich denn dabei?« fragte Wilhelm.
»Na hör mal ...« Der jungen Frau kam Wilhelms Frage absurd vor, offensichtlich hielt sie seine Frage für einen Scherz. Überhaupt schien sie nicht zu merken, daß er mit dieser Friedensgeschichte nichts zu tun haben wollte.
»Ich heiße Therese, Lothario hat's dir wohl schon gesagt«, rief sie ihm über die Schulter zu, während sie wieder einen Packen Flugblätter aus dem Wagen hob. Wenn Mignon lieber bei ihr im Laden bleiben wolle, um sich Bücher anzusehen, dann

könne sie das gerne tun, Wilhelm solle sich jetzt lieber beeilen.
»Ich kann nicht lesen«, antwortete Mignon.
»Du kannst nicht lesen?« fragte Therese, und ihre Hände streichelten dabei über Mignons Kopf. »Dann wirst du es lernen.« Sie wandte sich wieder Wilhelm zu. »Die Sentastraße ist hier rechts. Dort drüben das graue Haus mit den hohen Sträuchern davor, da müßt ihr hin. Parterre rechts, der Abbé ist schon da.«
»Gehören ihm die Räume?«
»Nein, Lothario und mir. Es wird unsere Wohnung. Aber wir wollen vor unserem Einzug die Zimmer für eine Friedensausstellung nutzen.«
»Und warum?«
»Wegen dem Friedensmarsch nächste Woche, damit die Leute wissen, warum sie mitgehen sollen.«
»Und welcher Gruppe gehört ihr an?«
»Keiner«, sagte Therese, »weißt du denn so wenig von Lothario?«
»Nichts, ich habe ihn vor zwei Stunden zum erstenmal gesehen.«
»Und du hast nichts mit der Bewegung zu tun?«
Wilhelm schüttelte den Kopf, und da er Therese nicht erklären konnte, wieso er die Handzettel hergebracht hatte, sagte er schnell: »Ich geh mal rüber, aber später muß ich noch mit Lothario reden. Ich hab da noch was in Ordnung zu bringen.«
»Komm«, sagte Mignon und zog ihn weg, »sieh mal, wer da ist!«
Erst erkannte Wilhelm niemanden, sah nur einen verhältnismäßig kleinen und dicken Mann, der aufgeregt auf einen anderen einredete. Der Kleine sprach laut, und Wilhelm hörte am Akzent, daß es sich um einen Ausländer handelte.

»Ich will meinen Posten nicht verlieren«, schrie er und schlug die Hände ineinander.
»Wenn Ihr Chef kommt, werde ich mit ihm reden, Sie wird keine Schuld treffen«, sagte der andere, in dem Wilhelm jetzt Jarno erkannte.
Aber der Kleine ließ sich nicht beruhigen, zupfte Jarno am Ärmel und schlug einen anderen Ton an. »Ich bin Hausmeister, ich mache, was der Chef sagt, und der sagt, keine Politik in seinem Haus, nicht sowas wie das!«
Er zeigte auf ein Plakat, das vor dem Haus auf einer Tafel angebracht worden war und auf dem schon von weitem die Worte UNSER FRIEDEN zu lesen waren. Unter der Schrift war eine Kinderzeichnung zu erkennen, auf der Soldaten Säuglinge auf ihren Armen trugen und über Gewehre hinwegstiegen. Der Hausmeister riß das Plakat ab und stopfte es in eine Mülltonne, ohne Jarno auch nur noch eines Blickes zu würdigen. Wilhelm war so überrascht, neben dem Abbé auch Jarno in Lotharios Organisation zu treffen, daß ihm nicht einmal einfiel zu grüßen.
Mignon ging geradewegs auf den Hausmeister zu und rief ihm etwas zu. Wilhelm konnte nicht verstehen, was es war, aber der Hausmeister hörte auf, in der Mülltonne herumzustochern. Er wiegte den Kopf hin und her, griff nach Mignons Händen und drückte sie an seinen Leib. Dabei redete er wie ein Wasserfall, türkisch oder arabisch, Wilhelm wußte es nicht, aber er war sicher, daß sie kein Wort davon verstand. Sie hörte ihm zu. Dann fragte sie Jarno: »Haben Sie noch ein anderes Plakat? Er wird es nicht mehr abreißen.«
»Wir kennen uns doch«, sagte Jarno, dem offenbar nicht gleich einfiel, wo er Mignon begegnet war. »Mit irgend jemand habe ich dich schon mal gesehen.«

»Mit mir«, antwortete Wilhelm.
Erst jetzt entdeckte Jarno ihn und war überrascht. »Wie es scheint, hast du es darauf abgesehen, immer da zu sein, wo es Theater gibt. Aber hier entwickelt sich ein Drama, das ich gar nicht komisch finde.«
»Sie meinen«, sagte Wilhelm, »Lotharios Ausstellung findet nicht statt?«
»Das hoffe ich nicht«, antwortete Jarno, »das wäre schlimm.«
Schlimm, schlimm, dachte Wilhelm, was ist schon schlimm dabei, wenn eine Ausstellung platzt. »Ich hab damit nichts zu tun«, sagte er, »und Lothario kenne ich auch nur durch Zufall.«
Jarno nickte, als wüßte er das. »Und«, fragte er etwas von oben herab, »was machst du jetzt, bist du immer noch mit dieser komischen Gruppe zusammen?«
»Ja und nein, aber ich habe keine Lust, mit Ihnen darüber zu reden. Ich mag Ihren Spott nicht.«
Jarno winkte gelangweilt ab. »Du hast nur Angst vor deinem eigenen Verstand«, sagte er, »dabei solltest du dich lieber vor deiner Dummheit fürchten. Aber lassen wir das.«
Wilhelm hätte gern eine Antwort darauf gegeben, aber es fiel ihm nichts Gescheites ein. Gerade wollte er sich umdrehen und weggehen, da kam ein Kombiwagen, hielt vor ihnen, dahinter ein zweites Auto, mehrere Leute stiegen gleichzeitig aus, begrüßten Jarno, liefen ins Haus, öffneten Türen, kamen wieder zurück und begannen, die Autos auszupacken. Tafeln wurden herausgetragen, Stellwände, Plakate, Fotos und Kartons. Alles ging geübt und schnell, und Wilhelm hörte, wie einer Jarno zurief, Lothario käme bald und Natalie brächte das Spielzeug, in einer Stunde sei sie hier.
Wilhelm lehnte sich seitwärts an die Mauer. Er mochte nicht

helfen. Tafeln, Kartons und Stellwände wurden an ihm vorbeigetragen, er schaute einfach zu. Jarno war im Haus verschwunden. Mignon hatte ohne Aufforderung begonnen zuzugreifen. »Warum hilfst du nicht?« fragte sie ihn, und einer der Jungen, der das hörte, äffte Mignon nach: »Warum hilfst du nicht?«

Wilhelm wurde eine Tafel in die Hand gedrückt. Er trug sie hinter Mignon her.

»Hier herein«, sagte sie.

Wilhelm stellte die Tafel ab. WER ALS ERSTER SCHIESST, STIRBT ALS ZWEITER stand darauf. Darunter Fotos von Raketen und Flugzeugen, Schaubilder und Schrifttafeln. Wilhelm las nur die Überschriften: PERSHING II, TAKTISCHE ATOMWAFFEN, EUROSTRATEGIE. Daneben Landkarten von Europa, Amerika und der Sowjetunion, auf denen die Standorte der Atomraketen eingezeichnet waren. Raketen, wie Wilhelm las, die weltweit jährlich fünfhundert Milliarden Dollar verschlangen, während eine halbe Milliarde Menschen in Asien, Afrika und Lateinamerika hungerten.

Über so etwas hatte Wilhelm noch nie nachgedacht. Zwar hatte er im Radio oder Fernsehen manchmal was davon gehört, aber es hatte ihn nicht interessiert. Das hatte, seiner Meinung nach, nichts mit ihm zu tun. Und von dem, was er hier auf den Tafeln las, beeindruckten ihn mehr die Zahlen als diese kaum vorstellbaren Tatsachen.

»Sieh dir erst einmal alles an«, sagte Jarno und führte ihn von Raum zu Raum, wobei er kurze Erklärungen zu den einzelnen Themen gab.

Der Abbé war mit seiner Ausstellung fast fertig, bastelte nur noch an der Schrifttafel BILDER GEGEN DEN KRIEG, die er über einer Tür anbringen wollte. Wilhelm half ihm. Etwa

hundert Bilder hatte er hier aufgehängt, die weder mit Überschriften noch mit Unterschriften versehen waren.
»So wirken sie viel stärker«, sagte der Abbé, »besonders die der Zehn- bis Zwölfjährigen.«
Er hatte die Zeichnungen nach Altersgruppen geordnet. Die Kleinen hatten fast nur tote und lebende Menschen gemalt. Je älter die Kinder waren, um so stärker war ihre Phantasie von den Medien beeinflußt. Manche hatten die Folgen vom Gebrauch chemischer Waffen gezeichnet: Bäume ohne Blätter, Vögel ohne Gefieder, andere hatten einen Soldatenfriedhof gemalt, Panzerwracks, zerbombte Häuser.
Jeder Raum stand einem anderen Thema zur Verfügung. Einer davon hatte das Motto MENSCHENVERNICHTUNG.
»127 Kriege hat es nach dem Zweiten Weltkrieg gegeben?« fragte Wilhelm entsetzt.
Niemand antwortete ihm. Er war mit Mignon allein. Sie gingen von Bild zu Bild, und er las ihr vor. »Zweiunddreißig Millionen Menschen sind diesen Kriegen zum Opfer gefallen.« Fotos von Sterbenden, Verwundeten, von Gefolterten und Verbrannten, von Soldaten, Frauen, Kindern und Greisen aus vielen Ländern. Es ging Wilhelm durch den Kopf, was er im ersten Raum gelesen hatte: daß in der Welt stündlich für 100 Millionen Dollar Waffen in der Welt hergestellt werden, die genau diese auf den Fotos gezeigte Wahnsinnsvernichtung bewirkten.
Ein Lachen riß ihn aus seinen Gedanken, ein Lachen, von dem er sofort glaubte, es noch nie gehört zu haben, und doch wußte, wem es gehörte. Sein Herz klopfte. Auf der Suche nach einem Gesicht, das er noch nicht vergessen hatte, ging er von einem Raum in den anderen. Und dann sah er sie, N. Sie kniete am Boden und packte Kriegsspielzeug aus, Soldaten,

Panzer, Raketen, mit denen Jarno und der Abbé einen Kriegsschauplatz aufbauten. Wilhelm starrte sie an, ohne daß sie es merkte.

Ein paar Jungen waren mit Elektronenspielen beschäftigt, automatische Tötung auf Distanz.

»Das hier ist genauso wichtig, Natalie.«

N hieß also Natalie. Wilhelm konnte es noch gar nicht begreifen, viel weniger, warum sie so lustig war.

»Ich habe ihn eingeladen«, kicherte sie, »und er kommt. Ich habe gesagt, ich bin Lotharios Schwester und für alles, was hier passiert, mit verantwortlich.«

»Bist du ja auch«, sagte Jarno, der jetzt mit der Aufstellung seines Regimentes fertig war.

»Ha«, schrie plötzlich der Abbé und schlug sich mit der Hand gegen die Stirn, »bei deiner Strategie habe ich dich in ein paar Stunden bis auf den letzten Mann vernichtet.«

»Was?« rief Jarno. »Vernichtet? Mich?« Er schob plötzlich hinter einem Hügelchen Panzer hervor, »und hier ...«, Raketen, die der Abbé nicht gesehen hatte, »und hier!«

»Halt«, der Abbé winkte ab, »diese Waffen gelten nicht, die sind im letzten Krieg nicht eingesetzt worden, die gab's da noch nicht!«

»Ihr spielt ja richtig Krieg«, sagte Natalie.

»Scheint so«, antwortete Jarno, »wir sind eben nicht waffenlos groß geworden. Da siehst du's mal, wir müssen uns auch noch ändern, nicht nur die Umwelt.«

Während die beiden Krieg spielten, überlegte Wilhelm, wie er Natalie ansprechen könnte. Mignon, die ihn beobachtet hatte, wurde ungeduldig. »Komm«, sagte sie, »den Raum da drüben haben wir noch nicht gesehen.«

Wilhelm hörte gar nicht richtig hin, er schüttelte ihre Hand ab.

Statt dessen zog er das kleine Tüchlein hervor, das er immer bei sich trug, ging zu Natalie, hielt es ihr über die Schulter hin und sagte: »Du hast dein Taschentuch verloren.«
Sie steckte es gleichgültig ein, sagte zwar danke, aber sonst schien ihr nichts dazu einzufallen. Auch Wilhelms Stimme weckte keine Erinnerung in ihr. Sie drehte sich nicht einmal um. Aus, dachte Wilhelm, alles Einbildung, sie weiß gar nicht mehr, wer ich bin, und so sagte er mehr aus Enttäuschung als aus Überlegung: »Das hast du in Kreuzberg verloren.«
»Moment mal!« Sie kramte das Tüchlein wieder aus der Tasche, stand auf und sah Wilhelm genau an. »Du bist das?« Sie strich ihm die Haare an der Stelle zurück, wo ihn der Stein getroffen hatte. »Gut geheilt.« Einen Augenblick lang ließ sie die Hand auf der Narbe liegen. »Wer hat dich denn damals weggeholt?«
»Ich«, sagte Mignon, »ich und der Harfner.«
»Was geht denn hier vor?« fragte plötzlich einer, den zuvor niemand bemerkt hatte. Und weil er nicht gleich Antwort bekam, fuhr er mit Nachdruck fort, daß er der Hausbesitzer sei, die Räume nicht zu Ausstellungszwecken, sondern als Privatwohnung vermietet habe und eine Erklärung wünsche.
»Da haben wir's«, sagte Jarno leise.
Der Hausbesitzer sah sich nicht um, redete, ohne jemanden anzuschauen, klopfte nur mit einem Stock auf den Fußboden. Er wolle in seinem Haus keine politischen Veranstaltungen, sagte er, blickte auf den Kriegsschauplatz, den Jarno und der Abbé aufgebaut hatten, und umkreiste dann bedächtig den Sandkasten. »Gestatten?« sagte er ein bißchen affektiert, griff zwischen die aufgebauten Fronten und stellte Jarnos Soldaten um. »Nur so ist mit Sieg zu rechnen!«
Keiner reagierte. Der Hausbesitzer wurde verlegen. »Ruß-

landfeldzug«, sagte er und schob die Schirmmütze auf seinem Kopf zurück, »ich weiß, wovon ich rede!«
»Wissen Sie auch, daß im Rußlandfeldzug zwanzig Millionen Sowjetbürger umgekommen sind?« fragte Natalie.
Der Mann kniff die Augen zusammen. Natalies Frage ärgerte ihn offensichtlich. »Von unseren zehn Millionen Deutschen, die im Krieg ihr Leben verloren haben, reden Sie wohl nicht?«
»Doch«, mischte sich der Abbé ein, »von denen reden wir auch. Wir reden von allen insgesamt fünfzig bis fünfundfünfzig Millionen Menschen, die durch den Zweiten Weltkrieg sterben mußten. Was glauben Sie, warum wir hier diese Ausstellung machen?«
»Die Wohnung darf nicht gewerblich genutzt werden, und der Plakatanschlag an der Haustür ist gesetzlich nicht gestattet.«
Jarno fürchtete einen nicht zu schlichtenden Streit. Er ging zu Therese, um von dort aus Lothario anzurufen. Zum wiederholten Mal erklärte Natalie, daß es sich hier um eine einmalige Ausstellung vor dem Einzug ihres Bruders handele und daß es nicht um gewerbliche Nutzung, sondern um eine Aufforderung zur Beteiligung am Friedensmarsch ginge.
Es begann ein Hin und Her. Der Hausbesitzer blieb stur, Natalie wurde aggressiv. Auch dem Abbé mit seiner ruhigen Art gelang es nicht, sich durchzusetzen. Im Gegenteil, der Hausbesitzer, der jeden dritten Satz mit den Worten »in meinem Haus« begann, wurde immer wütender. Plötzlich, als schon alles verloren schien und der Hausbesitzer von Polizei, Kündigung, Hausfriedensbruch und ähnlichem sprach, griff Wilhelm ein.
»Ich bin auch eben erst gekommen«, sagte er zu dem aufgebrachten Mann, der so aussah, als wolle er mit niemandem mehr reden, »ich habe mich bis heute nie um das Thema

Frieden gekümmert. Ist ja wohl kaum Sache des einzelnen, habe ich mir gesagt, da sind andere für verantwortlich.« Wilhelm bemerkte, daß der Hausbesitzer ihm mißtrauisch zuhörte. »Hat ja auch was mit Angst zu tun«, fuhr Wilhelm fort.

Aber schon schlug der Mann seinen Stock auf den Boden und schrie: »Angst? Glaubst du, meine Generation hätte sich um Angst gekümmert?« Er drehte sich um und wollte den Raum verlassen. Da kam Mignon, machte ihre kleine Verbeugung und bat den Mann in den Raum mit den Bildern der Menschenvernichtung. Tatsächlich ging der Hausbesitzer mit. Mignon winkte Wilhelm, und der begann langsam und laut vorzulesen, so, als wäre der Hausbesitzer ein Analphabet. Sie führten ihn von Bild zu Bild, von Raum zu Raum. Der Hausbesitzer sah sich alles an, ohne eine Bemerkung zu machen.

»Und vor so etwas soll ich keine Angst haben?« fragte Wilhelm.

Der Mann gab keine Antwort, las jetzt selbst, ließ kein Bild aus, kein Zitat, während ihn Wilhelm und Mignon schweigend begleiteten. Bei den Fotos KINDER IM KRIEG fing der Alte an zu reden, erzählte aus Polen und Rußland, von Flüchtlingen und vom Rückzug der deutschen Armee.

Lothario kam, als Wilhelm, der Hausbesitzer und Mignon mit ihrem Rundgang gerade fertig waren. Der Mann gab den beiden die Hand, und Mignon machte einen Knicks.

»Warum haben Sie mir eigentlich vorher nichts von dieser Ausstellung gesagt?« fragte er und rückte wieder die Mütze auf seinem Kopf zurecht.

»Ich nahm an, Sie würden nicht zustimmen«, gab Lothario freimütig Auskunft.

»So, so, das nahmen Sie also an.« Der Hausbesitzer sah nachdenklich aus, wandte sich plötzlich um und ging.
Die Verblüffung war groß. Niemand hatte mit dieser stillschweigenden Einwilligung gerechnet.
»Das haben wir Wilhelm zu verdanken«, sagte Natalie, »und natürlich auch dir!« Sie strich Mignon über den Kopf.
»Fahren wir jetzt nach Hause?« fragte Mignon und sah Wilhelm an, »Laertes wartet auf uns!«
Ihr Blick störte Wilhelm. Er schnippte mit dem Finger. »Jetzt bin ich hier.« Damit wandte er sich Natalie zu, die mit zwei Jungen die leeren Spielzeugkartons zusammentrug. »Gehn wir noch irgendwo hin?« fragte er so leise, daß es außer Natalie niemand hören konnte.
Überall lag Papier herum, Schnüre und Pappe. Natalie schlug vor, die Aufräumungsarbeiten am nächsten Tag zu machen. »Du kannst mir ja helfen«, sagte sie.
»Und jetzt?« fragte Wilhelm, »kommst du jetzt mit mir?«
Natalie schüttelte den Kopf. Sie sei schon verabredet. Sie sagte nicht, mit wem, und danach fragen konnte er sie nicht, aber gewußt hätte er es gern. Er sah zu den Jungen hinüber, mit denen sie gekommen war. Er hatte mit keinem von ihnen geredet. Vielleicht war einer ihr Freund?
»Natalie«, sagte Wilhelm und fuhr mit der Hand wie zufällig über ihren Arm, »behältst du jetzt das Taschentuch?«
»Na klar behalte ich es.« Sie faltete es auseinander und schneuzte sich kräftig hinein. Dann winkte sie ihm zu, rief rundum ein »Tschüs« und stieg draußen hinter einem Blonden hinein in den Kleinbus.

Ein hoher, verwinkelter Buchladen mit dunklen Holzregalen, die bis zur Decke mit Büchern beladen waren, das war

Thereses Reich. Wilhelm war es unverständlich, wie Therese unter diesen vielen Titeln ohne langes Suchen das vom Kunden gewünschte Buch finden konnte. Er war beeindruckt.
»Hast du das alles gelesen?«
Nein, gelesen hatte sie diese Tausende von Büchern natürlich nicht alle, obwohl Lothario behauptete, daß sie sogar beim Spazierengehen und Zähneputzen ein Buch in der Hand habe. Wilhelm störten die Zärtlichkeiten zwischen den beiden. Aurelie, tot oder lebendig, war hier vergessen. Auch ihr Brief an Lothario blieb immer noch unerwähnt. Sie sprachen über die Ausstellung, und einmal lachte Lothario über einen Scherz, den Therese gemacht hatte und den Wilhelm nicht verstand.
Wilhelm beteiligte sich wenig am allgemeinen Gespräch. Er fühlte sich wie das fünfte Rad am Wagen. Die Organisationsaufgaben für den geplanten Friedensmarsch nahmen kein Ende. Noch immer ging es um Gruppen, die zur Beteiligung aufgefordert werden sollten. Der Abbé hatte eine lange Liste vor sich auf dem Tisch liegen mit Namen, Kontaktadressen und Telefonnummern. Dahinter trug er ein, wer sich auf welche Weise mit wem in Verbindung setzen sollte.
Jarno plante, einen Stand mit Friedensliteratur einzurichten. »Hilfst du mir dabei?« fragte er Wilhelm, und der antwortete höflich: »Wenn Sie wollen?«
»Warum duzt du mich nicht?« Jarno sagte das ganz nebenbei.
»Weiß nicht«, antwortete Wilhelm, »ich hab dich so anders kennengelernt, daran liegt's wohl.« Es war ihm egal, ob er Jarno duzte oder nicht.
»Stimmt«, sagte Jarno, »vielleicht habe ich mich verändert, aber das geht dir wohl auch noch so, wenn du bei uns mitmachst.«

Wilhelm stand auf. Diese Leute brachten es fertig, ihm ein Gefühl zu geben, als wisse er überhaupt nicht, wo's langging, als sei alles, was er bisher gemacht hatte, unwichtig gewesen. Er wurde immer unzufriedener, aber er wußte nicht, ob mit sich selbst oder mit den anderen. Und diese Unzufriedenheit füllte plötzlich die ganze Leere aus, die sich nach den Dreharbeiten zu Serlos Film in ihm ausgebreitet hatte.
Mignon war im Buchladen allein, während alle anderen in der Küche hinter dem Laden saßen. Sie hockte auf der unteren Stufe einer Leiter, einen Stapel Bücher neben sich, eines davon auf ihren Knien, in das sie ganz versunken zu sein schien.
»Du kannst doch gar nicht lesen«, sagte Wilhelm, »warum tust du so?«
Mignon legte alle Bücher zusammen und räumte sie weg.
»Du solltest etwas lernen, Mignon, in eine Schule gehen. Wie willst du es jemals in deinem Leben zu etwas bringen?«
Mignon fuhr mit der Spitze ihres Zeigefingers die Bücherrükken entlang und ging dabei an den Regalen auf und ab. Wie erwachsen sie aussieht, dachte Wilhelm, gar nicht wie ein Kind ihres Alters.
»Ab heute«, sagte Mignon, »ab heute weiß ich genug, um zu lieben und zu trauern.«
Zum Verrücktwerden, dachte Wilhelm, wirklich, manchmal war Mignon verrückt. Er ging aus dem Laden auf die Straße. Natalie, wo war Natalie jetzt? War sie vielleicht mit dem Blonden ausgegangen? Warum war sie nicht hiergeblieben, warum saß sie nicht neben ihm hier draußen vor dem Buchladen auf dem Mauersims? Seit langer Zeit hatte Wilhelm nicht mehr eine so starke Sehnsucht nach Ruhe, nach Geborgenheit gespürt. Es fielen ihm Bilder der Ausstellung ein, Zerstörung,

Brand, Mord und Totschlag. Frieden läßt sich nicht fotografieren, dachte er, nur das Unglück macht auf das Glück aufmerksam.
Würde er morgen Natalie sehen? Er hielt die Luft an und begann, die vorüberfahrenden Autos zu zählen. Wenn er mehr als zwanzig Wagen zählen würde, ohne Luft holen zu müssen, dann würde Natalie morgen auf ihn warten. Nach zwölf Autos mußte er aufgeben, wahrscheinlich stand die Ampel am Friedrich-Wilhelm-Platz auf Rot. Zweimal darf man nicht um ein und dasselbe wetten. Ein ganzer Pulk Wagen fuhr vorbei, mehr als zwanzig, da brauchte er gar nicht zu zählen.
»Hier bist du?«
Das war Lotharios Stimme. Wilhelm drehte sich nicht um, hatte keine Lust, ausgerechnet jetzt über Aurelie zu reden. Lothario hatte zuvor genug Gelegenheit dazu gehabt, jetzt wollte er nicht mehr darüber sprechen. Wilhelm stellte sich stur und rührte sich nicht.
Lothario nahm neben ihm Platz. »Du bist enttäuscht von mir, nicht wahr?«
Wilhelm antwortete nicht.
»Warum hast du mir Aurelies Brief nicht mit der Post geschickt, warum bist du selbst gekommen?«
»Als Aurelie tot war«, sagte Wilhelm, den Blick auf die vorbeifahrenden Autos gerichtet, »wollte ich sie vergessen, erst recht ihren Wunsch, dir den Brief zu bringen.«
Wilhelm zählte wieder Autos, war beim zehnten angelangt, als Lothario fragte: »Du bist aber gekommen. Warum?«
»Ich wollte dir die Meinung sagen. Ich wollte sehen, was du für ein Gesicht machst, wenn du ihren Brief liest.«
»Du hast sie gern gehabt?« fragte Lothario.
»Was heißt gern gehabt, sie hat mir leid getan, weil sie so

kaputt war, Tabletten hat sie genommen – alles wegen dir, weißt du das eigentlich?«

Jetzt sah Wilhelm Lothario doch an, plötzlich fühlte er wieder die alte Wut, die Trauer, die eigene Verlassenheit, wenn auch nicht mehr so stark wie in Aurelies Gegenwart.

»Nein«, sagte Lothario, »sie hat immer schon Tabletten genommen.«

»Ach so«, höhnte Wilhelm, »so leicht machst du dir das – drogensüchtig, erledigt, fertig, Schuldfrage geklärt. Hat nichts mit dir zu tun, ja?«

»Schuld«, sagte Lothario nachdenklich, »was heißt Schuld? Natürlich, ich habe einen Fehler gemacht: Ich hätte Freundschaft nicht mit Liebe verwechseln sollen ...«

»Die du ihr vorgetäuscht hast?« unterbrach Wilhelm.

»Vielleicht. Aber sie war nicht liebenswürdig, wenn sie liebte, das habe ich zu spät bemerkt. Ihre Egozentrik ging mir auf die Nerven, ihre ständige Beschäftigung mit sich selbst nahm mir mit der Zeit alles Interesse an ihr. Sie erstickte mich in ihrem Bedürfnis, mich zu besitzen, verstehst du das?«

»Was weiß ich«, sagte Wilhelm, der nicht mit dieser Offenheit Lotharios gerechnet hatte, »ich weiß nur, daß sie sich das Leben genommen hat.«

»Siehst du«, sagte Lothario, »und dafür ist niemand anderes als sie selbst verantwortlich, ob dir das paßt oder nicht.«

»Es paßt mir nicht«, sagte Wilhelm, »es paßt mir ganz und gar nicht.«

Mignon war in die offene Ladentür getreten. Geduldig stand sie da und wartete auf das Ende des Gesprächs. Wilhelm ging durch den Kopf, daß Mignon eigentlich immer auf etwas wartete. »Komm«, sagte er und klatschte in die Hände, »wir fahren nach Hause.«

Sie verabschiedeten sich nicht, sie winkten niemandem, sie gingen einfach fort und sprachen auch miteinander auf dem Heimweg kein Wort, bis sie die Tür der Baubude hinter sich geschlossen hatten.
»Gehst du morgen wieder hin?« fragte Mignon.
»Ja.«
»Machst du ab jetzt bei denen mit?«
»Ja.«
»Wirst du auch Natalie wieder treffen?«
»Ja.«
»Bist du in sie verliebt?«
»Ja«, brüllte Wilhelm, obwohl Mignon ganz leise gefragt hatte.

Wilhelm hatte schlecht geschlafen. Schon in der ersten Morgendämmerung sah er auf die Uhr und begann die Stunden zu zählen, bis er nach Friedenau fahren könnte. Natalie, Natalie, er konnte an nichts anderes mehr denken.
»Mignon«, sagte er am nächsten Morgen, »ich kann dich heute nicht mitnehmen.«
»Ich weiß«, antwortete sie und legte die Schlafdecken zusammen. Ihre stille Ergebenheit reizte Wilhelm, er hatte ein schlechtes Gewissen. »Wirst du Laertes helfen?«
»Nein«, sagte sie, »ich fahre zum Harfner.«
»Zum Harfner? Du kommst allein nicht in die Klinik, ich muß da mit, warte bis morgen.« Ihre Selbständigkeit wurmte ihn, noch mehr, daß es ausgerechnet der Harfner war, den sie ohne ihn besuchen wollte.
»Laertes fährt mich hin, er sagt, er macht es gern.«
Nun, Mignon mußte es ja wissen, schließlich war der Harfner ihr Vater. Was ging's ihn an. Er schwieg, zog sich sauber und schön an, Mignon sah ihm dabei zu. Dann holte sie ihre Tasche

hervor und begann darin herumzukramen. »Hier«, sagte sie und reichte Wilhelm eine grüne Feder, »bring die Natalie mit.«
»Hab ich gesagt, daß ich zu ihr fahre?« fauchte Wilhelm.
»Ist doch egal, gib sie ihr, grüne Federn bringen Glück.«
Wilhelm wußte nicht, wohin mit der Feder, und steckte sie hinters Ohr. »Grüß den Harfner von mir und sag ihm, ich komm ihn bald wieder besuchen.«

Es roch nach Kaffee, damit hatte Wilhelm nicht gerechnet. Er war auf Arbeit eingestellt und Putzen, dabei hätte er so nebenbei reden und die Pausen mit Fleiß ausfüllen können. Jetzt sah das anders aus. Natalie hatte schon aufgeräumt, den Kaffee gekocht und Brötchen geholt.
»Ich dachte«, sagte Wilhelm, über den unerwarteten Empfang verlegen, »ich soll dir helfen!« Er sah sich in den blitzsauberen Ausstellungsräumen um. Nicht ein Stück Papier lag mehr herum, kein Nagel und kein Karton. Die Fotos sahen bei Tageslicht noch eindrucksvoller aus, ebenso die Schriftzeilen in ihrem leuchtenden Rot. WAS TUST DU FÜR DEN FRIEDEN? las Wilhelm und fürchtete, daß Natalie ihn das laut fragen würde. Nichts, müßte er dann antworten, gar nichts.
Sie setzten sich an einen Tisch. Natalie goß Kaffee ein und bot ihm Brötchen an. Er schluckte und kaute und schielte zu Natalie hinüber. Das Schweigen schien sie nicht zu stören.
»Möchtest du noch etwas?« fragte sie.
Er schüttelte den Kopf, selten war er sich so hilflos vorgekommen. »Was machst'n du eigentlich?« brachte er endlich hervor und war im gleichen Moment ärgerlich über seine Allerweltsfrage.
»Ich bin in einem Kindergarten, Erzieherin, gerade mit der Ausbildung fertig.«

Er nickte. Die zweite Frage mußte in jedem Fall intelligenter sein. »Und in deiner Freizeit machst du hier mit?«
Jetzt steuerte er genau auf das Thema los, das er hatte vermeiden wollen, weil er nichts dazu zu sagen hatte. Obwohl er keinen Hunger mehr hatte, nahm er sich noch ein Brötchen und schnitt es umständlich auf.
Aber Natalie fragte nicht, sie erzählte, wie ernst sie die Friedensbewegung nähme und mit welcher Überzeugung sie sich dafür einsetzte. »Solange es Atomwaffen gibt, Wettrüsten, Nachrüsten oder wie du es nennen willst, solange gibt es für uns keinen Frieden und damit keine echte Freiheit auf der Welt. – Findest du das blöd?«
»Ich? Nein, natürlich nicht, daran ist doch nichts blöd.«
»Lothario setzt sich noch mehr ein als ich, auch Therese. Die gönnen sich fast kein Privatleben mehr.«
»Bei Lothario fällt mir ein«, unterbrach Wilhelm jetzt, »kanntest du Aurelie?«
»Ja«, antwortete Natalie, »sie ist tot, ich weiß es.« Natalie schien zu überlegen, ob sie weiterreden sollte. Sie stand auf, räumte Teller und Tassen weg. Dann setzte sie sich vor Wilhelm auf die Tischkante. »Es geht mich nichts an«, sagte sie, »aber ich will, daß du es weißt. Sie hat Lothario ständig mit ihrer Liebe erpreßt und für alles, was sie nicht schaffte, ihm die Schuld zugeschoben, sogar für ihren Tod. Das ist gemein. Über die Friedensbewegung hat sie nur gelacht und behauptet, ihr sei der eigene Frieden wichtiger als der Frieden der Welt. Lothario wolle sich mit so etwas nur selbst hervortun. Sie hat ihn verspottet und gequält. Alles hat er sich gefallen lassen, nur weil er Mitleid mit ihr hatte und sie von den Tabletten wegbringen wollte. Sie hat sich geweigert, einen Entzug zu machen, wenn er nicht mit ihr zusammenziehen würde.«

Das, was Natalie sagte, verwirrte Wilhelms Bild von Aurelie als verlassene Frau.

»Ich bin froh, daß du mir das erzählt hast«, Wilhelm nahm Natalies Hand und hielt sie fest, »sehr froh. Eines möchte ich gern noch wissen: Kennt dein Bruder Therese schon lange?«

»Ja«, sagte Natalie, »er hat sie vor Aurelie kennengelernt. Therese hat ihm in den Schwierigkeiten mit Aurelie sehr geholfen. Vor allem hat sie ihn nie bedrängt.«

»Und jetzt«, fragte er, »was machen wir jetzt?«

»Einladungen verteilen. Ich will den ganzen Tag mit dir Einladungen verteilen, damit viele Leute in unsere Ausstellung kommen. Wir gehen in die Häuser und auf die Straße, stellen uns an Kaufhauseingänge, und was wir von Hand nicht loswerden, stecken wir hinter die Scheibenwischer der parkenden Autos. Einverstanden?«

»Einverstanden«, sagte Wilhelm, »nur eine Bedingung habe ich noch: Du mußt mir ein Taschentuch leihen, ich habe meins verloren.«

»Wirklich?« Natalie lachte. Und schon hatte sie wieder so ein kleines Tuch in der Hand, frisch gewaschen und gebügelt. Sie faltete es auseinander und zog es durch eine der Gürtelschlaufen seiner Jeans.

Treppauf, treppab, kein Haus ließen sie aus, steckten ihre Zettel in Briefkästen oder klingelten an den Türen. Dazwischen, in Korridoren, Hauseingängen, auf Spielplätzen und an Straßenecken, erzählte Wilhelm Natalie sein Leben, erzählte von zu Hause, vom Tod seines Vaters, von der Mariannenstraße, von Mignon, dem Harfner, von Philine, von Serlo und dem Film. Nur von Aurelie berichtete er wenig, und seine Liebe zu Mariane ließ er ganz aus.

Einige Male wurden sie mit ihren Handzetteln abgewiesen.

»Euren Friedensmarsch«, sagte ein Mann, »den fangt mal im Osten an, da, wo Leute wie ihr hingehört.« Oder es hieß: »Pazifismus ist Firlefanz; solange der Russe eine Rakete hat, müssen wir zwei haben.«
»Frieden«, höhnte eine Frau, die gerade eine Außentreppe putzte und sie nicht über die Schwelle ließ, »den haben wir ja nicht mal zu Hause, wie soll es ihn da in der Welt geben.«

Gemeinsam hatten sie gegessen, getrunken, sich ihre Erlebnisse erzählt. Auch der Abbé hatte Handzettel verteilt, während Jarno in der Druckerei gewesen war und anschließend mit Therese ein Transparent für den Friedensmarsch gemalt hatte. Lothario hatte die Teilnehmer an der Gesprächsrunde über den Zweiten Weltkrieg zusammengestellt. Vielleicht würde sich der Rundfunk dafür interessieren. Auch Wilhelm berichtete und wurde von Natalie vor den anderen für seinen Einsatz gelobt, was ihn verlegen machte.
»Ich habe das Gefühl«, sagte Jarno, »Wilhelm gehört schon zu uns. Wenn ich das richtig sehe, hast du dich früher hauptsächlich für dich selbst interessiert. Das ist verständlich in deinem Alter, aber man muß auch lernen, für andere zu leben, dann erst begreift man, wer man ist.«
»Wie meinst du das?«
Jarno lehnte sich in seinem Stuhl zurück. Er winkte dem Abbé. »Ich finde«, sagte er, »Wilhelm sollte das lesen, was wir vorhin gerade vervielfältigt haben.«
Der Abbé öffnete einen Stapel Flugblätter und reichte Wilhelm ein Blatt.

> Diene dem Frieden und nicht der Macht. Die Angst, die Du Deinem Gegner nimmst, ist die Grundlage Deiner

eigenen Sicherheit. Der erste Schritt bedeutet: Überlasse die Verantwortung für den Frieden nicht nur Politikern und Militärs, denn allein die geballte Feuerkraft eines einzigen Atomraketen-U-Boots überschreitet das gesamte Zerstörungspotential aller im Zweiten Weltkrieg geworfenen Bomben.

Der Kampf gegen diese nukleare Vernichtung muß da ansetzen, wo sie für Dich bedrohend ist: bei dem wachsenden Risiko eines Atomkriegs.

Der Frieden kann nur durch bewußtes Handeln jedes einzelnen erhalten bleiben, und mit dieser Verantwortung, die bisher keine Macht ernstnimmt, wird die Umkehr zum Friedenswillen bewirkt.

Denn es geht um Deine Zukunft – um Deine Kinder – um Deine Welt und um Dein Leben.

Wilhelm legte das Flugblatt zur Seite, und als alle still waren, sagte Natalie in das Schweigen hinein: »Warum trägst du eigentlich den ganzen Tag eine grüne Feder hinter dem Ohr?« Wilhelm nahm die Feder aus dem Haar und gab sie Natalie: »Sie gehört dir, sie ist von Mignon und bringt dir Glück. Das läßt Mignon dir sagen.«

Siebentes Kapitel

Treffpunkt Wittenbergplatz, so hatte es auf allen Flugblättern gestanden, so war es in einigen Zeitungen zu lesen und im Radio zu hören gewesen. Friedensmarsch, Beginn 15 Uhr. Wilhelm und Mignon hatten sich beeilt, um pünktlich zu sein. Als sie aus dem U-Bahnhof herauskamen, trauten sie ihren Augen nicht. Der ganze Platz war voller Menschen, Hunderte, Tausende, wie Wilhelm schätzte, und mehr jüngere als ältere. Geduldig fragten sich die Teilnehmer zu ihren Organisationen durch, schoben ihre Transparente aneinander vorbei, standen in Gruppen oder hatten sich auf den Bürgersteig gehockt. Alle warteten auf den Abmarsch. Es wurde geraucht, getrunken und diskutiert. Wilhelm dachte, jeder redet hier mit jedem, jeder kennt jeden. Immer wieder hörte er ein Hallo, einen Namen oder einen Gruß. Er sah, wie Leute sich umarmten, sich küßten und sich freuten, einander hier zu treffen. Alle schienen aufeinander gewartet zu haben, hatten ein Ziel und gehörten zusammen.

Wilhelm kannte niemanden. Gern hätte er irgendwo mitgelacht, sich zu irgendeiner Gruppe dazugestellt. Unmöglich in dem Durcheinander, Natalie, Therese oder Lothario zu finden. Er begann, die Schilder der Gruppen zu lesen, Schulen, Jugendgruppen, Frauengruppen, Parteien, Kirchen, Antifaschisten, Amnesty International und unzählige Einzelinitiativen, deren Namen Wilhelm noch nie gehört hatte.

Mignon hielt sich an ihm fest, um in dem Gedränge nicht

zurückzubleiben. Er kam sich verloren vor, überflüssig und unwichtig. Alles, was Wilhelm bisher getan hatte, schien ihm plötzlich nichts wert. Wo gehörte er eigentlich hin? Zu Laertes oder zu Serlo? Nach Hause oder zu Lothario? War er ein Maurer oder ein Dichter? Er wußte es nicht. Er wußte nur eines: So allein unter all den anderen, das machte ihm schwer zu schaffen.

Ein paar Meter von ihnen entfernt standen Leute beieinander, die reihum aus einem Pappbecher Kaffee tranken. Ohne lange zu überlegen, stellte Wilhelm sich dazu. Würde ihm einer Kaffee anbieten? Kurz darauf hatte Wilhelm den Becher in der Hand. »Ist nicht mehr viel drin«, sagte der, der zuletzt getrunken hatte, »aber für euch zwei wird's gerade noch reichen.«

Über einen Lautsprecherwagen wurden jetzt die einzelnen Gruppen gebeten, sich zu sammeln und in der Ansbacher Straße aufzustellen. Ein Gedränge entstand. Jeder wußte, wohin er gehörte.

Vor den Schaufenstern des KADEWE standen Polizisten, den Helm auf dem Kopf, ein Plastikschild in der Hand, breitbeinig und den Blick über die Köpfe hinweg ins Leere gerichtet, unansprechbar. Die kommen sich hier genauso dumm vor wie ich, dachte Wilhelm und zog Mignon hinter sich her in die Ansbacher Straße. »Wir stellen uns an den Anfang des Zuges«, erklärte er ihr, »wir lassen alle an uns vorbeilaufen, bis wir Natalie und die anderen sehen.«

Er drängelte und boxte, überholte die Langsamen, Mignon immer dicht hinter sich. Noch hatte die Demonstration nicht begonnen, und je näher sie der Spitze des Zuges kamen, um so dichter standen die Teilnehmer. Warum hatte er nicht gefragt, bei welcher Gruppe er seine neuen Freunde finden konnte?

Wir gehören keiner Gruppe an, hatte Lothario einmal gesagt, wir kämpfen aus eigener Initiative für alle mit allen, das genügt. Oder hatte Wilhelm nicht richtig zugehört? Lotharios Ideen hatten ihn nicht so sehr interessiert, Natalie war ihm viel wichtiger gewesen, und jetzt wußte er nicht einmal, wohin sie gehörte.

»Da«, rief Mignon plötzlich, »da ist Lothario, im Lautsprecherwagen, siehst du ihn?«

Nein, Wilhelm sah ihn nicht, aber er hörte ihn, und er merkte, daß es die ganze Zeit über Lotharios Stimme gwesen war, die zur Sammlung aufgefordert hatte. Jetzt bat er um Ruhe und Disziplin, gab die Marschroute des Zuges durch und rief die einzelnen Gruppen auf. Wilhelm und Mignon ließen sich los und drängelten sich zum Wagen durch. »Hallo, da bist du ja!« schrie Wilhelm.

Lothario sah sie verdutzt an, hielt das Mikrophon zu und zeigte nach hinten. »Los, los, die haben auf euch gewartet. Der Abbé hat noch ein Transparent, das könnt ihr übernehmen.«

Tatsächlich, da standen sie alle. Therese, neben ihr Natalie. Jarno und der Abbé und noch einige, die bei der Ausstellung geholfen hatten. Wilhelm hatte seine Gruppe gefunden, er rief: »Ich hab euch so gesucht!«

»Uns gesucht?« fragte Jarno, »bei dem Transparent? Den Satz müßtest du langsam kennen, oder meinst du, wir laufen am Schluß mit?« Da stand groß und breit wie auf den Flugblättern: *Frieden schaffen ohne Waffen.* »Hier«, sagte der Abbé und drückte ihm eine der Transparentstangen in die Hand, »trag das mit Jarno, ich nehme ein anderes. Die Mädchen hängen sich die Plakate um, eins vorn, eins hinten.«

Der Abbé postierte sie hinter dem Auto, Mignon in der Mitte. Wilhelm hätte es schöner gefunden, wenn Natalie neben ihm gelaufen wäre, aber er sagte nichts, sah sie nur an, wie sie sich, bis zum Kopf durch die Plakatpappe verdeckt, langsam in Bewegung setzte, Mignon neben sich, die ebenfalls ein Plakat umgehängt bekam.

DIE AUSRÜSTUNG UND AUSBILDUNG EINES SOLDATEN KOSTET SO VIEL WIE DIE ERZIEHUNG VON 80 KINDERN war auf Natalies Rückseite zu lesen. Mignon trug JA ZUM LEBEN – NEIN ZUM TÖTEN! vor dem Bauch. Der Zug kam langsam in Gang. Wilhelm mußte darauf achten, mit Jarno immer den gleichen Abstand zu halten, damit das Spruchband lesbar blieb. Der kleinste Windstoß veränderte Balance und Gewicht, blähte das Tuch oder ließ es einknicken. Auf der Hälfte des Weges würde ihn der Blonde ablösen. Wilhelm war stolz, dabei zu sein, und er wünschte sich Publikum, das jubelte, winkte und in Chören die Parolen wiederholte, die auf den Transparenten standen. Aber es waren kaum Leute auf den Bürgersteigen zu sehen. Die für den Marsch genehmigte Route führte nicht an Geschäften entlang, mehr an Bürohäusern, Tankstellen und unbebauten Grundstücken. Später würde man an Mietshäusern vorbeiziehen und ein paar Zuschauer von den Fenstern aus haben.

»Warum laufen wir eigentlich nicht die Tauentzienstraße und den Kudamm entlang, warum hier, wo kein Mensch ist?« fragte er seinen Nebenmann.

»Na, überleg mal«, antwortete der, »eine Friedensdemonstration ist nicht jedermanns Bier. Nichts gegen Meinungsfreiheit bei uns, aber es fragt sich bloß, wo.«

Wilhelm sah die leere Lietzenburger Straße entlang, in der sonst ein Auto hinter dem anderen fuhr. Abgesperrt war sie, leer wie ein ausgetrocknetes Flußbett.

Wilhelm befürchtete, daß ihm vom Tragen des Transparentes

die Arme steif würden. Er versuchte, sich abzulenken. »Natalie«, rief er, »geh nicht so schnell!«
Aber Natalie winkte nur seitlich hinter ihrem Plakat hervor, drehte sich nicht einmal um. Sie war mit Mignon in ein Gespräch vertieft. Dabei lächelten sie sich zu. Wilhelm hätte gern gewußt, worüber die beiden redeten. Nur das Wort Schule hörte er ein paarmal, sonst konnte er bei dem Stimmengewirr um ihn herum nichts verstehen.
Jarno schimpfte, weil das Transparent durchhing. »Dort an der Straßenecke stehn die Fernsehleute. Die sollen wenigstens lesen, was wir tragen.«
Aus dem Lautsprecherwagen kam jetzt Musik, Friedenslieder aus aller Welt, so hatte es Lothario angekündigt. Wie eng Natalie und Mignon nebeneinander gingen. Nur ihre Köpfe ragten zwischen den Plakaten hervor. Noch einmal las Wilhelm: DIE AUSRÜSTUNG UND AUSBILDUNG EINES SOLDATEN KOSTET SO VIEL WIE DIE ERZIEHUNG VON 80 KINDERN. Achtzig Mignons, dachte Wilhelm, die nichts begreifen, nichts werden und nichts wissen, weil ein Soldat das Töten lernen soll.
Die Hälfte der Strecke zum Winterfeldtplatz hatten sie zurückgelegt, der Blonde löste Wilhelm ab. Das Ende des Zuges war nicht abzusehen, und immer noch, so hieß es, standen Demonstranten am Wittenbergplatz. Also gingen die letzten dort weg, wenn die ersten bereits am Kundgebungsort angekommen waren. So viele Menschen hatte Wilhelm noch nie in einer Demonstration gesehen, Tausende, die alle das gleiche wollten, und er gehörte dazu.
Kurz vor ihm gab es Tumult. Wilhelm drängte sich einige Meter vorwärts und entdeckte eine Gestalt im schwarzen Trikot, auf das ein Skelett gemalt war. Das Gesicht war dunkel

geschminkt und hinter einer weißen Totenkopfmaske versteckt. Die Gestalt tanzte in merkwürdig zackigen Sprüngen, die plötzlich erstarrten, um in einem ruckartigen Krampf zu enden. Schaurig sah das aus. In Wilhelm zog sich alles zusammen. Der Tänzer drehte sich jetzt um, stürzte mitten zwischen die Demonstrierenden, zuckte und ruckte und rührte sich nicht mehr. ATOMTOD – NEIN DANKE stand in weißen Buchstaben auf seinem Rücken.
Friedrich, natürlich, das war Friedrich. Wilhelm lief auf den Freund zu, der jetzt wieder aufgestanden war, um erneut seinen Tanz zu beginnen. »Friedrich«, rief Wilhelm, »bleib doch stehen!«
Aber Friedrich tanzte weiter, und Wilhelm blieb nichts anderes übrig, als neben ihm herzulaufen. »Was machst du hier?« rief er dem Freund zu.
»Ich kämpfe um das Leben meines Kindes!« antwortete Friedrich.
Seines Kindes? Wilhelm war stehengeblieben. »Was für ein Kind?«
Friedrich legte den Arm um Wilhelms Schulter und zog ihn weiter. »Philine ist im dritten Monat.«
Wilhelm staunte. Friedrich und Philine als Vater und Mutter, das war unvorstellbar. »Wo ist Philine?« wollte er wissen.
»Zu Hause, in Hamburg.«
»Und bist du wirklich der Vater?« Wilhelm dachte an den Redakteur, an den Verleger Graf und an Serlo.
»Weißt du«, antwortete Friedrich, »die Vaterschaft beruht nur auf Überzeugung. Ich bin überzeugt, also bin ich der Vater.« Er ließ Wilhelm keine Zeit zu antworten und begann schon wieder herumzuspringen. »Wenn mein Kind sich nicht gleich nach der Geburt totlacht«, rief er Wilhelm zu, »dann soll es

wissen, daß das Leben alles andere ist als ein schlechter Witz.«
Merkwürdig, dachte Wilhelm, es waren alle hier, die er kannte, und auch die anderen um ihn herum kamen ihm immer vertrauter vor. Er fühlte sich wie in einer riesengroßen Familie, und da mußte er an zu Hause denken. Ja, da waren sie einsam, die Mutter ohne den Vater, Werner und die Schwester, die nichts anderes als das Geschäft kannten. Er müßte sie besuchen, sie von ihrem Inselchen in Lichterfelde herunterholen, ihnen erzählen, wie groß schon allein Berlin war und wie klein dagegen ihre ganze Welt. Er hatte plötzlich den Wunsch, der Mutter von allem zu berichten, was er erlebt und gesehen hatte. Diese Friedensdemonstration, dachte er weiter, entsteht aus Liebe zum Leben und aus Liebe zu den Menschen, und das ist wichtiger als Besitz und Macht. Das war ihm noch nie so klar geworden wie jetzt.
Als er dann Laertes sah, wunderte er sich nicht mehr. Er kümmerte sich nicht darum, in welcher Gruppe Laertes mitlief, wichtig war nur, daß Laertes dabei war.
»Warum marschieren wir nicht gemeinsam?« fragte Laertes.
»Wir marschieren doch gemeinsam«, antwortete Wilhelm und breitete die Arme aus.
Auf dem Winterfeldtplatz hatte die Kundgebung begonnen. Über 50000 Bürger, so hieß es über Lautsprecher, hatten sich dem Friedensmarsch angeschlossen. Wilhelm hatte Natalie und Mignon bei Jarno wiedergefunden. Sie halfen ihm an einem der vielen Stände rund um den Platz beim Verkauf der Friedensliteratur.
»Natalie«, sagte er, »nimmst du Mignon mit? Ich möchte nach Hause zu meiner Mutter fahren. Gegen Abend bin ich wieder zurück.«
»Jetzt?« fragte Natalie erstaunt.

»Ja, jetzt«, antwortete Wilhelm.
Sie verabredeten sich bei Therese im Laden, und Wilhelm wunderte sich, daß Mignon ihn so widerspruchslos gehen ließ.

Als Wilhelm die Tür öffnete, schlug ihm ein vertrauter Geruch entgegen. Seitdem er von zu Hause weggegangen war, hatte er ihn nicht mehr gerochen. Die Mutter mangelte, und das ganze Treppenhaus duftete nach frischer, heiß dampfender Wäsche. Die Tür zum Kellerraum, wo die Mutter arbeitete, stand offen, damit sie Telefon und Haustürglocke hören konnte. Wilhelm stand ganz still und horchte, wie er es als Kind so oft getan hatte, von hier oben auf das summende Geräusch der Mangel. Fast immer hatte die Mutter dabei gesungen, komische alte Schlager, die sie immer wieder vor sich hin trällerte. Jetzt war nur das Geräusch der Maschine zu hören, das Aufsetzen und Abheben des erhitzten Metalls auf die sich drehende Walze. Wilhelm stellte sich vor, wie die Mutter dort unten saß. Ein Bein auf dem Fußschalter, das andere unter den Stuhl gezogen, die Arme ausgebreitet, um das Laken zu spannen, damit es faltenlos durch die Maschine lief, den Kopf etwas schief und den Blick konzentriert auf die Kanten gehalten. Wenn die sich einrollten, verkrumpelten die Ränder und ließen die Wäsche nach dem Waschen nicht wie neu aussehen. Wilhelm wußte Bescheid, hatte das alles hundertmal von seiner Mutter gehört. Die Mutter sang nicht. Das störte ihn, als ob eine Unordnung in den vertrauten Vorgang eingebrochen sei. Ohne sich ein Wort der Erklärung, der Begrüßung zu überlegen, sprang er, jeweils zwei Stufen auf einmal nehmend, die Treppe hinunter und stand schon in der Tür.
Da saß sie, in der gewohnten und ihm so bekannten Haltung. Sie sah eigentlich aus wie immer, nur die Frisur war anders,

auch die Kleidung. Die Haare waren kurz geschnitten und zu stark gelockt. Wilhelm kannte sie nur mit dem halblangen Haar, das sie nach innen eingeschlagen trug, wie es der Vater an ihr liebte. Und statt einer bunten Arbeitsschürze trug sie eine schwarze Bluse überm schwarzen Rock. Alt sah sie aus, alt, müde und traurig.

»Mutter«, flüsterte Wilhelm und fügte kein Wort hinzu. Sie fuhr nicht herum, sie sprang auch nicht von ihrem Stuhl hoch, sie ließ nur die Arme sinken und hörte mit der Arbeit auf. Die Mangel blieb stehen, den halbgebügelten Bezug auf der Walze.

Nichts an der Mutter bewegte sich. So abwartend saß sie auf ihrem Stuhl, so steif und stumm, als traue sie dem Wort nicht, das sie da eben gehört hatte.

»Mutter«, sagte er jetzt lauter, »Mutter, ich bin's.«

Endlich sah sie sich nach ihm um, endlich. Wilhelm konnte nicht anders, er stürzte auf sie zu, riß sie vom Stuhl in seine Arme und hob sie einen Augenblick lang hoch. Die Mutter wehrte sich nicht, machte aber auch keine Anstalten, seine Umarmung zu erwidern. Als ihre beiden Füße auf dem Fußboden wieder Halt gefunden hatten, sagte sie nur: »Dein Vater ist tot.«

Wilhelm ließ sie los und verschränkte die Hände auf dem Rücken. Kein Quentchen Liebe, keine Freude, daß der Sohn wieder da war, nur diese Nachricht, die er längst kannte. »Ich weiß«, sagte er.

Die Mutter setzte sich wieder auf den Stuhl, bediente den Fußhebel und ließ den Bettbezug bis zum Ende durch die Mangel laufen, nahm den nächsten und setzte so ihre Arbeit fort. Keine Frage an den Sohn, ob es ihm gut ginge. Da ihm nichts anderes einfiel, reichte er ihr wortlos das nächste

Wäschestück und legte das gemangelte in den dafür bereitgestellten Korb, wie er es früher auch schon gemacht hatte.
»Du bist zu spät gekommen, Wilhelm«, sagte die Mutter und strich glättend von einer zur anderen Seite über den Stoff, »er ist über das Warten auf dich gestorben.«
»Du meinst, ich ... bin schuld?«
Statt einer Antwort kaute die Mutter auf ihrer Unterlippe herum, als wollte sie jedes weitere Wort zerbeißen.
»Ich kann nichts für seinen Tod, Mutter.«
Die Wäsche wurde fertig, ohne daß die Mutter noch ein einziges Wort zu ihm sagte. Es gab hier im Keller nichts mehr zu tun. Eine Weile saß sie untätig da und sah ihren Sohn an.
»Soll ich gehn?« fragte Wilhelm. Er fühlte auf einmal Ruhe und Sicherheit in sich und eine ungekannte Distanz zu allem ringsum, auch zu seiner Mutter. Sie stand auf und drückte ihm den Korb in die Hand. »Geh schon vor, Junge, du weißt ja, wo er hingehört.«
Später saßen sie sich im Wohnzimmer gegenüber. Die Schwester und Werner, so sagte die Mutter, würden jeden Augenblick aus dem Geschäft kommen, und dann könne man essen. Sie beugte sich vor, griff nach Wilhelms Hand und sagte: »Warum hast du das bloß gemacht?«
Entschuldigen, dachte Wilhelm, sie meint, ich muß mich entschuldigen. Sie glaubt, mich erst dann im Haus des Vaters aufnehmen zu dürfen. Sie will mir die Verantwortung für seinen Tod zuschieben. Sie wünscht sich meine Reue und das Versprechen, nicht mehr fortzugehen. Aber er war zu keiner Lüge fähig.
»Warum«, sagte er langsam, »das kann ich dir heute nicht erklären, aber es war richtig für mich und wichtig.«
»Und dein Vater?«

Wilhelm merkte, daß sie ihn nicht verstehen würde. Alle ihre Gedanken kreisten nur um den Vater, dessen Tod sie anscheinend noch nicht akzeptiert hatte.
»Sein Tod, das war seine Sache«, sagte er, »und mein Leben, das ist meine Sache.« Er war überrascht von der Bestimmtheit, mit der er das sagen konnte, dazu in einem Tonfall, der dem des Vaters glich. Die Mutter schwieg, saß ihm wie eine Fremde gegenüber, lebensabgewandt, in seltsamer Verbundenheit mit dem toten Vater.
Die Haustür klappte. Werner und die Schwester waren gekommen. Und während sie im Flur ihre Taschen ablegten und die Jacken aufhängten, flüsterte die Mutter Wilhelm zu, daß die beiden jetzt verheiratet seien und die Hochzeit nur im kleinen Kreis stattgefunden habe. Warum die Mutter ihm diese Nachricht zuflüsterte, als handele es sich um eine Peinlichkeit, das wußte Wilhelm nicht.
Einen Augenblick lang glaubte er, der Mutter nahe zu sein, näher als die Schwester und Werner es waren, die jetzt an der Tür standen.
Eine herzliche Begrüßung fand statt. Die Schwester flog Wilhelm um den Hals, und auch Werner umarmte den Freund. Beide schwatzten und lachten und erfüllten das Zimmer mit lauten Geräuschen, zu laut, wie Wilhelm fand, zu übertrieben, gerade so, als hätten sie beide Tag und Nacht nur auf ihn gewartet.
Während sich alle an den Tisch setzten und die Mutter ein zusätzliches Gedeck auflegte, betrachtete Wilhelm den Schwager. Dünner war er geworden, sein Gesicht blaß und spitz, seine Schultern fielen nach vorn ab. Man sah ihm an, daß er viele Stunden am Schreibtisch saß. Seine Stimme war lauter geworden, und er verbat sich sogar den Widerspruch der

Mutter, als es darum ging, ob die Familie aus dem Bungalow ausziehen würde oder nicht.
»Wie du redest«, entfuhr es Wilhelm, und als Werner daraufhin den Kopf senkte, entdeckte Wilhelm den Anflug einer beginnenden Glatze.
Die Schwester hingegen hatte sich nicht verändert, lächelte ihn freundlich an und zeigte sich nicht sehr interessiert an dem wenigen, was der Bruder erzählte.
Es war nicht schwer festzustellen, was sich in der Familie verändert hatte. Werner beanspruchte die Rolle des Familienoberhaupts, und Mutter wie Schwester schienen das zu akzeptieren. Nicht nur, daß er auf dem Platz des Vaters saß, nein, er trank auch aus dessen Glas, das vom Großvater stammte, trug Vaters Schlüsselbund und hatte es auf die gleiche Weise neben sich gelegt, als er sich hinsetzte.
Die Mutter hatte das Essen auf den Tisch gestellt. Keiner sprach ein Wort, nur das Klappern des Bestecks war zu hören. Endlich begann Werner das Gespräch. »Ich kann mir nicht vorstellen«, sagte er, »daß du es in Kreuzberg mit diesen Leuten, mit denen du da zusammenlebst, lange aushältst. Du bist doch sonst ganz in Ordnung.«
Der Mutter zuliebe beherrschte sich Wilhelm. Er beobachtete sie, wie sie schweigend aß, ohne Werner zu unterbrechen, ohne eine eigene Meinung zu äußern.
»Weißt du denn, wie ich lebe und was ich mache?« fragte Wilhelm freundlich.
»Das hast du uns doch in deinem Brief mitgeteilt: Schriftsteller willst du werden, und ein Drehbuch für einen Film hast du geschrieben, bist sogar Schauspieler.«
Sie fragen nicht einmal, was das für ein Film war, dachte Wilhelm, sie fragen überhaupt nichts, sie sind nur gekränkt,

daß ich von zu Hause fortgegangen bin und es immer noch nicht bereue. »Glaubt ihr denn«, fragte er und bemühte sich, höflich zu bleiben, »glaubt ihr wirklich, daß es für mich außerhalb von Lichterfelde und dem Geschäft in Lankwitz nichts gibt, was wichtig ist oder mich weiterbringt?«

»Jeder, wohin er gehört«, antwortete die Mutter schnell, und die Schwester fügte spitz hinzu: »Nie im Leben glaube ich, daß du berühmt wirst.«

»Ist nur das für dich wichtig?« Wilhelm mußte sich immer mehr zusammennehmen, um ruhig zu bleiben. Am liebsten wäre er aufgestanden und gegangen, aber er blieb, noch brachte er Geduld auf, noch hatte er die Hoffnung, daß sich wenigstens ein bißchen Verständnis zwischen ihnen einstellen würde, zumindest zwischen Mutter und Sohn, Schwester und Bruder.

Werner versuchte einzulenken: »Du mußt es ja wissen, wenn du dein Glück selber machen willst«, sagte er, »bitte, warum nicht beim Film, warum nicht als Schriftsteller? Es gibt ja genug reiche Frauen, die auf sowas stehn, ist ja auch aufregender, als wenn sich einer mit ehrlicher Arbeit sein Geld verdient.« Werner lachte anzüglich, was Wilhelm ebenso anwiderte wie das ganze Gespräch.

»Du kotzt mich an«, sagte er leise.

»Na, na«, Werner schüttelte begütigend den Kopf, »jetzt sei nicht so empfindlich, wir sind eine Familie, und einer kümmert sich um den anderen, oder nicht, Mutter?«

Wilhelm gefiel es nicht, daß Werner die Mutter so nannte, obwohl ihm das als Schwiegersohn zustand. Es klang besitzergreifend und lieblos, als gehöre auch die Mutter zu dem Eigentum, das Werner mit seiner Heirat erworben hatte.

»Wenn du kümmern sagst, meinst du Geld. Glaubst du, ich durchschau dich nicht?« Wilhelm hatte sich zurückgelehnt und musterte mit zusammengekniffenen Augen den Mann seiner Schwester.

»Du machst es uns nicht leicht«, antwortete Werner, »aber mir geht's darum, daß wir miteinander auskommen, schließlich haben wir ein gemeinsames Erbe, und darüber müssen wir reden.«

»Jetzt?«

»Natürlich nicht gleich, aber nachher, in meinem Arbeitszimmer.«

»Du meinst Vaters Arbeitszimmer?«

»Von mir aus Vaters Arbeitszimmer«, sagte Werner mit süßsaurem Lächeln und stand auf, worauf sich auch die Mutter und die Schwester erhoben.

Als Werner draußen war, hielt Wilhelm die Schwester am Arm fest. »Mit diesem Spießer willst du dein Leben verbringen?« fragte er. »Womöglich Kinder von ihm kriegen, alle mit langen Nasen, Krähstimme und Glatzköpfen, die auch wieder nichts anderes tun als rechnen und Geld raffen, hast du dir das überlegt?«

Die Schwester wurde nicht wütend, riß sich auch nicht von ihm los, nein, sie lächelte ihn so geduldig an, als hätte sie es mit einem Geistesgestörten zu tun. »Wilhelm«, sagte sie, »Wilhelm, wenn du nur begreifen könntest, wie ordinär du bist.«

Er ließ ihren Arm los und sagte nichts mehr.

»Wie redest du nur, Junge«, sagte die Mutter, während sie den längst gesäuberten Tisch mit der Hand nach Krümeln absuchte, »das hat deine Schwester nicht verdient.«

»Aber ich«, Wilhelm hielt die Hand der Mutter auf dem Tischtuch fest, »ich habe wohl verdient, daß ihr mich alle drei für einen Nichtstuer haltet, ohne daß einer von euch fragt, was ich tue und was ich will. Für euch scheine ich nichts weiter zu sein als ein arbeitsscheues Subjekt, um mit deinen Worten zu reden, ein Chaot und Herumtreiber, der am Tod seines Vaters schuld ist.«

Die Mutter löste sich aus seinem Griff. Er sah ihr an, daß sie allen Mut zusammennahm, als sie sagte: »Jedenfalls hast du nicht das Gegenteil bewiesen!«

»Ach so, ihr braucht Beweise, schwarz auf weiß oder unterm Strich auf dem Konto, was anderes zählt nicht im Hause Meister?« Er hatte noch mehr sagen wollen, von seiner Neugierde und davon, daß man doch erst einmal nach dem Sinn seines Lebens suchen müsse. Er hatte sich doch vorgenommen, der Mutter von der Friedensbewegung zu berichten, hatte geglaubt, sie würde ihm zuhören, sich freuen, daß er ihr etwas erzählte, was sie alle nicht wußten, worüber keiner von ihnen bisher nachgedacht hatte. Aber das interessierte hier keinen. Sein Film fiel ihm ein, seine Geschichte, die er sich ausgedacht hatte. Nie wären die Eltern nach Kreuzberg gekommen, um ihn zu suchen, auch wenn der Vater noch gelebt hätte.

Mit einer müden Bewegung strich die Mutter Wilhelm über den Kopf. »Bleibst du über Nacht?«

»Nein«, antwortete Wilhelm, »ich muß wieder nach Hause.«

Er hatte ›nach Hause‹ gesagt und damit die Mutter gekränkt. Sie holte tief Luft und rümpfte ein wenig die Nase. »Wie du willst, Wilhelm.«

Sie ging in die Küche. Wilhelm blieb allein im Eßzimmer und öffnete das Fenster. Er dachte an Mignon, an Natalie, an den Harfner, an Lothario, an die schwangere Philine und an Friedrich. Keiner von ihnen allen fände Gnade vor den Augen der Mutter, am wenigsten Mignon.

Wilhelm schlich aus dem Eßzimmer, über den Flur die Treppe

hinauf zum Dachboden, wo er Bücher und Spielzeug von früher in ein paar Kartons verpackt aufbewahrte. Er fand schnell, was er suchte. Sorgsam in Zeitungspapier eingewickelt lagen seine Marionettenpuppen in einer großen Schachtel, David und Goliath zuoberst. Wilhelm überlegte nicht lange. Er griff nach dem David und steckte ihn in eine Plastiktüte.
Auf dem Weg zur Treppe sah er seinen Schreibtisch, den er mit dem Vater gemeinsam getischlert hatte und auf den sie beide so stolz gewesen waren. Da stand er, noch nicht verstaubt, neben den alten Kindermöbeln und diente als Ablage für Bauzeitschriften und Akten. Wilhelm ging langsam die Treppe hinunter.
Im Arbeitszimmer wartete Werner, saß hinter Vaters Schreibtisch, das Schlüsselbund neben sich, und zeigte keinerlei Ungeduld. Er hatte eine Menge Papiere ausgebreitet und war dabei, sie zu sortieren. »Ich mache das für dich«, sagte er höflich, »damit du eine Übersicht bekommst, wie es um das Geschäft und damit um dein Erbe steht.«
Wilhelm lächelte.
»Was findest du daran so komisch?«
»Nichts.«
»Ich möchte dir alles erklären. Komm her und sieh dir das an.«
»Nein«, sagte Wilhelm und blieb, wo er war.
»Willst du damit sagen, daß dich das alles nicht interessiert?«
»Stimmt, Werner, es interessiert mich nicht sonderlich.«
»Mein Gott«, fuhr Werner heftig auf, »wir müssen uns doch einigen.«
Wilhelm schwieg, beobachtete Werner und machte ihn damit nervös.
»Was willst du nun eigentlich?« fragte Werner und schob ärgerlich die ausgebreiteten Papiere zusammen.

»Geld, ich habe es mir anders überlegt, ich brauche Geld, und zwar jetzt.«
»Geld?«
Das Wort hatte Werner in Schrecken versetzt. Er stand auf und setzte sich wieder hin, nahm das Schlüsselbund in seine Hand und klopfte damit auf die Schreibtischplatte. »Du bist verrückt, Wilhelm. Du bist total verrückt. Erst hast du deine Familie enttäuscht und im Stich gelassen, und jetzt willst du sie ruinieren.«
Wilhelm hatte nicht die geringste Lust, mit Werner zu diskutieren. Er merkte, daß ihm Werners Fassungslosigkeit sogar Freude bereitete.
»Es steht mir zu«, sagte er langsam.
»Natürlich«, fiel ihm Werner ins Wort, »natürlich steht es dir zu, aber ...«
»Kein aber«, unterbrach Wilhelm, »oder hat mich der Vater enterbt?«
»Nein«, gab Werner zu, »er hat Frau und Kinder zu gleichen Teilen bedacht.«
»Na also.« Wilhelm ging im Zimmer auf und ab. Dabei entdeckte er ein Foto des Vaters, das Werner sich hier im schwarzen Rahmen aufgestellt hatte. »Ich wußte gar nicht, daß du meinem Vater so nahegestanden hast«, sagte Wilhelm.
Werner ging auf die Anspielung nicht ein, schien auch nicht das Thema wechseln zu wollen. »Möchtest du das Testament sehen?«
»Das hat Zeit, ich glaube dir auch so, nur ändert das nichts an meinem Wunsch.«
Jetzt war Werners Atem zu hören. »Wieviel«, keuchte er leise, »wieviel willst du haben?«
Wilhelm ließ sich mit der Antwort Zeit, kniff die Augen

zusammen, als hätte er etwas auszurechnen. »Viertausend Mark.«
Ungläubig starrte Werner ihn an, wiederholte die Zahl und fuhr lauernd fort: »In welchen Zeitabständen stellst du dir die Zahlung vor?«
»In gar keinen. Ich möchte einmal, jetzt und in bar viertausend Mark. Alles weitere überlasse ich dir. Es hat Zeit.«
Schon tat es ihm leid, er hätte das Spiel weiterspielen sollen, um Werner noch mehr in die Enge zu treiben. Aber auch so war Goliath von David besiegt.
Werners Hände flogen. Er schloß den Schreibtisch auf und nahm aus Vaters Geheimfach Geld heraus. »Hier«, sagte er und zählte hastig viertausend Mark auf den Tisch, »du siehst, ich komme deinem Wunsch sofort nach.«
Wilhelm zählte nach, quittierte die Summe und steckte das Geld ein. Er hatte ein flaues Gefühl im Magen, ihm war schlecht. Er wich Werners Umarmung aus und verließ ohne Abschied das Zimmer. Dann ging er zur Mutter, die in der Küche Geschirr abwusch.
»Ich gehe«, sagte er, »ich habe mir von Werner viertausend Mark auszahlen lassen.« Und als er ihre Bestürzung bemerkte, fügte er schnell hinzu, »einmalig, Mutter, reg dich nicht auf.«

Wahrscheinlich war es zu spät, um Therese noch in der Buchhandlung anzutreffen, aber vielleicht hatten sie ihm einen Zettel an die Tür geklebt, um ihm mitzuteilen, wo er Mignon finden konnte. Unter keinen Umständen wäre er jetzt allein in die Mariannenstraße gefahren. Es war ihm wichtig, Mignon neben sich zu wissen und Natalie zu sehen.
Therese hatte auf ihn gewartet, sie stand in der Tür und zog ihn hastig in den halb erleuchteten Laden. »Wilhelm«, sagte sie

aufgeregt, »Wilhelm, hör mir mal zu ...«, dann blieb sie mitten im Satz stecken, »setz dich, hier ...« Sie zerrte einen Stuhl heran.

»Was ist denn los?« Wilhelm lachte, »ist der Hausbesitzer wieder aufgetaucht, hat er sich's doch anders überlegt?«

Sie schüttelte den Kopf. »Nein, nein, es ist etwas passiert, etwas Furchtbares ...«

»Natalie«, sagte Wilhelm erschrocken, »ist etwas mit Natalie?«

»Nicht Natalie«, sagte Therese leise, »Mignon!«

Fast hätte Wilhelm gelacht, so fremd war ihm der Gedanke, daß gerade ihr etwas zustoßen könnte. »Was soll denn Mignon schon passiert sein?« sagte er zu laut, »die ist doch viel zu schlau und zu schnell, der kann niemand was anhaben. Mignon, du kennst sie nicht ...«

Wilhelm redete weiter und machte Therese klar, daß das einfach nicht möglich sein konnte, bis sie vorsichtig ihre Finger auf seinen Mund legte. »Ein Unfall«, sagte sie, »ein Auto hat sie überfahren«, Therese zeigte auf die Mitte ihres Körpers, »hier – sie verlor sofort das Bewußtsein.«

In Wilhelms Ohren wiederholte sich das Wort Unfall und löste schlimme Bilder in ihm aus. Er sah Mignon stürzen, immer wieder stürzen, er sah Autos, die auf sie zurasten, er hörte Schreie und sah Blut und Menschen und Mignon, die auf der Straße lag.

»Warum habt ihr nicht auf sie aufgepaßt?« schrie er, »sie war noch nie auf einer Demonstration, sie ist es nicht gewohnt, sich in solchen Menschenmassen zu bewegen. Wieso habt ihr sie überhaupt allein gelassen?« Wilhelms Stimme kippte. Er hatte das Bedürfnis, um sich zu schlagen. Dann kam ihm der Gedanke, daß Mignon vielleicht tot war. Wie gelähmt stand er da, nicht in der Lage, zu fragen.

»Sie ist nicht tot«, sagte Therese, »aber sie schwebt in Lebensgefahr. Lothario ist mit dem Krankenwagen mitgefahren, er hat sie nach Moabit gebracht. Natalie ist auch da, du sollst gleich hinkommen.«

Erst sah er sie nur durch die Glasscheibe. Mit geschlossenen Augen lag sie flach auf einem Klinikbett. Ihre Haare waren zurückgebunden. Die Arme hatte man seitlich festgeschnallt, Nadeln hingen darin, an Schläuche angeschlossen, durch die Mignon Blut und verschiedene Infusionen zugeführt wurden. Ein Apparat zeigte jeden Herzschlag mit einem Piepston an. Das war das einzige Geräusch im Raum. Mignons Kopf war nicht verletzt. Wirklich, sie sah aus, als schliefe sie nur. Neben dem Bett saß Natalie. Er erkannte sie von hinten an der grünen Feder, die hinter ihrem Ohr steckte. Sie trug einen grünen Kittel, saß aufrecht und hielt Mignons Hand am Bettrand fest.
»Mignon«, flüsterte Wilhelm gegen die Glasscheibe, »du darfst nicht sterben, du nicht!«
»Da bist du ja«, sagte Lothario und führte ihn hinein. Er schob Wilhelm einen Stuhl auf die andere Seite des Bettes. »Ich will, daß ihr hierbleibt. Es kann sein, daß sie jeden Augenblick aufwacht, es kann aber auch noch Stunden dauern.« Lothario überprüfte die Infusionen und zog Mignon das Augenlid hoch. »Sie ist immer noch bewußtlos.«
»Und ihre Verletzungen?« fragte Wilhelm.
»Es sieht schlimm aus in ihr«, antwortete Lothario, »man hat geflickt, was man konnte, aber ...«
Wilhelm hatte das Gefühl, daß Lothario nicht mehr viel Hoffnung für Mignon hatte. »Warum machst du nichts?« zischte er ihn an, »tu was, du bist hier der Doktor, du mußt was machen, wir können es doch nicht.«

»Red keinen Unsinn«, antwortete Lothario, »und verwechsel mich nicht mit dem lieben Gott. Setz dich hin, warte, bis sie aufwacht. In ein paar Stunden werden wir weitersehen.«
Er warf noch einen Blick auf die medizinischen Geräte, dann ließ er Natalie und Wilhelm an Mignons Krankenbett allein.
Eine Weile waren sie still, ganz auf Mignon konzentriert.
»Wie ist es passiert«, flüsterte Wilhelm, »warst du dabei?«
»Ja«, Natalie nickte, »am Nollendorfplatz ist sie auf die Straße gelaufen, in ein Auto hinein, das sie nicht gesehen hatte. Kurz vor dem Zusammenstoß blieb sie stehen und sah sich nach uns um. Ihr Blick traf mich und ich schrie, da fiel sie auch schon um, das rechte Vorderrad hat sie überfahren, das Hinterrad seitlich gepackt und ein Stück mitgeschleift. Als ich mich über sie beugte, war sie bewußtlos. Ich glaube, sie hat ihren eigenen Unfall nicht gemerkt.«
Wilhelm hatte plötzlich das Bedürfnis, das Laken zurückzuschlagen, um nachzusehen, ob das alles stimmte, was Natalie berichtete.
»Du darfst sie nicht anfassen«, sagte Natalie und hielt seine Hand fest.
Wilhelm beugte sich über Mignon. »Nicht sterben, hörst du? Ich mach alles, was du willst, du kannst auch bei mir wohnen bleiben, nur nicht sterben, Mignon.« Wilhelm sah zu Natalie hinüber. »Mich hat nie jemand mehr geliebt als sie.«
Genau in diesem Augenblick schlug Mignon die Augen auf. Er fühlte, wie ihm vor Freude das Blut ins Gesicht schoß. Mignon würde leben! Er nahm ihre Hand, fühlte die harte Innenfläche ihrer Finger und streichelte sie.
»Wilhelm«, sagte Mignon ganz leise und sah nur ihn an.
Natalie sprang auf. »Ich hole Lothario!« Sie huschte aus dem Zimmer.

Wilhelm beugte sich näher zu Mignon. Das Sprechen schien ihr schwerzufallen, ihre Lippen bewegten sich mehrmals, dann erst sagte sie, mit einem Lächeln, das ihn fast zum Heulen brachte: »Ich muß jetzt sterben, Wilhelm.«
Er schüttelte den Kopf. Er verstand nicht, warum sie vom Sterben sprach wie vom Schlafen. Da hatte sie schon wieder die Augen geschlossen.
»Nein«, sagte er, »nein, Mignon.«
Als wollte sie ihm gehorchen, öffnete sie wieder die Augen, aber ihr Blick erreichte ihn nicht mehr.

Nichts konnte er sagen, nichts denken, nichts fühlen. Schritt für Schritt lief er neben Natalie her und es war ihm egal, wohin sie gingen.
»Wilhelm ...«, sagte Natalie.
»Mignon ist tot«, unterbrach er sie.
Natalie antwortete nicht.
»Ich versteh's nicht, ich versteh es einfach nicht«, er schüttelte den Kopf, »du etwa?«
»Nein«, antwortete Natalie, »den Tod versteht keiner.«
Wilhelm nickte. »Sieh mal hier«, sagte er, blieb stehen und zog den David aus der Plastiktüte, »den hab ich Mignon von zu Hause mitbringen wollen, das war als Kind meine Lieblingsmarionette.«
Mitten auf der Straße fing er an, die Fäden zu ziehen, bis sich sein David verbeugte. Natalie sah ihm dabei zu, aber als sie sich bückte, um die Puppe anzufassen, schrie er: »Faß sie nicht an, sie gehört Mignon.«
Dann steckte er die Marionette wieder in die Plastiktüte und beschloß, David Mignon mit ins Grab zu geben.
»Wollen wir nicht in eine Disko gehen?« fragte er nach einer

Weile, »ich meine, mir macht das nichts aus, und es ist besser als allein nach Kreuzberg zu fahren.« Plötzlich fing er an zu lachen. Es war ihm peinlich, aber er konnte es nicht ändern.
»Laß uns etwas machen«, sagte er, »etwas ganz Irres.«
»Was denn?«
»Die ganze Nacht mit meiner Honda herumfahren oder bis früh um vier im Studio-Kino am Kudamm Filme ansehen.«
Natalie gab keine Antwort, schüttelte nur den Kopf und ging weiter.
»Wohin willst du?«
»Zu mir nach Hause«, sagte sie, »komm!«
Natalie wohnte in einem Neubau, ein Zimmer, Küche und Bad, möbliert, wie sie sagte, von den Eltern für die Zeit der Ausbildung bezahlt.
»Hier war's sicher mal gemütlich«, sagte Wilhelm und sah sich um. Gepackte und halb gepackte Koffer, Schachteln und Tüten. Nichts war mehr an seinem Platz. So ähnlich hatte es auch bei Serlo ausgesehen, bevor er nach Spanien gefahren war.
»Gehst du auch nach Spanien?« fragte Wilhelm, ging im Zimmer herum, faßte dies und das an und versuchte sich die Wohnung vorzustellen, wie sie vorher ausgesehen haben mußte.
»Was soll ich in Spanien, wie kommst du darauf?«
»Serlo ist auch nach Spanien gefahren, und Aurelie ...«
»Nein«, unterbrach ihn Natalie, »ich gehe nach Wedel. Da habe ich eine Stelle in einem Kindergarten bekommen und kann in einem kleinen Haus ganz für mich allein wohnen. Es gehört meiner Schwester, sie hat mir auch den Job besorgt.«
Wilhelm stand am Fenster und starrte in den graublauen Nachthimmel.

»Wedel liegt bei Hamburg«, fuhr Natalie fort, »wenn du willst, könntest du ...«
Natalie kam nicht dazu, den Satz zu beenden. »Das ist doch mir egal«, fuhr Wilhelm sie an, »von mir aus kannst du nach Australien gehen. Alle könnt ihr abhauen, alle!« Er griff nach ein paar Kleidern und Büchern, die er durcheinander in eine Tasche warf. »Soll ich packen helfen, soll ich die Koffer tragen, dich zum Bahnhof bringen und winken, bis du endlich weg bist, ab nach Wedel oder wie das Nest heißt?«
Natalie schwieg.
Er versuchte zu lachen. »Wann geht denn die Reise los?«
»Ich wollte übermorgen fahren, aber nun wird es später.«
»Was denn – bleibst du etwa wegen Mignons Beerdigung? Das brauchst du nicht, die bring ich auch allein unter die Erde, mit Toten, da kenn ich mich langsam aus. Mignon war sowieso eifersüchtig auf dich. Ich glaube, sie konnte dich nicht einmal leiden. Sonst wäre sie nicht von dir weg auf die Straße gelaufen.«
Ein Schlag brachte ihn zum Schweigen. Kurz und hart hatte ihm Natalie ins Gesicht geschlagen. Er rieb mit der Hand über die brennende Haut und sah Natalie verblüfft an.
»Verzeih mir«, sagte sie leise, ging hinüber zu ihrem Bett, deckte es auf und holte ein zweites Kopfkissen. »Vielleicht kannst du schlafen.«

Auf dem Weg nach Reinickendorf formulierte Wilhelm im Kopf immer wieder andere Sätze, mit denen er dem Harfner die Nachricht von Mignons Tod beibringen wollte. Wilhelm war froh, daß Natalie ihn begleitete, denn er fürchtete, daß der Harfner durchdrehen würde. »Auf seine Art liebt er Mignon sehr«, sagte Wilhelm, »und sie hat das immer gewußt.«

Bis zum Haupteingang mußten sie noch ein Stück durch die Parkanlage der Klinik laufen. Wilhelm ließ sich Zeit. Am liebsten wäre er umgekehrt. »Ich habe Angst«, sagte er und setzte sich ins Gras an den Wegrand, »ich hab Angst, dem Harfner das ganze Unglück zu erzählen.«

»Soll ich es tun?« fragte Natalie, »mich kennt er nicht, da wirkt das alles sachlicher.«

Wilhelm wußte es nicht, und es schien ihm auch keine große Erleichterung der Situation zu sein, wenn Natalie statt seiner sprach.

»Ich möchte weg«, sagte er, »weit weg. Irgendwo neu anfangen, alles vergessen. Ich weiß nicht warum, aber ich habe das Gefühl, uralt zu sein und immer im Kreis zu gehen.« Er hatte die Hände hinter dem Kopf verschränkt, sich auf den Rücken gelegt und die Augen geschlossen. Natalie beugte sich über ihn. Er spürte die Nähe ihres Gesichtes. Wahrscheinlich sah sie ihn an.

»Ich mach dir einen Vorschlag«, sagte sie, »komm mit mir nach Wedel. In dem Häuschen ist auch Platz für zwei.«

»Und was soll ich in Wedel?« Wilhelm redete mit geschlossenen Augen, sah jetzt ein kleines Haus vor sich, mit Garten und Kräuterbeet, Hühnern und Katzen, vielleicht auch einem Hund.

»Das werden wir dann gemeinsam überlegen.«

Natalie sagte ›wir‹. Sie plante ihn ein, war bereit zu teilen und zu opfern. »Meinst du das ernst?« fragte er, immer noch nicht gewillt, die Augen zu öffnen.

»Natürlich meine ich das ernst. Es ist ein Versuch für dich, für uns.«

»Und für dich selbst ist es keiner?« Er richtete sich auf, sah sie an, neugierig und aufmerksam.

»Ich weiß nicht, ich glaube, ich habe dich sehr lieb, davon gehe ich eben aus.«
Sie war aufgestanden, reichte ihm die Hände und zog ihn hoch. Wilhelm kam es vor, als wäre sie über ihre eigene Liebeserklärung erschrocken.
»Komm«, sagte sie, »sonst ist die Besuchszeit zu Ende.«

Dem Harfner ging es viel besser, das sah Wilhelm auf den ersten Blick. Natürlich war er noch blaß und elend, aber seine Lippen wirkten weniger aufgedunsen, und seine Augen drückten mehr Ruhe aus. Er freute sich über Wilhelms Besuch und gab Natalie die Hand.
»Wir können in den Garten gehen«, sagte er, »man hat es mir erlaubt.«
Gleich nach der Begrüßung hatte Wilhelm befürchtet, der Harfner würde nach Mignon fragen, aber er tat es nicht.
Sie hatten sich auf eine Bank gesetzt, und der Harfner berichtete von der Therapiegruppe, in die man ihn gesteckt hatte. Ein paar Wochen müsse er wohl noch hierbleiben, sagte er, was dann mit ihm los sei, wisse er allerdings noch nicht.
Später erst kam die Frage. »Wie geht es ihr?« Er schaute dabei zu den alten Platanen. »Wohnt sie noch bei dir?«
Er schien Wilhelms Schweigen als eine positive Antwort zu nehmen, zumindest aber als Zeichen, daß es Mignon gut ginge.
Er wandte sich Natalie zu. »Kennst du sie auch, meine Tochter?«
Natalie wich seinem Blick nicht aus. »Ich kannte sie.«
Wilhelm erschrak. Was würde der Harfner darauf sagen?
Der sagte nichts und machte den Eindruck, als glaubte er, sich verhört zu haben.
»Ich war mit ihr auf der Friedensdemonstration«, fuhr Natalie

langsam fort, »dabei ist ein Unglück geschehen, das mußt du wissen.«
»Seid ihr deswegen hier?« fragte der Harfner. Seine Hände, die bisher ganz ruhig in seinem Schoß gelegen hatten, begannen zu zittern.
»Ja«, sagte Wilhelm, griff nach den Händen und hielt sie fest. »Auf dem Nachhauseweg ist Mignon plötzlich auf die Straße gelaufen und von einem Auto erfaßt worden.« Natalie machte eine Pause, um dem Harfner Zeit zu lassen. Es war unmöglich, das ganze Geschehen in einem Satz zu sagen. Der Harfner schien ganz in sich gekehrt und weit weg von dem, was er zu hören bekam.
»Mignon ist tot«, sagte Wilhelm, »ich war bei ihr, als sie starb.«
»Tot?« fragte der Harfner und sah von einem zum anderen, »Mignon – tot?«
Es war, als verlöre der Harfner sein Gesicht, nur noch eine schreckliche Grimasse blieb davon übrig. Der Körper bewegte sich nicht, die Hände hatten zu zittern aufgehört, der ganze Harfner wirkte, als wäre er mit Blei ausgegossen.
»Sag doch was«, bat Wilhelm, ohne darüber nachzudenken, was der Harfner denn noch sagen sollte. Wilhelm wünschte sich verzweifelt, daß der Alte wenigstens weinen würde oder schreien oder fragen oder ihm Vorwürfe machen. Nichts davon. Wie versteinert saß er auf der Bank, über eine Viertelstunde lang. Als erstes bewegte er die Lippen, zog sie schmatzend auseinander und fuhr mit der Zungenspitze darüber hinweg. Dann stand er auf. Auch Wilhelm und Natalie standen auf, froh, daß endlich etwas passierte und der Harfner aus seiner Erstarrung erwacht war. Aber er winkte ab, wollte weder von Wilhelm noch von Natalie etwas wissen. Er ging davon, ohne sich nach ihnen umzusehen.

»Wo will er denn hin?« fragte Natalie.
Wilhelm wußte es nicht. Sie sahen ihm nach, respektierten seinen Wunsch, allein zu sein. Aber dann, als sie merkten, daß der Harfner dem Ausgang zustrebte, begannen sie ihm nachzulaufen. Er sprach ein paar Worte mit dem Pförtner, dann war er verschwunden.
»Komm«, sagte Wilhelm, »wir müssen ihn einholen.«
Am Ausgang erfuhren sie, daß der Harfner sich als Besucher ausgegeben hatte. Natalie und Wilhelm rannten los.
Bei der ersten Kreuzung hielten sie nach ihm Ausschau. Der Alte war nirgendwo zu sehen. Sie liefen in Richtung Bus, wo sie eine Kneipe gesehen hatten, stürmten hinein und wieder hinaus, vom Harfner keine Spur. Sie liefen um das ganze Klinikgebäude. Endlich fanden sie ihn. Er lehnte an der Rückwand eines Kiosks, eine bereits zur Hälfte geleerte Flasche Korn in der Hand, und trank und trank.
Erst sah er die beiden nicht, kümmerte sich auch nicht um Passanten, die ihn kopfschüttelnd beobachteten. Er war ganz darauf konzentriert, so viel und so schnell wie möglich Alkohol in sich hineinzukippen.
Wilhelm fielen die Worte des Harfners ein: »Solange Mignon lebt, rühr ich kein Glas mehr an.«
»Harfner«, schrie Wilhelm und wollte ihm die Flasche aus der Hand reißen, »hör sofort auf!«
Aber der Harfner hielt die Flasche hoch, öffnete den Mund, goß sich den Korn jetzt im Bogen hinein, traf dann daneben und schüttete sich dabei den restlichen Schnaps über das Gesicht. Er lachte, warf Wilhelm die leere Flasche zu und steckte den Schraubverschluß in die Hosentasche. Sein Gesicht war knallrot und seine eben noch so stumpfen Augen glänzten. Langsam verlor er die Balance, seine Schultern

knallten gegen die Kioskwand, von der er sich wieder abstieß und nach vorn wippte, auf Wilhelm zu.
»Hau ab«, schrie er, »laß mich in Ruhe!«
»Wir müssen ihn zurückbringen«, flüsterte Natalie entsetzt, »wir können ihn hier nicht hängen lassen.«
Der Harfner schrie weiter, sparte nicht mit Schimpfworten und Flüchen. Nicht ein einziges Mal fiel Mignons Name, auch nicht das Wort Tod. Zusammenhanglos krächzte er vor sich hin, lallte, brabbelte und war plötzlich still. Dann fiel er um.
Wilhelm bat den Kioskinhaber, telefonieren zu dürfen. Der kannte die Nummer der Klinik auswendig. »Sowas kommt nicht zum erstenmal bei mir vor, aber so hat's noch keinen erwischt«, sagte er, »wollt ihr warten?«
Sie warteten. Sie drehten den Harfner auf die Seite, wischten ihm das Gesicht ab und ließen ihn nicht aus den Augen, bis der Wagen aus der Klinik kam.

Wilhelm wollte nicht allein sein. In unauffälliger, ebenso bestimmter wie liebevoller Weise regelte Natalie alles, was zu regeln war. Sie hatte die Beerdigung von Mignon organisiert, mit ihrem Schwager in Wedel telefoniert, der für Wilhelm einen Job in der Brauereibranche besorgen wollte. Auch zum Schreiben würde Wilhelm Zeit finden, sagte Natalie, und eine Verbindung zum Norddeutschen Rundfunk lasse sich bestimmt leicht herstellen. Einen Tag vor Mignons Beerdigung würde der Blonde Natalies Gepäck nach Wedel bringen. Sie könnten dann später gemeinsam mit der Bahn nachfahren.
Er lag fast den ganzen Tag über auf ihrem Bett, hörte und schaute ihr zu, wenn sie telefonierte, packte oder Frühstück machte. Natalies Fürsorglichkeit tat ihm gut und lullte ihn ein. Er war davon überzeugt, daß mit ihr zusammen alles gut

würde. Dazu käme die Ortsveränderung, eine Vorstellung, die ihn neugierig machte, eine kleine Stadt in Westdeutschland, fast ein Dorf. Also ein neues Leben, weit weg von zu Hause und doch zu Hause.

Seit Mignons Unfall war Wilhelm kein einziges Mal in Kreuzberg gewesen, hatte nur mit Laertes telefoniert und auf dessen Frage, wann er wiederkomme, nicht geantwortet.

Mignons Beerdigung hatte Wilhelm wie einen seltsamen Traum erlebt. In ihrem weißen Totenhemd sah Mignon sehr schön aus. Er hatte ihr den David auf das Kopfkissen gelegt. Dann wurde der Sargdeckel geschlossen.

Tränenlos war Wilhelm zu ihrem Grab gegangen. Er hatte die ganze Zeit über geglaubt, daß sich plötzlich der Deckel heben würde und Mignon herausstiege. Aber diesmal siegte sein David nicht.

Er hatte ihr drei Hände voll Erde nachgeworfen, den Aufprall gehört und sich so darüber erschrocken, als hätte er Mignon geschlagen. Daraufhin war er fortgegangen, ohne sich nach Natalie umzusehen.

Erst außerhalb des Friedhofs hatte sie ihn eingeholt und ihn umarmt. Er hatte ganz leise zu ihr gesagt: »Ich liebe dich!«

»Morgen«, hatte sie zurückgeflüstert, »morgen geht unser Zug, morgen fangen wir beide neu an.«

Es war Spätnachmittag, eine Zeit, in der die Caféstube sonst gut besetzt war. *Heute geschlossen* stand an der Tür, und Wilhelm mußte mehrmals laut klopfen, bis Laertes ihm öffnete.

»Was ist los?« fragte er, »du machst doch sonst keinen Ruhetag. Ist ja wie in einer richtigen Kneipe.«

Mißgelaunt sah Wilhelm sich um. Der düstere Raum wirkte

ohne Gäste bedrückend. Die provisorische Einrichtung, die alten Stühle und Tische, das spärliche Licht und die Notregale für Gläser und Geschirr machten in dieser Leere einen schäbigen Eindruck.

»Ich freu mich, daß du kommst«, sagte Laertes und ging zurück an einen Tisch, wo er Pläne ausgebreitet hatte, Bauzeichnungen und Fotos der Fabriketagen. »Ich dachte schon, du machst dich auch davon.«

Wilhelm hatte bei Laertes einen kurzen Abschiedsbesuch vorgehabt. Von Wedel hatte er nicht erzählen wollen, nichts von dem Job in der Brauerei und nichts von dem Häuschen. Nur, daß es hier für ihn nicht weiterginge.

»Ich brauche dich, Wilhelm«, sagte Laertes, ohne Wilhelm zu fragen, warum er gekommen war. »Alleine schaff ich das nicht, und auf dich kann ich mich wenigstens verlassen.«

»Auf mich?« fragte Wilhelm und setzte sich Laertes gegenüber. Er war gekommen, um seine Sachen zu holen, und da sagte Laertes, daß er ihn brauche.

Laertes sah den Freund an. Wahrscheinlich war ihm Mignon eingefallen, denn er machte ein betretenes Gesicht. »Versteh bitte, daß ich nicht zur Beerdigung gekommen bin.« Laertes schob die Fotos auf dem Tisch zusammen. »Ich ertrag so ein Theater nicht, schon gar nicht bei Mignon. Ich hab es immer noch nicht begriffen, daß sie tot sein soll.«

Wilhelm wußte darauf keine Antwort.

»Und der Harfner?« fragte Laertes.

»Trinkt wieder, jedenfalls war das seine erste Reaktion.«

Es trat eine Pause ein, auf die wahrscheinlich Laertes' Fragen folgen würden, nach dem Unglück, den Verletzungen, ihrem Tod.

Wilhelm sagte: »Ich will nicht über sie sprechen.«

Laertes nickte. Er legte die Hand auf die Pläne vor sich. »Das wird dich ablenken, glaub mir.« Dann begann Laertes, sein Projekt zu erklären, für das er jetzt, wie er sagte, Mitstreiter gewinnen müsse. Sachte wolle er anfangen, nicht mit einem großen Paukenschlag, vor allem erst mit der Sache beginnen und dann in die notwendigen Verhandlungen eintreten. »Jeder muß sehen, wer wir sind, was wir können und was wir wollen. Ich habe diese von oben verwalteten Wohnprojekte satt«, sagte er, »das jahrelange Warten auf irgendwelche Genehmigungen. Es hat keinen Zweck, unsere Entschlüsse von Berichten, Statistiken und Projekten abhängig zu machen, die dann der Senat eventuell für förderungswürdig oder gar zum Modell erklärt. Das will ich alles nicht.«
»Und was willst du?« Wilhelm war über Laertes erstaunt, etwas hatte den Freund verändert, härter gemacht, ihn mit Energie geladen.
»Wenn wir hier im Hinterhaus wohnen bleiben wollen, müssen wir etwas tun und nicht nur das Ganze als Dach über'm Kopf betrachten. Dafür gibt es genug andere Möglichkeiten. Stell dir mal vor, wir bilden eine Gemeinschaft von Leuten, du zum Beispiel und ich und ein paar von denen, die schon hier wohnen. Mir sind Leute, die in der Ausbildung stecken, ebenso recht wie Schüler oder Arbeiter, von mir aus auch Studenten und Lehrer. Die Arbeitslosen bringen das Haus in Ordnung. Hier kannst du jahrelang bauen, wenn es anständig werden soll. Die Cafèstube muß Treffpunkt bleiben, und dazu könnte die eine oder andere Werkstatt kommen, mit der wir das Geld verdienen könnten, das wir zum Leben brauchen.« Jetzt zeigte Laertes die Pläne. »Hier zum Beispiel wäre Platz für eine Schneiderei mit Second-hand-Laden. Rechts vom Café könnten wir Möbel reparieren. Ein Schreibbüro wäre

möglich, eine Töpferei, von mir aus auch ein Weinladen. Das kommt auf die Interessen der Leute an.«
»Und wer keine hat?«
»Der hat bei uns Pech, der muß sich eine andere Bleibe suchen.«
Wilhelm dachte an sich selbst und daß er hier außer ein paar Tage Arbeit in den oberen Etagen nichts geleistet hatte, nicht einmal auf die Idee gekommen war, darüber nachzudenken, wie es weitergehen sollte. »Ich weiß nicht«, sagte er langsam, »als was ich da mitmachen könnte.«
»Na, jedenfalls nicht als Schriftsteller. Aber wenn du deine Maurerlehre nicht fertigmachen willst, dann zieh hier die Renovierung und den Umbau der Werkstätten durch. Denk mal nach und überleg selbst, was du kannst und was du willst.«
Wilhelm fiel Natalie ein, das Häuschen in Wedel und der Job in der Brauerei. Unmöglich, Laertes davon zu erzählen.
»Du bist doch dabei?« fragte Laertes und räumte seine Papiere zusammen, ohne Wilhelms Antwort abzuwarten. »Morgen setzen wir uns hin und schreiben alles auf, was uns dazu einfällt. Da bist du sicher besser als ich. Eine Konzeption sollten wir schon haben. Weißt du, seitdem ich weiß, was ich will, fühl ich mich wohler, man wird irgendwie stärker, das wirst du auch noch merken.«

Als Wilhelm seine Baubude betrat, hatte er noch die letzten Worte von Laertes im Ohr. An allem, was Laertes gesagt hatte, war etwas Wahres dran, man brauchte nur weiterzudenken. Laertes war der geborene Organisator, während er, Wilhelm, die handwerklichen Kenntnisse mitbrachte. Plötzlich kamen ihm auch Einfälle für das neue Projekt: Fenster- und Straßenreinigung, Transporte, Renovierungsarbeiten

oder auch ein Kopierladen oder eine Kleinoffsetdruckerei, wenn das Geld für die Geräte zusammenkam. Später wäre auch so etwas wie Kulturarbeit möglich, Musik, Lesungen, Ausstellungen, Diskussionsabende und ein Marionettentheater für Kinder.
Mignon fiel ihm ein. Die ganze Zeit über hatte er ihr kleines Westchen angesehen, das an einem Nagel an der Wand hing. Dort drüben stand ihre Tasche, daneben die Decke, auf der sie immer geschlafen hatte. Er sah keinen Grund dafür, Mignons Sachen wegzuräumen. Sie hatten ihn nie gestört, also würden sie ihn auch weiterhin nicht stören. Und statt seine Sachen für Wedel zu packen, begann Wilhelm Ordnung zu machen. Dabei kam ihm Natalies kleines Taschentuch in die Hände, das er sorgfältig und liebevoll von einem Platz auf den anderen legte.

»Das ist aber ein Überraschung«, sagte Jarno und ließ Wilhelm herein. Der folgte ihm etwas verlegen ins Arbeitszimmer, in dem Stapel von Flugblättern, Posters und Friedensliteratur herumlagen.
»Ich bin gerade dabei, einen Rundbrief an alle Friedensinitiativen zu schreiben«, sagte Jarno, »Lothario, der Abbé und ich planen Friedensfeste in verschiedenen Stadtteilen. Dich können wir dabei gut gebrauchen.«
Schon wieder einer, der mich braucht, dachte Wilhelm und sah an Jarno vorbei. »Eigentlich hatte ich mich verabschieden wollen ...«
»Richtig«, unterbrach Jarno, »Natalie will dich ja mit nach Wedel nehmen.« Wie Jarno das sagte: Natalie wolle ihn mitnehmen!
»Und was willst du in Wedel machen?«

»Schreiben«, sagte Wilhelm trotzig, »nach Hamburg zum NDR ist es nicht weit.«
Jarno setzte sich an seinen Schreibtisch, las, was er mit der Maschine geschrieben hatte, und tippte drei Worte dazu.
Dann stand er wieder auf. »Ich bin ein schlechter Ratgeber. Du mußt selbst entscheiden, was du willst. Wenn du gehst, dann viel Glück. Wenn du bleibst, ruf mich nächste Woche an. Es gibt eine Menge Arbeit für unsere Friedensfeste.« Er gab Wilhelm die Hand und öffnete die Tür. »Du wirst es schon richtig machen.«

Wilhelm war mindestens eine halbe Stunde vor Abfahrt des Zuges auf dem Bahnhof. Unruhig lief er hin und her. Er war übermüdet und überlegte angestrengt, was er Natalie sagen sollte, wenn sie kam. Aber es gelang ihm nicht, einen Gedanken zu Ende zu denken. Immer wieder wurde er von Reisenden, die mit Taschen und Koffern an ihm vorbeiliefen, gestoßen oder er mußte einem Gepäckwagen ausweichen. Alle Augenblicke dröhnte die Lautsprecherstimme und gab Ankunft und Abfahrt der Züge durch.
Nur noch zehn Minuten bis zur Abfahrt des Zuges. Wo blieb Natalie? Wilhelm lehnte sich an einen Pfeiler und schloß die Augen. Vielleicht schreib ich das alles einmal auf, dachte er, alles, von dem Tag an, wo ich von Lichterfelde weggegangen bin, bis heute ...
»Du hast ja gar kein Gepäck!«
Natalie stand vor ihm. Wilhelm erschrak. So hatte er sich das nicht gedacht. »Nein«, sagte er, »ich hab kein Gepäck.«
»Willst du ohne alles mitkommen?«
Er antwortete nicht. Er nahm sie nur in seine Arme. »Ich kann nicht mit dir kommen, ich bin noch nicht so weit, ich hab noch

so viele Fragen und keine Antworten, verstehst du, die muß ich allein finden.«

Sie nickte, sie rührte sich nicht, sie hob nicht den Kopf, sie hörte ihm nur zu.

Er wußte nicht, ob er es richtig gesagt hatte, er fürchtete, daß sie weinte. Er biß die Zähne zusammen, er hatte Angst, selbst weinen zu müssen.

Der Zug lief ein. Die Menschen schubsten und drängten, stießen ihre Koffer und Taschen vor sich her, rücksichtslos, obwohl genug Plätze in den Abteilen frei waren.

Natalie löste sich aus seiner Umarmung. Sie weinte nicht, sie lächelte. Er nahm ihren Koffer und trug ihn zum Zug und schob ihn durch eine der offenen Türen.

Die Abfahrt des Zuges wurde durchgesagt.

Natalie stieg ein, der Schaffner schloß die Tür hinter ihr.

Sie öffnete das Fenster und lehnte sich hinaus. Sie lächelte immer noch, wenn auch traurig, ohne ein Wort.

Ganz allmählich setzte sich der Zug in Bewegung.

»Natalie«, sagte Wilhelm, »Natalie, jeden Tag geht ein Zug nach Wedel.«

Sie nickte. Er begann zu laufen und rannte jetzt neben ihrem Fenster her. Es waren nur noch ein paar Meter bis zum Ende des Bahnsteigs. Dann mußte er stehenbleiben. Der Zug entfernte sich mit immer größerer Geschwindigkeit. Wilhelm hob die Hände und rief so laut er konnte: »Ich schreib dir. Bestimmt!«

Leonie Ossowski
Stern ohne Himmel
Roman
Mit einem Nachwort von Leonie Ossowski
Gulliver Taschenbuch (78741), 176 Seiten *ab 14*
Buxtehuder Bulle
Auf der Auswahlliste zum Deutschen Jugendliteraturpreis

»Vier Jungen, die auf einem Internat in einer mitteldeutschen Kleinstadt leben und lernen, entdecken in einer Ruine ein Nahrungsmittel-Depot. Eine Tür wird aufgebrochen, und das Paradies öffnet sich. Aber es wird gestört, ›verdorben‹ durch einen Fremden, fremd gemachten, einen jüdischen Jungen, dem es gelang, aus dem Konzentrationslager zu entfliehen. Die russischen Truppen sind nicht mehr weit. Ein paar Tage müßte er im Versteck bleiben, dann wäre er frei. Der Flüchtling wird zum Prüfstein – nicht nur für die Jungen, ebenso für die Lehrer. In der Auseinandersetzung um sein Leben spiegelt sich die unerhörte menschliche Verdorbenheit einer vom Faschismus erzogenen Gesellschaft wider … Ich wünsche mir, daß viele junge Leute die Erzählung Leonie Ossowskis lesen und ihr Entsetzen nicht nur als Literatur verstehen.«
Peter Härtling, Die Zeit

Beltz & Gelberg
Beltz Verlag, Postfach 100154, 69441 Weinheim

Bernt Danielsson
Von hier bis Kim
Roman
Aus dem Schwedischen von Birgitta Kicherer
Gulliver Taschenbuch (78745), 176 Seiten *ab 14*

»Wie er heißt und woher er kommt verrät er nicht, aus Rücksicht auf Betroffene. Nur soviel, daß er eine typische Kleinstadt in Mittelschweden fluchtartig verlassen hat, um endlich das Leben kennenzulernen. Leben heißt auch Frauen. Stockholm ist zwar für ihn noch nicht die große weite Welt, aber das Optimum, das ein 16jähriger Gymnasiast erreichen kann. Und tatsächlich, im Gymnasium nebenan gibt es sie: die Mädchenfrau, das Frauenmädchen, die Erfüllung aller Träume: Kim. Bleibt nur das Problem: Wie kommt er ›von hier bis Kim‹? – Ein Sechzehnjähriger auf der Suche nach Feeling und Atmosphäre, ohne Illusionen über den Zustand der Welt, so ›cool wie Carol‹ und so verliebt wie Werther, aber mit einer überwältigenden Lust auf Leben. Ein gelungener Versuch, über das ›klassische Jugendbuch‹ hinauszuschreiben.«
Gabriela Wenke, ESELSOHR

Beltz & Gelberg
Beltz Verlag, Postfach 100154, 69441 Weinheim

Reinhold Ziegler
Überall zu Hause, nirgendwo daheim
Roman
Gulliver Taschenbuch (78746), 328 Seiten *ab 14*

Nach hektischen Jahren in Berlin verschlägt es Karl-Dietrich Weber in das Spessartkaff Waldweibersbach. Aber sein Traum von der dörflichen Idylle zerplatzt schon bei der Wohnungssuche. Er trifft die seltsame und faszinierende Lui und kann doch nicht verhindern, daß sie ihn tiefer und tiefer in Geschichten hineinzieht, mit denen er eigentlich nichts zu tun haben will. Ein schwarzer Manta taucht auf und macht alles noch rätselhafter. Und was dann noch in Ordnung scheint, bringt der flippige Roger durcheinander.

»Ein toller Roman: tragisch, komisch, spannend und so geschrieben, daß ich das dicke Buch kaum aus der Hand legen konnte. Besonders hat mir der ungewöhnliche Schluß gefallen ...«
Ellen Pomikalko, BRIGITTE

Beltz & Gelberg
Beltz Verlag, Postfach 100154, 69441 Weinheim

Reinhold Ziegler

»Es gibt hier nur zwei Richtungen, Mister«

Roman

Gulliver Taschenbuch (78718), 288 Seiten *ab 14*

Hans-im-Glück-Preis, Preis der Leseratten des ZDF,
Auswahlliste zum Deutschen Jugendliteraturpreis

Achim fliegt nach Amerika, den Kopf voll von Klischeevorstellungen, von Rockmusik und Träumen von Unendlichkeit und Freiheit. Klar, daß er sich einen alten Straßenkreuzer zulegt und ein gebrauchtes Saxophon und Kurs nimmt auf Kanada, weiter bis zur Westküste, nach San Francisco und dann quer durchs Land zurück nach New York. Doch bald sehnt er sich nach einem Gesprächspartner. Der steht urplötzlich an der Straße und hält den Daumen raus: Sparky, 14, von zu Hause abgehauen. Nichts von dem, was Sparky erzählt, stimmt wirklich. Aber es hört sich gut an. Sparky, mit seiner Polaroid, nimmt die Menschen, wie sie sind. Ohne Sparky zu reisen ist für Achim schon bald nicht mehr vorstellbar. Der richtige Partner für Seelenfrust und Liebeskummer.

»Eine unverbraucht neugierige Sicht auf die Dinge, schnoddrig-cool, aber nie oberflächlich. Ein Reisebuch über Amerika und eine intensive Liebesgeschichte.«
Mannheimer Morgen

Beltz & Gelberg
Beltz Verlag, Postfach 100154, 69441 Weinheim

Hannu Aho
Das ferne grüne Meer
Roman
Aus dem Finnischen von Anu Pyykönen und Friedbert Stohner
Gulliver Taschenbuch (78703), 188 Seiten *ab 14*

Ein Sommer, ein Winter, ein Sommer. Die Freundschaft mit Mara, dem Jungen aus der Stadt, der so ganz anders ist als Jorma. Der lange, öde Winter, mit ersten Schwierigkeiten in der Schule, mit dem Vater, mit sich selbst. Mit dem Sommer kommt auch Mara wieder, und die Pläne vom letzten Jahr leben auf. Mara will das Meer sehen, und das auf seine Weise: mit Jorma zusammen den Fluß entlangpaddeln, bis sie am Ziel sind. – Ein Roman aus Finnland, ein Roman um Freundschaft, Sehnsucht und Erwachsenwerden.

»Ein schönes, nachdenkliches Buch voll humoriger Herzenswärme und bärbeißiger Schrulligkeit, so sinnlich erzählt, daß man das Dorf an der finnischen Kuhschwemme förmlich riechen kann.«
Rudolf Herfurtner, Deutsches Allgemeines Sonntagsblatt

Beltz & Gelberg
Beltz Verlag, Postfach 100154, 69441 Weinheim